第三只眼

翔尘 ◎ 著

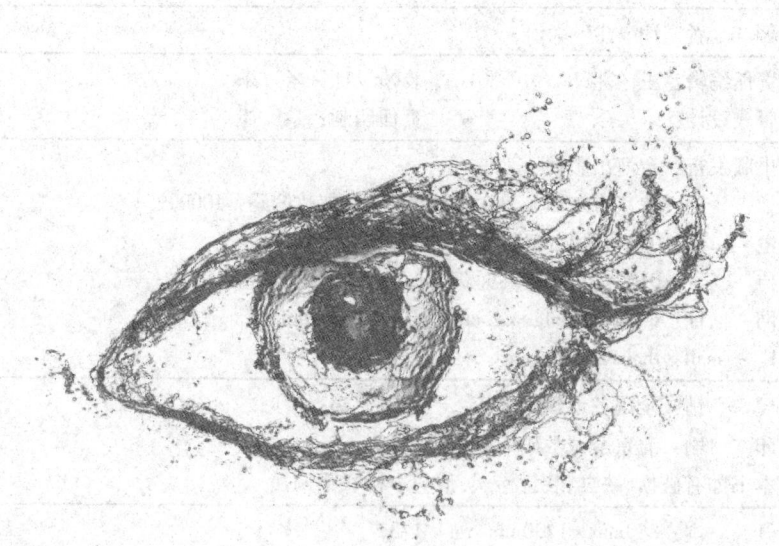

台海出版社

图书在版编目（CIP）数据

第三只眼／翔尘著.—北京:台海出版社,
2019.12
ISBN 978 - 7 - 5168 - 2471 - 9

Ⅰ.①第… Ⅱ.①翔… Ⅲ.①长篇小说 - 中国 - 当代
Ⅳ.①I247.5

中国版本图书馆 CIP 数据核字(2019)第 250802 号

第三只眼

Di – san Zhi Yan

著　　者：翔　尘

责任编辑：王　萍　　　　　装帧设计：米　乐
版式设计：米　乐　　　　　责任印制：蔡　旭

出版发行：台海出版社
地　　址：北京市东城区景山东街 20 号　邮政编码：100009
电　　话：010 - 64041652(发行,邮购)
传　　真：010 - 84045799(总编室)
网　　址：www. taimeng. org. cn/thcbs/default. htm
E – mail：thcbs@ 126. com

经　　销：全国各地新华书店
印　　刷：北京金诚数码印务有限公司
本书如有破损、缺页、装订错误,请与本社联系调换

开　　本：880mm × 1230mm　　　1/32
字　　数：240 千字　　　　　印　　张：10
版　　次：2019 年 12 月第 1 版　印　　次：2019 年 12 月第 1 次印刷
书　　号：ISBN 978 - 7 - 5168 - 2471 - 9
定　　价：68.00 元

目 录

contents

目　录

contents

第一章
约 会

一大早，门外就响起阵阵悦耳的门铃声。

谁啊？这么早……

李晓翔被从睡梦中吵醒，睁开蒙眬的双眼，皱了皱浓黑英挺的眉毛，从床上爬了起来。

他挠了挠凌乱的头发，一张极不修边幅的脸，胡子拉碴，脸上浮现一丝被从睡梦中打扰起来的不悦。

他光着膀子下了床，光脚去开门。

"啊！"

打开门，突然听到一声悦耳的尖叫。

这叫声倒是把还有些迷糊的李晓翔彻底叫醒了，他的目光立刻落在门前站着的头戴写着"NB快递"的帽子、绑着马尾辫的快递员妹妹身上。

只见那快递员妹妹圆瞪着可爱的大眼睛，紧紧盯着李晓翔还算有料的上身，就好像把李晓翔当成了史前动物一样。

但很快地，她就小脸红晕染起，直烧到耳根，急急忙忙地将手中捧着的一个快递专用的小纸箱塞到了李晓翔的手中，连签收单都没有拿，就用一副仿佛看到变态的神情看了李晓翔最后一眼，然后夺门而出。

从头到尾，不过十几秒钟的时间，李晓翔连说话的机会都没有，门前已经人去楼空了。

李晓翔不由得苦笑一下，关门转身，掂量了一下手中的小纸箱，发现还挺沉的，也不知道里面装着什么。他又看了看纸箱上面贴着的快递单，没有寄件人的姓名和地址，也没有收件人的姓名，只有一个收件人地址，也就是他这间公寓的。

"奇怪，这是谁寄的？也没写名字，也不知道是寄给谁的。"

李晓翔感觉有点奇怪，心想会不会是快递员妹妹送错了，但收件人的地址确实是他这间公寓。因为他不记得有人说要寄东西给他，所以，这包裹应该是寄给之前住在这个公寓的人的。

李晓翔摇了摇纸箱，发现里面还发出一些微弱的声响，感到十分好奇，心想先拆开看看，反正都没写名字，也不知道到底是寄给谁的，也只有拆开来确定一下。

想着，他便将纸箱上的胶带撕开，打开之后，发现里面铺着一层棉花，掀开棉花，只见两层棉花之间躺着一只单眼镜，连着一条已经乌黑发暗的链子，整个镜身的形状有点类似人的眼睛，椭圆而狭长。从已经完全褪色又锈迹斑斑的镜框来看，这只单眼镜已经有些年代了。

仔细观察单眼镜的镜框，应该是铜制品。镜框呈淡青色，上面有一些已经模糊了的纹路痕迹，就像那种鬼画符，连绵不绝，犹如藤蔓一样缠绕着整个镜框，相互纠结，看上去仿佛是无数从水深火热的地狱伸出来的手，试图抓住什么，令人有种不寒而栗的感觉。

镜框中的镜片看似透明，但翻转了几下后，却发现这个透明白亮的镜片很难透过光线，只能像普通镜子一样照出人影。

他惊疑了一下，下意识地将单眼镜放到了右眼上。

右眼的视线透过单眼镜后，能够清晰地看到眼前的景物，但令人有些奇怪的是，通过单眼镜所看到的一切，都仿佛失去了色彩，犹如身处在一个毫无生命的世界，阴森森的，甚至连呼吸的空气好似都充满了死亡的冰冷，令人不寒而栗。

李晓翔四处观察了一下，蓦地，突然感觉到背后一阵阴风袭来，一股莫名的寒气从脊梁直蹿了上来，让他不禁打了个冷战。他急忙放下单眼镜，眼前的视线又恢复了原有的景象。

"这单眼镜还真奇怪！为什么看到的东西都没有了颜色呢？"李晓翔十分不解，还以为是自己的幻觉，所以，又拿了起来，重新放到右眼上。

忽然，他觉得有种晕眩感……

之后，他忽然看到一个白发苍苍的老人低着头突然从眼前缓缓走过，从房间的一头走向另一头，然后一动不动地坐在他的靠背椅上，无声无息的……

"大……大爷，你是……你怎么进来的……"李晓翔有些惊讶，开口喊道。

老人根本没理会他，依旧一动不动地坐着，就在他慢慢走近的时候，这才抬起头迎上了他的视线，默默地看了他一眼，然后突然冲着李晓翔微微一笑，还张嘴说了几句话，可是他并没有听到什么声音。

"您不是隔壁的张伯吗？您怎么会在我房间里？难道是我刚才拿了快递忘记关门了？"李晓翔立刻认出了眼前突然出现的老

人，语气充满不解地自言道。

就在这时，张伯突然捂着胸口，面如死灰地抽搐起来。

没多久，就瘫倒在靠背椅上，似乎没了呼吸。

张伯死了？

这下子他怵了，是他眼花，还是错觉？

他试图慢慢地靠近。

突然，张伯又睁开眼睛，冲着他露出很诡异的笑容。

嘀嘀嘀……

突然，一阵极为刺耳的声音响起，李晓翔一身冷汗，猛地从床上惊醒过来，回过神，见床头柜上的闹钟正好指在九点。

"原来是噩梦！"

李晓翔喘了几口气，惊魂未定。

他突然注意到自己手上有什么东西，拿起一看，刚好一缕阳光从窗帘缝隙中透射进来，照在了他手中之物上。

下一刻，他再度有些脊背发凉。

因为他手里拿着的正是刚才噩梦中出现的那个单眼镜。

"难道快递是真的？看到张伯的噩梦是在拿了快递之后才做的？"

"但为什么我感觉都像真的？"

李晓翔想着，突然觉得有些头疼。

他马上打开床头柜的抽屉，拿出了一瓶止痛药，倒出一粒药片，直接吞下去。

"这半年来，一直都在做些奇奇怪怪的噩梦……"

"也不知道什么时候能停止。"

李晓翔一边说着，一边把手中的单眼镜丢到床头柜上，下床套上 T 恤。

从卫生间洗漱出来后，李晓翔还是觉得不太对劲，看了一眼稀里糊涂得到的单眼镜，寻思了一会儿。

然后，他就开门而出，走到隔壁，敲了敲张伯的房门。

"张伯，我是翔子，你在吗？"李晓翔一边敲，一边叫道。

敲了很久，都没有人应。

张伯是一个人住的，有一个儿子和一个女儿，但他们嫌弃张伯太老，不好照顾，就给张伯在这个小区单独租了间小公寓，请了钟点工帮忙照顾。

因为腿脚不好，所以，张伯一般都待在公寓里面，很少出门。

"别敲了，昨天就没见老张出来散步，八成是前天被他儿子接走了……"这时，一位邻居大妈走过来说道。

"哦。"李晓翔揉了揉头发，也没太在意，回到自己的公寓。

其实，他自半年前失恋，整个人就变得有些迷糊，经常做些乱七八糟的噩梦。

刚回到公寓，李晓翔就坐到床边，又拿起床头柜上的单眼镜，仔细研究了一下。

"这应该是件古物，应该有些年份了……"

李晓翔抚摸着单眼镜那褪了色的铜制边框，忽然，感觉耳边有什么在嗡嗡直响。

之后，就是强烈的耳鸣，立刻让他头晕目眩起来。

他急忙紧皱双眉，放下单眼镜，捂着两边耳朵。

过了一会儿，耳鸣才消失。

"是不是该去看看医生？"

李晓翔烦恼地想着，自从半年前的意外后，他的情况就一直很糟。

他本来应该算是人生赢家了，长得又帅又有才。

他以前是一家外企的技术负责人，还毕业于名牌大学，年轻有为，大有前景。

他靠自己的能力贷款买了一套高档公寓和一辆车子，日子过得潇洒自在。

直到后来他被深爱的初恋莫名其妙地抛弃，又遭遇了一些意外，留下后遗症。

现在，他自己注册了一家小工作室，靠做一些零散的软件外包业务，还有兼职当私家侦探，帮人做些调查收集工作，维持生计。

刚缓过神，放在床头柜上的手机忽然响了起来，他便接起了手机。

"喂……"

"你好，是李晓翔先生吗？"一道动听到令人不禁遐想联翩的女声响了起来。

"我是……请问你是……"李晓翔听这声音立刻感觉全身都起了鸡皮疙瘩，脑海里迅速闪过一连串的名字，但没一个声音能够跟其对上号的。

"我在缘缘交友网站上看到你的资料，想跟你交个朋友，晚上有空出来吃顿便饭吗？"对方出人意料地邀请道。

李晓翔先是一愣，但很快就想起来。

他半年多前，在他的一个好哥们的怂恿下，在什么交友网站注册了账号。

当时他就随便填了一些资料，放了还算过得去的照片，然后，就没再登录过。

在他看来，这些交友网站基本上都是骗人的。

没想到，过了半年多，竟然有女的主动打电话过来，不过，他留了个心眼。

"哦……吃饭啊,当然有空了,不过,我还不知道你叫什么。"

"我叫张欣……"突然,手机那头传来隐约的声音,像是大风吹打树叶的沙沙声。

"不好意思,我还有事情要忙,我在缘缘交友网站上已经给你留言了,你可以先上去看看我的资料,等会我再打电话告诉你时间地点。"

随即,李晓翔的手机就响起"嘟嘟"的挂断声。

李晓翔放下手机,走到自己的笔记本电脑前,用账号登录了那个交友网站,就见最上端的信箱栏在闪动。

他点开之后,就见一个叫张欣发的私密信息弹了出来,只见上面写道:"你好,我想跟你交个朋友!"

他打开张欣的个人资料,上面只有十分简单的个人简介,不过,附有照片地址的链接,他马上点了进去,发现要密码。

"还真是故弄玄虚!"

李晓翔不以为然地一笑,修长的五指迅速地在键盘上跳动起来。这个对于他这个计算机天才来说,真是小菜一碟,轻车熟路了。

没多久,照片链接地址的密码就被破解了。

"太简单了!"李晓翔自鸣得意地一笑,点开照片地址后,就见一张照片缓缓地展开。

只见照片中的女子,眉如画月,凤眸瑶鼻,略施粉黛的肌肤吹弹可破,气质端庄大方,没有任何的矫揉造作,若是换在古代,绝对是个倾国倾城的佳人!

当然,这还只是看照片的感觉,如果这个照片没有造假的话,本人绝对会比照片更漂亮!

下一刻，李晓翔就觉得照片中的女子似曾相识，但他又想不起来在哪见过。

一转眼，就到了中午。

李晓翔的手机又响起了，他看了一下号码，就是早上打来的那个，他并没有马上接，而是稍等片刻后，才接通了手机。

"是李先生吗?"手机那头传来的声音，还真是令人百听不厌。

"不好意思，张小姐，我刚在公司给员工开会，所以，接晚了。"李晓翔故意装作很忙的样子。

他觉得这女的应该是有什么目的。

"看来李先生还真是个大忙人，我已经订好了位置，今晚七点我们在……"手机那头的女人说了一个地址，说完，就马上就挂断了。

"这么主动，看来还真有问题啊!"

李晓翔记下地址后，就觉得这地址好像又有点熟悉。

但他也没多想，见时间还早，所以，做了些工作。

五点多的时候，天色已经有些暗。

就在李晓翔犹豫要不要去的时候，他的手机又收到一条短信，"我已经在路上了。"

他的脑海里不由得浮现出那女子的容颜，确实感觉在哪见过!

最后，他还是从衣柜里找出以前上班穿的米黄色外套，再搭配一条灰色的休闲便裤，整个人的气质就像是那种老实巴交的好男人。

他走进浴室内的镜子前，稍微刮了刮胡子，但并没有清理干净，而是留了一些，看上去显得有成熟沧桑，有男人味。见没什么问题后，穿上一双擦得油光发亮的皮鞋，便离开了公寓。

出了小区，他就拦了一辆出租车上了车。

"师傅，我要去……"李晓翔把地址跟出租车司机说了一下。

很快，出租车司机就开车走了。

李晓翔本以为这地址应该就在市区的角落，没想到，半个小时后车却已经开到了周边的郊外。

"喂，我说师傅，你该不会是当我外地人，想坑我吧？故意绕一大圈，小心我投诉你！"李晓翔马上就变脸了。

"小兄弟，我们走的是小路，这样会近点。"出租车司机有些黑脸地应道，有些恐惧的样子。

大概又开了一会儿，这车子开进了一条水泥小路，这小路两旁虽然有不少店铺，但却几乎没有什么灯光，只有两排昏暗的路灯和出租车的车前灯相互辉映。

李晓翔看着车窗外乌漆墨黑的一片，心里也有些发毛的感觉。他心想，这美女怎么会约在这种鸟不拉屎、没有人烟的地方吃饭，该不会是什么恶作剧吧！

就在他有些后悔，寻思要不要干脆回去的时候，这出租车突然停下了。

"到了，一百零三块钱！算一百吧。"出租车司机回头对李晓翔说道。

这时，李晓翔还在犹豫要不要回去。

不过人都已经来了，起码也要先见下人，至少这车费总不能白花，所以，就掏出一张百元大钞递给出租车司机，然后就下了车。

李晓翔一下车，顿时，一阵瘆人的冷风吹来，立刻让他的身体不由得哆嗦了一下。还没等他关好车门，这出租车司机突然一踩油门，跟见了鬼似的，开车跑了。

"这才七点，月亮怎么就升得这么高了？而且，还这么圆，今晚是十五吗？"李晓翔裹紧外套，抬头看了一下天色，发现一轮异常明显的圆月就在头顶上挂着，隐约看到一些红云飘过。

他可不是来这里欣赏月色的，东张西望。

旁边是一条大河，凉风习习，景色优美。

"江滨风景区？"

很快地，他就发现离他十几米左右的地方，有很多块霓虹闪烁的招牌，全部是装修奢华极有品位的饭店、咖啡店之类的高档场所。

门外停满了各式各样的车子，路边有几对小情侣正亲密地走在一起。

"这里的环境，果真很不错，这些店的消费应该不便宜吧。"

"看来是自己误会了，这个女人一猜就很小资，很有品位的样子。"李晓翔自言自语了一下。

寻找到约好的店名，他透过全景的玻璃仔细一看，果真是一家装修十分高档的西餐厅，估计一顿饭的价格，顶得上普通工薪族一个月的工资。

"那个美女不会是骗子吧？"李晓翔不由觉得纳闷，立刻怀疑这个叫张欣的女孩不会诚心想要痛宰自己一顿吧？

以他的经验来看，这十有八九就是一个骗局，这天底下不会有天上突然掉下个林妹妹来的艳遇，有的只会是骗你到例如这样的高档餐厅消费，最终和餐厅分赃的酒托和饭托。

"我看还是算了吧。"就在李晓翔准备转身走人的时候，突然，他感觉到一阵大风吹起。

"奇怪，这么好的天气居然刮起这么大的风？"等他正打算往前走的时候，突然注意到不知什么时候一辆非常拉风的红色跑车停在了他的前面不远处。

紧接着，一双修长的美腿从车上伸了下来。

他就见一个戴着墨镜、非常有气质的美女出现在眼前，头发十分端正地盘起，显得十分高贵和傲气，身上穿着一件紫色的紧身尼料连衣裙，腰间缠着金色饰链，脚上踩着几厘米高的高跟鞋，将玲珑有致的身材衬托得淋漓尽致。

随后，那美女将脸上的墨镜摘下，露出一张绝美的容颜。

李晓翔正好也看了过去，微微露出几分惊讶，这女子竟然就是他早上从照片上看到的那个充满古代美女气质的张欣，这本人真的比照片更漂亮，更加有气质！

"好像真是个白富美……"李晓翔心里也是稍微讶异了一下，转头看了一眼张欣的座驾。

这款跑车市价起码两三百万，一般的骗子绝不可能如此大手笔，显然张欣非富即贵，起码也应该是有钱人家的千金小姐。

"这么漂亮又有钱的白富美，为什么会玩上网络交友呢？莫非是寂寞无聊，想要寻找刺激？"李晓翔浮想联翩起来，见张欣前脚刚走进去，他后脚就跟了上去。

不管什么原因，先探探虚实再说！

李晓翔跟着进去后，发现这家餐厅似乎相当安静，只看到几个看起来有些面无表情的服务员站在那里，犹如木头一般，一动不动的，双目空洞无神。

"这里服务员的态度还真是够差的。一点也配不上这种品位的装修。"李晓翔摇了摇头，然后，看着那个张欣的背影消失在一个转角。

他立刻加快了脚步，等他到了拐角后，就见张欣的背影在一扇刚刚合起的门里闪现。

李晓翔走了上去，礼貌地敲了几下门。

"进来。"只听里面传来一个轻柔如水的娇音。

李晓翔立刻推门走了进去，就见出现在眼前的是一张几米宽的西餐桌，摆放着价值不菲的银质烛台、鲜花、精致的银制餐具，以及丰盛的菜肴。

在西餐桌的一侧，站着一道娇柔的背影，正眺望着窗外的圆月，单是那诱人的背影，就足以令无数男人心潮澎湃！

"请问是张小姐吗？"李晓翔明知故问。

张欣转过身，美眸一眨，看向李晓翔，这回眸的一眼刹那间就让李晓翔忽然有种呼吸急促的感觉，这美女的杀伤力果然不一般！

"我是……请坐！"张欣很有礼貌地一笑，然后，伸手示意。

李晓翔点点头，十分绅士地坐到张欣的对面。

"李先生看起来和其他男人有点不同。"张欣美眸直盯着李晓翔打量一番，问了一句。

"是不是觉得我很土气？"李晓翔直白地应道。

"李先生还真是坦诚！"张欣语气有些惊诧。

"我这个人活得很简单，不太在乎别人怎么看我！外表的光鲜只不过是徒有其表的自我欺骗！"李晓翔很有哲理地解释。

"这一点我认同，所以，我喜欢有内涵的人。"

李晓翔一句话似乎让张欣对他产生了兴趣。

"这话我就当作对我的夸奖了！只可惜我的内涵不能随便给张小姐鉴赏……"李晓翔十分幽默地把话接了回来。

张欣嫣然一笑，李晓翔这一身打扮和说话的语气完全不搭调，不过，却十分有趣。

"我有个问题，不知道该不该问?"李晓翔试探地问道。

"尽管问吧。"张欣下颏轻点。

"像张小姐这么漂亮，又有气质，看上去又身价不菲的人，身边应该不乏优秀的男士追求吧，为什么要通过网络交友来结识异性呢?"李晓翔问。

"我因为工作太忙，平时没什么时间。况且，我喜欢尝试一些新鲜的事物。这也是我第一次通过网络交友约异性吃饭，所以，这也算是我们之间的缘分吧。"张欣大方地解释了一下。

"哦，那我还真是受宠若惊了。其实我也是第一次，有点尴尬……"李晓翔故作神秘地低声说道。

"看出来了。我还是第一次见到有人和女士出来吃饭，穿得这么随便，一看就知道没什么经验。"张欣轻笑点头，看似放下了几分戒备。

"那还真是失礼了!"李晓翔抱歉地说道。

看着眼前笑眸嫣然的张欣，李晓翔的眼神不知何时也变得灼热起来。接下来，两人在很轻松浪漫的气氛中享受晚餐，相聊甚欢。

但就在此时，贵宾室的门突然被推开，五六个凶神恶煞般的大汉大摇大摆地走了进来，一下子就向张欣围了上去……

第二章
一夜归来

　　"你们是……"张欣不由得起身后退，娇容惊变。

　　"你们是谁啊?"李晓翔看着突然冒出来的五个大汉，也有些莫名其妙，虽然这样的戏码他轻车熟路。

　　"你这个狐狸精，在这里勾搭男人，有人让我们来收拾收拾你，在你漂亮的小脸蛋上划上几刀……"几个大汉中为首的一个，脸带刀疤，尖嘴歪鼻，看起来就不是什么好人。

　　他一见到张欣，顿时目露淫光，摸着下巴，肆无忌惮地对身材火辣的张欣打量起来。

　　"我不知道你们在说什么。"张欣怒斥。

　　"不懂? 我们老板看上你那东西了……"

　　"什么东西? 你们再不走，我就报警了!"张欣的脸色突然一变。

　　"报警? 呵呵……那我们只有和你发生点'友好'的关系……"刀疤男子示意了一下，身后的几个大汉一下子就围拥向了张欣。

就在此时，一道身影突然挡在了张欣面前，一脚踹开了离张欣最近的一个。这强有力一脚，竟将那个人直接踹飞到了后面的墙上，砰的一声震响，顿时让包括张欣在内的所有人目瞪口呆！

"你……"张欣此刻不禁瞪大眼睛，挡在她面前的不是别人，正是李晓翔。

"我虽然不是个好男人，但也不是个会抛下女人不管的男人。"李晓翔回过身，立刻酷酷地说道。这种英雄救美的机会，他怎么可能错过呢！

他在大学的时候经常锻炼身体，本身就有些实力，对付这几个人还是绰绰有余的。

"小子，还想英雄救美，为了一个女人，愿意付出性命的代价，大家一起上，把他打残……"刀疤男子气急败坏地喊道。

其他大汉相互看了一眼，纷纷咬着牙冲了上去。

"臭小子，去死吧！"这时，刀疤男子也从兜中掏出一把匕首，趁自己的手下牵制住李晓翔的时候，朝李晓翔的身体刺去。

因为被几个大汉牵制住，李晓翔来不及躲开，见匕首已经到了胸口前，他一咬牙，直接一把握住了刀疤男子刺来的匕首，同时，一拳直接将刀疤男子给揍飞了出去。

之后，他又接连放倒了其他大汉，打得他们满地找牙。

"小子，算你狠！有种你在这里给我等着……"刀疤男子见势不妙，从地上起来，丢下一句话，带着其他大汉灰溜溜而去。

"你的手没事吧？"张欣见李晓翔的手掌已经鲜红一片，立刻担心道。

"没事。你呢？"李晓翔摇摇头，马上从餐桌上拿起一条白色的毛巾将手掌先包扎起来。

"谢谢你，你真勇敢！我们要不要先报警？也许那些人还会回来……"张欣说道，那如水般的双眸带着感激与仰慕。

"算了吧，警察来了，还得解释半天。反正也没出什么事，我觉得他们应该是认错人了。像张小姐这么漂亮的女人，怎么可能是狐狸精呢！分明就是狐仙……"李晓翔打趣道。

张欣一笑，美眸看了李晓翔一眼，又看了一眼李晓翔用来包扎手掌的毛巾，已经被渗出的血染红，犹豫了一下，便道："你的手需要先止血，我家就在附近，先去我家吧！"

"方便吗？"李晓翔一听，故作绅士地问道。

"我一个人住。"张欣好似暗示般一笑。

李晓翔心里顿时乐开了花，看来他这伤可没白受！

两人离开餐厅后，直接上了张欣那辆价值不菲的跑车。

跑车启动后，立刻卷尘而去。

不久后，跑车停在了一栋非常豪华的花园别墅前，四周都是茂密的树林和空旷的草地，非常僻静。

"下车吧。"张欣对坐在身旁的李晓翔说道。

"哦。"李晓翔应了一声，便下了车，等他看到眼前这栋别墅的时候，忍不住又惊叹了一番。

这样的花园别墅在福市少说也值个一两千万，很显然，这张欣还真不是普通地有钱。这也让李晓翔不由好奇起张欣的身份，她究竟拥有什么样的身份！

"进来吧……我这里还没有男人来过……"张欣回头见李晓翔还愣在原地，示意道。

进了别墅，李晓翔环视四周，只见这别墅除去前后的庭院外，单是别墅的建筑面积大概就有三百多平方米，有二层。

一楼非常大，几乎没有经过任何隔断，摆设十分简单，但却不失优雅和奢华。不管是墙壁上的挂饰，还是插花的花瓶，都是价值昂贵的精品，或者是不可估价的古物。就在一层的中央，有一条螺旋梯子通往二层。

让李晓翔奇怪的是，这么大的一座别墅，竟然连一个用人都没有。

"你先到那里坐一下。"张欣指着大厅的一张圆弧形的沙发，对李晓翔示意道。紧接着，她脱去了自己的高跟鞋，赤着一双白皙的小脚，往二楼走去。

李晓翔目送张欣上了二楼后，才径直走向大厅，并没有坐下，而是走到了巨大的白色落地窗旁，举目眺望窗外的月色。

就见月色之下的宽阔草坪，一排排的秋木，还有地上的枯黄落叶，看起来有些莫名的凄凉。

李晓翔转身又环视了一眼整个别墅的一楼，忽然有种空荡荡的感觉，过于简单，根本不像一个女孩子住的地方。

这张欣到底是个什么样的人？

这时，只听二楼响起轻微的脚步声，随后，一双修长的美腿从二楼的楼梯处出现，原本靓丽的连衣裙已经换成了一套休闲柔软的居家服，遮住婀娜的身姿。

张欣下了楼后，见李晓翔正站在那里，目光一直迎着她下来，白皙的脸蛋不禁又被红晕染起，脚步也随之停下。随后她深吸了几口气，才平定下有些悸动的心绪，然后，拿着手里的药箱走向李晓翔。

"坐下……把你的手给我。"张欣走到李晓翔跟前，突然用命令的口吻说道，似乎很习惯于这种语气。

李晓翔把手递给了张欣，但眼睛始终停留在张欣的脸上，目不转睛，仿佛是在欣赏一件艺术品一样。

张欣则低着头，尽量回避李晓翔的视线。她从药箱里拿出一瓶酒精和一些棉花，解开李晓翔用来暂时止血的白色毛巾，开始替李晓翔清理手上的伤口。

当沾着酒精的棉花碰上李晓翔的伤口时，他不禁倒抽了一口气。

"很疼吗?"张欣不由得抬头看了一眼李晓翔，再看看他手上那道狰狞的血痕，心疼地问道。

"还好。"李晓翔强颜欢笑。

不疼是骗人的!

"你忍忍，很快就好了。"张欣说着，便继续小心翼翼地替李晓翔清理伤口。

"张小姐一个人住在这里吗?"趁着张欣替自己处理伤口的时候，李晓翔顺口问道。

"嗯。"张欣轻应了一声，似乎已经对李晓翔没有太大的防备。

"你的家人呢?"李晓翔接着问道。

张欣被李晓翔这么一问，手里的动作稍微迟疑了一下，接着，好似自顾自地说道："看来伤得也不算严重，话这么多!"说完，稍微加重了手劲，立刻痛得李晓翔脸上一阵抽搐。

"好狠的娘们……"李晓翔马上明白自己是踩到了地雷，心里苦笑叫道，干脆闭上了嘴。

过了一会儿，替李晓翔清理完伤口的张欣，细心地将伤口用绷带缠起后，又打上了一个漂亮的蝴蝶结，然后，露出一抹心满意足的笑容。

虽然只是一瞬间，但正好被李晓翔捕捉到，那一笑就好似春暖花开一般，令人迷醉。

张欣见李晓翔又肆无忌惮地盯着自己看，自然觉得有些不太自在，立刻撇开了脸去。

李晓翔见状，也眉宇一挑，收回了目光。

"那个……今天谢谢你……这是给你的医药费……"这时，张欣犹豫了一下，又转过了头，然后，从口袋里拿出了一张小额支票，递给了李晓翔。

李晓翔并没有接，只是瞥了一眼，是张一万块的支票，以他受的这点小伤来说，这一万块的医药费似乎有些太多了，也足以见到张欣是个相当大方、知恩图报的人。

"我看张小姐误会了，我出手帮忙，并不是为了这医药费。"李晓翔立刻摆摆手道。

"那怎么行，这是你应得的。要不是因为我，你也不会受伤，而且如果不是你替我解围，今天不知道会发生什么事情……"张欣也跟着起身，柔弱的身体不禁颤抖起来，同时，眼神中突然闪过一抹惊魂未定的害怕。

李晓翔只觉得一抹柔软入怀，下意识地搂住了，稍微回神一看，就见眼前是一张红透的粉嫩小脸，美眸微眯，带着诱人的魅惑，醉意荡漾。

两人双目对视，借着酒劲，一时间，有些都意乱情迷，很快，就失控地相拥在一起，彻底迷失了方向……

第二天早上，一缕晨光洒进了窗帘的缝隙之内直射到床上。

李晓翔微微睁开了眼睛，紧接着，就是一阵剧烈的头疼袭来，他揉着太阳穴，从床上撑起身体，环视了四周一眼。

发现自己不知道什么时候竟然回到了自己的公寓里面。

"奇怪，我昨天不是和那位张欣小姐……"

"难道又做噩梦了？一切都只是幻觉？不过梦里的东西又那

么真实，就好像亲身经历了一样……"

"不可能，我是什么时候回来的？"

"看来是昨天喝多了？回来的时候又喝了很多酒……"李晓翔迟疑了一下，不由自言自语地说了句。

因为他的房间里面横七竖八的一堆空酒瓶子，充满了酒味。

他一时间还真分不清楚之前发生的事情是真的，还是所谓的幻觉。

突然，他感到手掌传来几分刺痛，抬起一看，发现手上有个很久的伤口又突然裂开了，将白色的纱布都染红了。

"看来昨晚真的发生了什么，是不是喝酒的时候被割破了？"李晓翔嘴角勾起，本来是想去医院包扎下伤口的，但心想自己受的是刀伤，去医院免不了会被问东问西，反正伤得并不严重，找个小诊所包扎一下，应该就可以了。

所以，他就换上衣服，往小区外头的一家诊所走去。

走进诊所后，见这诊所大概只有他的公寓那么大，左边墙壁靠着一排药柜，放着不少常用的药品；右边有一张看病用的老旧木桌，似乎有些年代，上面摆放着听诊器、血压器等医疗用具。

诊所里头还有个小房间，用一块白布帘隔着，此刻，诊所里空无一人。

"有人吗？"李晓翔叫了一声。

片刻后，白布帘被拉开，只见一个娉婷的身影走了出来。

李晓翔定睛一看，双目不由一亮，没想到原来这小诊所里居然有一个漂亮的医生妹妹。只见她两腮各有一个非常可爱的小酒窝，眼睛大而长，典型的丹凤眼，虽然比起张欣稍逊一筹，但也算是个美女了。

他稍微打量了一下医生妹妹，年纪应该在二十一二左右，披着一件白大褂，而大褂里面是一身十分朴素的打扮，素面朝天。

这人看上去相当清纯，但清纯之中却给人一种十分成熟的感觉，一看就知道是个十分独立的女孩子。

"你要看病吗？"医生妹妹眨着晶莹的眼眸。

"哦，我受了点伤，想包扎一下。"李晓翔伸出手掌给医生妹妹看了一下。

"进来吧。"医生妹妹看了一眼，突然蛾眉一蹙，马上说了一句，便转身又走进了白布帘后面的小房间

李晓翔立刻跟了进去，穿过白布帘，走到了里面的小房间。

就见小房间里也有一排药柜，里面大部分是点滴瓶和针筒，还有两张供人打点滴的椅子。

"把手给我。"医生妹妹看了李晓翔一眼，并没有什么表情，语气十分平淡地说道。

李晓翔立刻把手伸了过去，医生妹妹立刻十分专业地将他手上的纱布打开。

"我以前好像都没见过你。"李晓翔顺口问道。

"你的手……"医生妹妹突然抬头看了李晓翔一眼，因为她拆开李晓翔手上的纱布后，根本没看到什么伤，只有一个淡淡的伤疤。

"被刀划中了……这伤应该算是见义勇为吧！"李晓翔并没有注意自己的手，笑应道。

"被刀？"医生妹妹大眼睛微微一睁，然后看着李晓翔问道，"你昨晚去过哪里了？"

"什么去哪里？况且，你问我这么私人的话题，莫非是在暗示我什么吗？如果你先告诉我你姓什么，还有电话号码的话，我

就告诉你。"李晓翔故意开玩笑。

只见医生妹妹美眸一瞪，闪过几分怒色道："你的手应该是很早以前受过伤，现在只有一点疤印了……"

"你这纱布上都是红酒印，你是不是喝醉酒看错了……"医生妹妹很快闻到了李晓翔身上的酒味。

只是帮亲戚临时看下诊所而已，她心想，这个男人会不会是故意拿个纱布沾了红酒，来接近自己的？

李晓翔低头一看，发现手上的伤口竟然变成了一个淡淡的疤痕。

他顿时有点哭笑不得，寻思自己是不是真的喝醉了，把红酒的颜色看成了血，等他用手摸了一下自己的伤口，发现真的是这样。

"这到底是怎么回事？"李晓翔一头雾水，看着医生妹妹。

"你可以走了。"但没等他话出口，医生妹妹直接对他下了逐客令。

"我……这个……"李晓翔有些迷糊了起来，看来自己最近的精神真的很不好。

出了诊所后，等他回头再看的时候，诊所的卷帘门直接被拉了下来。

"我的妈啊，我该不会是撞邪了吧！这医生妹妹有点奇怪！不然，我的伤口怎么突然愈合了！"李晓翔忍不住想道，心里顿时有点发怵，急忙快步离去。

离开小诊所后，想不明白自己手上的伤为何会突然消失的李晓翔精神有些恍惚地进了小区。他刚走到自己的那栋公寓前，就见楼下停着一辆警报灯闪烁不停的救护车。

上了楼，到了自己公寓那层后，就见整条走道挤满了人，几个医护人员正抬着一个担架从他隔壁的公寓走出来,担架上还躺着人,不过,已经用白布罩了起来。

而紧随着医护人员出来的,是一个四十多岁的大婶,看起来一脸惊魂未定的样子。李晓翔认得这个大婶,她正是张伯的儿女请来照顾张伯的钟点工。

这时,李晓翔就听到一旁住在同层的邻居正在小声议论。

"这张伯真可怜,有儿有女的,却被一个人丢在这破破烂烂的公寓里,连死了都没人知道。"

"是啊,是啊,他的儿女简直就是良心被狗吃了!"

"唉,别人家的事情我们还是少管为妙。"

……

李晓翔听完,立刻明白发生了什么事情,没想到张伯就这么走了。说来也奇怪,昨天早上他还梦见自己看到了隔壁的张伯,怎么突然间他就死了?

他只见医护人员抬着张伯的遗体从他身旁经过,忽地,他突然感到一阵凉飕飕的感觉,然后,就是听到一阵苍老的叹息声。

他不由顺声望去,就见长廊的楼梯口,站着一个老人,和所有人一样目送着张伯的遗体离去。此刻,他却浑身冒出了一阵冷汗,猛地打了个激灵。

因为那个老人赫然就是张伯!

李晓翔吓得脸色都有些变了,急忙揉了揉眼睛,但张伯还站在那里,而且还抬头看着他,他下意识地往后一退,一下子就撞到了身后的人。

"喂,你搞什么?"一声带着怒意的叫声,犹如警钟般把李晓翔惊醒了过来。

李晓翔回头看了一眼，就见自己撞到了一个中年男人。

"对不起，对不起。"李晓翔急忙点头道歉，再回头看向楼梯口的时候，那站着的张伯已经消失了，只看到抬着张伯遗体的担架消失在楼梯口。

李晓翔深吸了几口气，试图平静下来。

看来是昨晚喝了太多的酒，整个人都迷糊了起来。

他现在的精神真的很不好，而且经常莫名其妙地头痛！

就在这时，又有一名医生和一个护士从张伯的公寓中走了出来，经过李晓翔身旁的时候，就听那个医生说道："死亡时间应该可以确定了，是在昨天早上九点左右。死因是心脏病突发……"

这句话顿时犹如一把锤子直接砸到了李晓翔的脑袋上一般，因为昨天早上他做噩梦醒来的时候，正是早上九点。

那时，闹钟正好响起，张伯也是那个时候心脏病发作的！

这也太巧合了！

李晓翔也不知道自己是怎么回到公寓的，等他回过神的时候，已经身在房间里面，不停地喘着气，汗流浃背，一股股寒意不断从脊梁背升起。

他一屁股坐到床上，目光刚好注意到那床头柜上放着的单眼镜。

"这东西寄过来的时候，连个收件人都没有，该不会是什么来路不明的东西吧？还是处理掉比较好。不过这东西看样子有些年代，应该算是古物吧？如果转手，有人想买的话，还可以小赚一笔。"李晓翔是个谨慎而精明的人，所以，立刻盘算起来。

想着，他便将单眼镜收进口袋，开门离去。

出门后，先给他的死党打了个电话。

他这个死党叫马小六，也算是一起穿着开裆裤长大的，平日里不务正业，就喜欢到处倒腾，不过人脉很广，知道很多事情，人称万事通，也做过古物生意，算是半个行家。

"翔子，今天是吹了什么风，你居然会主动找我？是不是混不下去了，找哥我给你指条明路啊……"马小六接到李晓翔的电话，似乎很意外。

"有点事想找你帮忙。老地方见！"李晓翔说完后，就挂上了手机。

第三章
明代山庄

一个小时后，福市最繁华的闹市区。

李晓翔走在闹市区最有名的酒吧街上。不算太宽的街道两旁，上上下下挂满了各种酒吧招牌，因为还是白天，所以，并没有什么人。

他走到一家挂着"Angel"招牌的酒吧前，推门走了进去。

通常，酒吧天黑才营业，所以，李晓翔刚走进去的时候，就听到吧台方向传来一个声音："不好意思，还没有开始营业。"

"大权，是我。"李晓翔径直走了进去。

"原来是翔子啊！你好久没来了，我们还以为你小子是发了横财，自个儿潇洒去了。"一道相当壮硕的身影从吧台绕了出来，迎向李晓翔，用力拍了一下他的肩膀。

李晓翔眼前的这个体型壮硕的肌肉男叫刘权，是这家酒吧的老板，以前他上大学的时候来这酒吧玩认识的，因为臭味相投，后来就开始称兄道弟的。

而这家酒吧也是他经常出入的场所之一。

那个什么交友网站，就是刘权怂恿他注册的。

李晓翔笑了笑，先坐到了一个座位上。刘权开了两瓶啤酒，一瓶递给了李晓翔，然后，坐到了对面，问道："你今天怎么来了？我看你应该是无事不登三宝殿吧……"

"你这个名牌大学的高才生，因为一次失恋，就这样自暴自弃下去，多可惜啊。"刘权不由得感叹了一句，在他的眼里，李晓翔是那么完美，简直无所不能。

"能不提这个伤心事吗？"李晓翔苦笑了一下。

"你们第一次认识，真的就在我的酒吧里吗？为什么我一次都没见过？"刘权好奇地说道。

如果能再见到那个女人，他绝对要向前质问一下，李晓翔到底哪里不好，舍得这样无情地抛弃。

"唉，我们在一起也没几天，况且她就来过这里一次而已。对了，我和小六今天约在这里见面。"李晓翔摇头应道，想到自己的初恋女友艾艾，他的心里就会隐隐疼痛。

"那小子上次带了一帮人来我这里，结果，和另一帮人干上，差点没把酒吧给砸了。那小子倒好，一下子就溜了。我看他是不敢来我这了。"刘权脸上抽动了一下，两只拳头捏得咯咯直响。

"谁要招待我啊！"这说曹操，曹操到。

只见一个看起来有些猥琐的身影走进了酒吧，大摇大摆地，油头粉面，头发蜡光蜡光的，向后竖起，身上穿着半新不旧的西装，整个人就像是旧上海滩那些大佬。不过，人家是真大佬，而他顶多只能算是山寨版，他就是马小六。

"你这个龟孙子，还真敢来。上次的事情我还没找你算账呢!"刘权一见到马小六,就捏起了拳头。

"大权,上次只是个误会,最后不是没事了吗?"马小六还真露出一脸龟孙子的讪笑。

"你还敢说!"刘权立刻挥起拳头。

"你打,你打啊,我可是翔子叫来的,你要是打伤了我,我没法替翔子办事,那可就不是我的责任了。"马小六干脆耍起了无赖。

"你……"刘权一瞪眼,回头看了李晓翔一眼,见李晓翔对他摇摇头,才哼了一声,放下拳头,重新坐到了座位上。

马小六一脸得意地笑了笑,接着,也坐到了一个座位上,对李晓翔问道:"翔子,这么急叫我来,到底要我帮什么忙?你这家伙,如果不是什么大事的话,绝对不会开口的,你是不是惹了什么麻烦了?没关系,尽管跟哥们我说,还没我马小六摆不平的事呢!"

刘权一听,也不由得看向李晓翔。

李晓翔没应话,直接从口袋里拿出了那个单眼镜,摆到了马小六的面前,说道:"帮我看看这东西有什么来历没?"

"这东西看起来好像有点年代了……感觉在哪里见过!"马小六拿起单眼镜仔细地研究了一下,再看单眼镜框上的那些奇异的纹路,似乎想起什么,脸色一变,接着问道:"翔子,这单眼镜你是从哪里弄来的?"

"哦,是昨天突然寄到我公寓的,我估计是寄错了。"李晓翔如实答道。

"兄弟,看来你是撞大运了,你知道这单眼镜的来历吗?"马小六立刻兴奋起来。

"有屁快放!"

"如果我没认错的话，这单眼镜应该就是半年前在七巷拍卖、轰动一时的古物，它的学名叫冥瞳镜！"马小六说道。

"冥瞳镜？"李晓翔乍听之下，就有种后背发冷的感觉，看来这冥瞳镜果然很邪门。

"你知不知道这冥瞳镜为什么会轰动？"马小六继续卖着关子道。

"我怎么知道！"李晓翔白了马小六一眼。

"那你有没有听说过半年前，我们这里发生过一场六人命案？据说他们互相把刀子插到对方的脖子上……"马小六绘声绘色地说道。

李晓翔听完已经禁不住有些反胃，虽然他的胆子不小，但想到那种极为血腥的画面，自然觉得不舒服。

"这命案和这冥瞳镜有什么关系吗？"刘权问了一句。

"虽说当时警方给出的结论是这六个人因为吸食了毒品而出现重度幻觉，导致自相残杀，但其实我们圈里的人都知道，这六个人的死就和这冥瞳镜有关。

"这冥瞳镜就是这六个人倒出来的古物，虽然按专家的说法这是以前明代风水先生用的器物，根本无收藏价值，但当时圈里就流传这六人就是被这冥瞳镜给诅咒了。

"所以，这冥瞳镜也一下子成了圈里炙手可热的古物。据说有着神奇的能力，很多大老板出高价收购，这价都快被炒到天价了，只是后来不知道去哪里了！

"现在又离奇地寄到你那里去了……"马小六一边说着，一边如获珍宝般地摸着冥瞳镜。

"这冥瞳镜我感觉确实有点邪乎，应该是个不祥之物！"马小六脸色一变，忽然有些严肃地道。

"什么邪不邪的，我看你小子八成是想把这东西从翔子手里弄走，然后，再倒手卖了大赚一笔吧！"刘权早就了解马小六的套路，立刻骂咧咧地道。

"我是那种人吗？我坑谁也不能坑自己的兄弟啊！"马小六脸色一正，但那双小眼睛却贼溜溜地盯着冥瞳镜转，一看就知道不是在打什么好主意。

"小六，你确定它就是你说的冥瞳镜吗？"李晓翔还是有些半信半疑。

"没有百分之百，也有百分之九十，虽说我没见过真货，但根据大家对冥瞳镜的描述，再加上我这么多年的经验，肯定八九不离十。"马小六拍着胸口说道。

"你就忽悠吧你！"刘权一脸的不信。

马小六完全没理刘权，继续说道："虽然我不知道这冥瞳镜怎么会阴差阳错地被寄到翔子的公寓，但这种不祥之物，还是尽快处理比较好。因为听说只要一戴上这冥瞳镜，就会看到那些人眼看不到的东西……"

"你是说只要戴上的话，就会看到人眼看不到的那些东西？"李晓翔一听，更是吓得毛骨悚然，他好像真的经历过这样的事。

"翔子，这冥瞳镜不如我替你转手吧，这种东西留在身边肯定不好，卖了还能大赚一笔。"马小六一脸精明地说道。

李晓翔立刻犹豫起来，虽然马小六说得没错，这冥瞳镜确实不简单，自己也亲身体验过，可心里却有一种说不出的难以割舍感，感觉这冥瞳镜似乎和他已经产生了某种联系。

李晓翔犹豫了一下，拿起了桌上的眼镜，眼睛刚刚透过镜片，就突然感觉自己有些摇晃了起来，犹如醉酒了一般。

但很快，又恢复正常。

自从半年前他出意外之后，就会经常出现头疼晕眩。

而这个时候，酒吧里的所有灯也猛然闪烁了起来，忽明忽暗的。

"估计是什么线路坏了，回头让人来修下。"刘权抬起头看了一看，说道。

"翔子，怎么样？"马小六接着问道。

"既然是古物，就算专家说不值钱的话，怎么也不能随便拿去卖啊。要出手的话，也是上交相关部门，我可不想惹麻烦……再说吧。我脑袋有些疼，先走了。"李晓翔从马小六手中拿回了冥瞳镜，如坐针毡般起身，匆忙离去，留下一脸呆愣的马小六和刘权。

离开酒吧的李晓翔，只觉得心里一阵莫名的焦躁，呼吸都急促起来。他紧紧盯着手中的冥瞳镜，虽然他是个不信鬼神的人，但自从收到这冥瞳镜后，就一直怪事连连。

回到自己公寓后，李晓翔到浴室洗了把脸，依旧惊魂未定。

他看着镜子中的自己，越加发觉其中的怪异，难道那个冥瞳镜有什么诡异的力量吗？这究竟是谁寄来的呢？

李晓翔想着，再次走到桌前翻开了那个寄来的包裹箱，上面依旧只有一个地址。

"对了，可以去快递公司查查，说不定可以找到线索呢。"李晓翔突然想起了什么。

他立刻有些不寒而栗地多看了冥瞳镜几眼，这冥瞳镜真的有些邪门！

想了一会儿后，他打开了床头柜的抽屉，将冥瞳镜放进了一个盒子里面封起来，然后，关上了抽屉。在关上的一刻，他如释重负般地松了口气。

第二天，李晓翔就拿着从快递箱子上撕下的包裹单出了门，去了一趟 NB 快递公司，想查查这冥瞳镜究竟是谁寄的。

"先生，不好意思，这个包裹是我们最近推出的跑腿服务，立取立送的。如果寄东西的人不填任何资料的话，我们无法查询。"到了快递公司后，李晓翔立刻到前台查询了一下，结果，前台小姐却给了他这样的答复。

"那我能不能问一下把包裹送给我的那个快递员？是个女的，挺年轻的……"李晓翔接着问道。

前台妹妹查了一下后，又抱歉道："不好意思，先生，这个人已经离职了。其实快递公司的流动性很高，每天都有很多员工入职和离职……"

"离职了？这么巧……那能不能告诉我她的电话号码？"李晓翔觉得有些怪异，一切都那么巧合。

"对不起，我们公司不能透露员工的私人信息，哪怕是已经离职的……"前台妹妹公事公办地应道。

李晓翔只好厚着脸皮，对前台妹妹死缠烂打一番，最后，前台妹妹禁不住他的软磨硬泡，偷偷把号码写在纸条上递给他。

"谢了，改天请你吃饭！"李晓翔对前台妹妹抛了个媚眼，然后，就拿着纸条离开了。

出了 NB 快递公司的寄送点，李晓翔立刻按照纸条上的手机号码打了过去，结果，提示这手机号码已经停机。

"这不是耍老子吗?"李晓翔忍不住骂起来，这事情也太过巧合了，为什么送冥瞳镜包裹的快递员妹妹在送完包裹后就突然离职了？这不得不令人怀疑。

"会不会这个妹子，现在也已经遇到了危险……"李晓翔胡乱猜想了一下。

因为这条线索已经断了，所以，他也只能放弃追查，不过心里总存在着一丝莫名的不安。

那天晚上喝了很多酒，甚至和那个莫名其妙的富家女张欣的进展那么快，李晓翔也没想到，他甚至连自己怎么回来的都忘记了，而且，张欣也没再打电话给他。

总觉得有点怪怪的。

于是，他忍不住回拨了张欣打来的号码，奇怪的是，显示的号码是空号，这让他又有些迷糊。

"难道这张欣只是单纯地想玩玩，寻找激情？"

李晓翔有些失望。

既然人家都只是玩玩，那他也没有必要放在心上。

过了两天，正在公寓里忙着设计程序代码的李晓翔接到了刘权的电话。

"翔子，我是大权，你现在在哪儿？"手机里传来十分粗犷的声音，语气听起来倒是有几分着急。

"在家里……"李晓翔问道。

"上次怎么走得那么急？没事吧？"

"没事，你有什么事吗？"李晓翔问道。

"是有点事……不过也不是什么大事。"刘权说得有些含糊，以他的个性，还真很少有这么婆婆妈妈的时候。

"有事就说，你什么时候跟女人一样婆婆妈妈的了。"李晓翔笑骂道。

"就是那个缘缘交友网啦，举办一个活动，叫巴士情缘一日游的……我想你陪我去……"刘权的语气听起来好像别有用心似的。

这自然逃不过李晓翔的"法耳"。

追问之下，他总算从刘权口中套出了隐情。原来刘权半年前就通过交友网认识了一个离过婚的女人，起初两人只是当朋友交往，但后来就一发不可收拾。按刘权的话说，他这辈子还是头一次对一个女人感觉如此顺眼。

"你也知道我这个人。五大三粗的，又不会说话，我怕弄砸了。说实话，我挺喜欢这个女人的。其实，你只要陪我去就可以了，给我壮壮胆就行。"刘权就像初恋的小女生一样腼腆地说道。

"我知道了。什么时候出发？"李晓翔爽快地应道。

"果然是好兄弟，你的费用我已经全部交了，你只要马上收拾一下，到宝龙广场和我们汇合就行了。"刘权说道。

其实他还有一个目的，也想李晓翔一起来参加活动，如果能遇到一个喜欢的女孩子，也可以让他走出以前的失恋阴影。

"哦。"

"我还要收拾一下，先这样了。"刘权匆忙挂上电话。

"这个大权……"李晓翔拿下手机摇头一笑，"看来只有回来后，再去找张欣了。"

简单地拿了一些衣物放入行李包，李晓翔便出了门，打出租车到了宝龙广场。

此刻，整个广场是人来人往，人潮汹涌，极为热闹。

李晓翔顾目四周，很快就见到城市广场西侧的一个停车位上，一辆挂着横幅的豪华大巴，只见上面写着"巴士情缘是你幸福旅程的第一站！"

这时，豪华大巴前已经集合了很多人，有男有女，年纪几乎都在二十多到四十岁之间。

参加这次巴士之旅的女士们，不管是年纪轻的，还是年纪大的，基本上都打扮得花枝招展的，就像一只只争艳的孔雀，恨不得把全身的毛竖起来似的。

像这种靠网络交友来认识男人的女人，通常只有两种，一种是找不到男人的，一种是想找男人的。两种女人的区别就是，前者基本上是无孔不入，而后者是只入钱孔。

而男人们则是形形色色，其中有些看起来挺有钱的，穿的都是一身名牌休闲装，戴着名表；有些穿戴得像暴发户，全身都是晃眼的金链金戒；但大多数看起来就比较平常了，不是老师，就是白领蓝领，或是公务员，还有看起来具有学术气息的。

总之，林子大了，什么鸟都有！

突然，李晓翔听到身侧传来叫声，转头看去，就见刘权一手拎着一个行李包，其中一个还是女式的，除非刘权突然变了性，不然，打死他也不可能用这种袋子的。

果然，稍微一侧眼，就见到刘权身后还跟着一个女人。

只见那个女人一身碎花连衣裙，穿着一双平底凉鞋，打扮得十分素雅。

说不上漂亮，但却有种秀外慧中的特别气质，一看就知道这女人十有八九是个贤惠的女人。她的身材比一般的女人也要丰满一些，所以，女人味很足。年纪应该在二十八九左右，配上今年刚好三十岁的刘权，倒是刚刚好。

三人相互介绍了一下，这女的叫周蕙兰，在政府工作，结过一次婚，因为丈夫外遇，最后分道扬镳了。

闲聊了一会儿后，三人就上了车。刘权和周蕙兰自然坐在了一起，李晓翔则坐在两人的身后。

这里的男士在上车前，基本都物色好了自己追求的对象，一上车，就朝自己喜欢的女孩子座位旁挤，以至于有些女士单独坐在一边，而长得漂亮的，则被一群大男人团团包围。

忽地，巴士上突然产生了一阵骚动，李晓翔回头一看，就见有两个十分年轻漂亮的女孩，吸引了整个巴士内所有人的目光。

"是她?"李晓翔见到两个女孩其中一个时，面露惊色。

因为其中站着的左侧的一个，竟然就是在小区诊所里碰到的那个医生妹妹。

医生妹妹一上车，也注意到了一道与其他人不同的异样目光，立刻随之看去，正好和李晓翔四目交错，马上就认出了李晓翔。她小脸顿时一沉，眼眸中闪过一丝怒气，似乎和李晓翔有什么深仇大恨似的。

李晓翔见状，心里不由得苦笑，我不就开了一个玩笑，不至于这么恨我吧?

"叶霞，好像没有位置了?"这时，医生妹妹身边的女孩发出银铃般的声音。

因为声音不小，所以，几乎全车的人都能听到。

"原来她叫叶霞。"李晓翔嘴角轻勾，心里暗道。

随后他微微转目，只见叶霞身边的女孩，长得极为秀美，皮肤白白的，犹如不食人间烟火的仙女，一双美眸充满着动人的灵气，身材比叶霞稍微娇小一点。

见到这女孩后，李晓翔顿时眼睛一亮。他挺喜欢这样的女孩子，肯定是个单纯的女孩子。

李晓翔想到这里，立刻起身让位，因为他身旁的位置刚好是空的，正好可以借花献佛。

可是他刚起身，巴士上几乎所有的男士不约而同地全体起立，似乎都想大献殷勤，把自己的位置让给两位美女。

不过，只见叶霞身边的女孩似乎有点被吓到的感觉，眼神中透过一丝恐惧。之后，有两位男士极为殷勤地抢先把自己的位置让给了叶霞和那个女孩，两女便只好坐了下去。

不久后，巴士便开了，缓缓驶出广场，前往他们这次巴士一日游的目的地，阴缘山。

这阴缘山的名字和姻缘谐音，位于福市风景区几公里远的贵石岭，之前还是个偏远野岭，唯一有点名气的就是山顶上的一个明代的大院落，据说主人还是当时的一个高官。

几年前，一个开发商看中了这里的温泉资源，再加上明代大院的商业价值，所以，就直接买下了整座阴缘山，开发成了温泉度假山庄。

之后，这阴缘山就成了旅游胜地，也成了年轻人心中见证爱情的相亲圣地。

两个小时后，快到日落时分，巴士就抵达了阴缘山，通过绕山公路，很快就进入了度假山庄。

根据一些史料记载，还有专家得出的论证，这座山庄曾经是明朝末年一位将军归隐后建盖的。

明朝灭亡后，这座山庄就几经易主。

1949 年以后，这座山庄也就归了政府所有。由于这块地在开发的时候，经常出土一些文物，所以就重点保护起来了。

按政策规定保留了原有建筑风格，还在周边新建了一些商业建筑，打造成了旅游点。

这里有很多惊险的娱乐项目，还有另类的浪漫温泉项目，专门吸引那些喜欢刺激和处在恋爱期的旅客前来。

这次交友网站的巴士之旅之所以选在这里，自然也是为了利用这种刺激又浪漫的气氛，让这些男女会员有更多亲近的机会。

等所有会员下车后，就有一位浓妆艳抹的工作人员出现。

"欢迎各位游客光临我们的温泉度假山庄。我们不仅提供入户温泉享受，另外还准备了各种刺激惊险的体验项目，希望各位可以组队亲身体会。但这些体验项目只能在晚上体验，有意愿体验的游客在领取完房卡后，可以找我咨询。现在我先带各位参观一下我们山庄……"工作人员十分和蔼可亲地说道。

说完后，她就在前头引路，包括李晓翔在内的所有会员就跟着开始参观山庄……

这山庄虽然占地面积不小，但实际上，并没有多少古式建筑，大部分建筑都是改建的时候建造的，尽管也都保持古式风格，但与真正的古式建筑还是有所不同。

直到进入山庄深处后，才终于见到几座货真价实的明代古式建筑。

其中最显眼的莫过于被其他古式建筑所簇拥的一座宏伟大宅，建得就像是一座宫殿似的，雕栏玉柱，檐牙高啄，尽管外表的漆彩多半已经被风雨侵蚀，没有了当年的气派辉煌，但还是能够想象住在这里的人，身份是何等显赫！

大宅应该就是那位将军的住所，里面遗留下来的东西应该都算是高级古物，价值非凡。

这复古的风格李晓翔并不太喜欢，总感觉其中透着一股阴气。

大宅进去就是一堵墙，人必须从两边走到庭院。

工作人员开始介绍道，这在古代称为"萧墙"，有"祸起萧墙"之说。旧时人们认为自己的住宅中，不断有鬼来访。如果是自己祖宗的魂魄回家，是被允许的，但是如果是孤魂野鬼溜进宅子，就要给自己带来灾祸。如果有大墙挡住的话，鬼看到自己的影子，会被吓走。

庭院里面是几口大缸，走进去就是中堂，正当中摆着八仙桌。八仙桌上放着几个烛台。

"洪武元年，朱元璋称帝，国号明，建元洪武……"工作人员继续滔滔不绝地说着，李晓翔迷迷糊糊地跟着大部队走着，感觉这里面冷飕飕的，就跟当时戴上那个冥瞳镜的感觉一样。

他很不喜欢这种阴潮的房子，这样冰冷的感觉。

第四章
意　外

参观过后，工作人员又将大家带回了酒店大厅，李晓翔这才放松下来，只感觉四肢有些僵硬，他来这里最感兴趣的还是温泉泡澡。

当然，如果现场还能遇上一位投缘的美女的话，那也是挺浪漫的一件事情。

只不过他现在还走不出以前的阴影，心中对于感情还是有种惧怕。

"领取房卡后，各位游客就可以先带行李回房间休息，七点之后，我们的自助活动区将开放，各位可以到自主活动区参与活动，并可享用美食和音乐。"工作人员说着，开始分发房卡。

这时，所有会员的行李也都被行李车送了过来，让各位会员认领。

等认领完行李后，那些男士们就一窝蜂地涌向自己喜欢的女子，十分殷勤，又是拎包，又是搬行李，就是为了制造机会。

这酒店是仿古建筑，装修风格很复古。所有的房间为了追求浪漫感，并没有布置太多抢眼的灯光，看起来安静有度，但是又显得有些阴森，所以，那些女会员自然都没有拒绝。

李晓翔特意瞥了那工作人员一眼，见工作人员的脸上露出满意的笑容，就知道这交友网为了这次的巴士之旅，可是费了不少心思。

这时，李晓翔见到有两位男士朝周蕙兰走去，然后，一脸献媚地对周蕙兰问道："这位小姐，需要我们效劳吗？"

"效什么劳，就凭你们，细胳膊细腿，还想效劳。"后头的刘权一看有人盯上周蕙兰，立刻就冲了上来，粗壮的胳膊在两个男士眼前晃了几下，立刻把那两人给吓跑了。

"蕙兰，我帮你把行李拿到你的房间去。"刚才还凶神恶煞般的刘权，回头看向周蕙兰的时候，却变得柔情似水。

周蕙兰也没拒绝，笑着点点头。

"翔子，那我们先……"刘权向李晓翔使了个眼神。

李晓翔会意地挥了挥手，看着刘权和周蕙兰离开。他刚想去自己的房间，就见到叶霞和另一个女孩从大门走了进来，似乎是刻意避开那些男士。

两女走到柜台，领了房卡后，便准备上楼。

李晓翔见此也只能走了上去，好歹自己是个男人，必须有风度一点。

他微笑着对两女问道："有什么需要帮忙的吗？"

叶霞抬头一见是李晓翔，那小脸顿时气鼓鼓起来，倒有几分可爱。

"叶霞，你们认识？"那个女孩立刻露出几分好奇的眼神。

"有过一面之缘。你好，我叫李晓翔。"李晓翔礼貌地介绍道。

"你好，我叫肖雪玲，你可以叫我雪玲。"女孩以为李晓翔是叶霞的朋友，所以，也介绍了一下自己。

"雪玲，别跟他说话，你没看到他的脸上写着'我是色狼'四个字吗?"叶霞咬牙切齿地说道。

"我怎么没看到!"肖雪玲盯着李晓翔的额头看了一下，不禁问道。

"反正，别理他就行。我们走……"叶霞二话没说，就把肖雪玲给拉走了，走的时候，还用一种疑惑而在意的眼神看了李晓翔一眼。

"这女人的脾气还真是不小。"李晓翔无奈苦笑，摇摇头。

他之前去诊所包扎的事情，可能是真的喝醉了，根本就不是故意的。

却因为这样，对方如此误会了。

"按心理学书上说的，如果真喜欢这种性子烈的女人，只能来软的。这种女人一般都是刀子嘴豆腐心。看起来很难追，其实，真诚一点，打动她的心并不难。"李晓翔说道，他确定这句话不是他第一次说的，不过又想不起来是谁说的。

"走，回房泡温泉。"李晓翔吹了一下口哨，拎起自己的行李包。就在酒店过道的转角，有一个透明的全身镜，他扭头一撇的瞬间，看到了一道白色的身影。

那种被人纠缠着的感觉再一次出现。

"谁?"李晓翔先是一愣，然后，急忙起身看了看四周，可是附近只有他一个人，但就在他转身的时候，突然有一道虚白的影子突然消失得无影无踪。

"可能是坐车累了，又产生了幻觉。"李晓翔拍了拍脑袋，长吁了一口气，然后就拎着行李包穿过前厅，往后院走去。

一到后院，就见到峰回路转般相互联通的幽深长廊，还真有些回到古代的感觉。

按照长廊所挂的提示牌，很快，李晓翔就找到了自己的房间。他推开古色古香的木门，见房间里面的装潢却相当现代化，和普通的酒店没什么差别。

李晓翔将行李包往房间内的小沙发上一丢，然后就顺势倒在了柔软的床上。

"怎么有点冷……"突然，他只觉得房间内刮起了一阵冷风，让他不寒而栗地打了个冷战，他以为是窗子没关，起身一看，就见房间的窗子关得严严实实的，根本不可能吹进来风。

"是空调的风？不过我这是怎么了？前几天还好好的，怎么来了这里后，又有点不对劲的感觉！"李晓翔又躺到了床上，深吸了几口气。

"先泡温泉吧。"李晓翔说着，一边放水，一边铺上一次性塑料膜，然后就躺进了浴缸。

他仰望着天花板，温暖的水滋润着身子，古铜色的肌肤在水花的荡漾中闪耀着光芒。

慢慢地，他忽然感到一阵倦意袭来，眼睛一闭就睡了过去……

"救救我……救救我……"

李晓翔也不知道自己眯了多久，突然，听到一阵急促的呼救声响起在耳边，是个女人的叫声，而且听起来还有些熟悉。

之后，他觉得自己的身体不知怎么的，竟然开始慢慢下沉。蓦地，他感觉自己溺入了水中，大口大口的水灌入了喉咙里，呛得他无法呼吸。他拼命地挥舞着双手，隐约中他看到一个模糊的人影，好似在向他伸手，但那只手却在半空中停下，又犹疑地缩了回去……

李晓翔猛然睁开眼睛。

"原来又是噩梦！"李晓翔松了口气，但刚才那梦中的感觉，却无比真实。

不对啊，自己刚才明明去泡澡了，现在醒来竟然不在浴缸之中，而是躺在了床上。

"我什么时候躺到床上去的……"李晓翔掩住了嘴巴，从床上坐了起来，发现自己竟然浑身是汗，豆大的汗珠从额头滴落下来，身下的床单犹如浸水般完全湿透。

"不对，不对，床单不可能这么湿，难道我刚才没擦身子就直接躺回床上去了……"李晓翔飞步走到了卫生间，浴缸里面的水早就满了，正在不停地溢出来。

"刚才到底发生了什么事情？还好自己从水里爬起来了……"

李晓翔有些发软，他感觉自己泡完澡整个人都虚脱了。

他突然想起以前新闻报道过，有人泡温泉的时候晕倒，最后溺死在温泉池里。

这时，床头柜上的电话突然响起，李晓翔回过神，转身接起了电话，听电话那头传来沉重的喘息声，却没有声音。

"你好……"李晓翔眉头一蹙。

电话那头依然没有声音，之后就挂断了，传来嘟嘟的声音。

"打错了？谁这么无聊，玩这种恶作剧。"李晓翔放下了电话，看看时间，发现已经快八点了，他急忙下床，打开行李包，打算拿一套衣物换上。

就在他打开行李包的一刹那，他一下子愣住了，就见一叠整齐的衣服上面，平放着一个十分眼熟的盒子。如果他记得没错，这盒子正是他用来封存那个冥瞳镜的。

难道是今天收拾衣服的时候，不小心把这盒子放进了包里？

"应该是这样吧。"李晓翔越想越觉得不对劲，伸手拿起那个盒子，手不禁有些颤抖，这事情实在有些诡异。

更诡异的事情是，当他打开盒子的时候，发现盒子里什么都没有，那个本应该在里面的冥瞳镜，消失了。

李晓翔手一颤，盒子滑落到地上，他也一屁股坐到地上。这究竟发生了什么事情？这盒子是怎么到他包里的？而盒子里的冥瞳镜又去了哪里？

"难道是我不小心带来冥瞳镜，又有小偷浑水摸鱼进过我的房间？以为这个眼镜是个古董就给拿走了？"李晓翔自我安慰道。

就在李晓翔一头雾水的时候，床上的手机刚好响起，把他从慌神中惊醒，他下意识地爬起身，接起了手机。

"你小子怎么还不下来？不饿吗？这个活动区的自助餐不错哦，而且，还可以跳舞，你小子不下来大显身手一下？顺便给我壮壮胆，我今晚打算跟惠兰求婚……"刘权扯着嗓门的声音从手机那头传来。

"求婚？大权，你这次是认真的？"李晓翔不由得一愣，不过，刘权这突如其来的话，倒是让他一时间把冥瞳镜的事情给忘了。

和刘权认识这么久，还是第一次见刘权玩真格的。其实，刘权人不错，够兄弟，讲义气，还白手起家开了个酒吧，如今也是有房有车，唯一不好的就是家境。

刘权是农村出来的，以前谈过的几个女朋友都因为嫌弃他的家庭条件，最后和他分了。这也让他心里留下不小的阴影，对于爱情已经没有什么奢望，所以，刘权突然说要和周蕙兰求婚，李晓翔这做兄弟的自然感到惊讶。

"我当然是认真的，我年纪也不小了，我老家的父母一直盼着抱孙子，难得遇上一个不嫌弃家庭条件的女人，当然要好好珍惜。"刘权语重心长地说道。

"既然你已经想好了，那我也不多说什么，不过，你打算怎么求婚啊！"李晓翔笑问道。

"你也知道我五大三粗的，没什么脑子，肯定想不出什么浪漫的求婚，所以，我这次才把兄弟你拖上，就是想让兄弟你帮我出出主意呗！"刘权说出自己真实的想法。

"天底下果然没白吃的午餐，吃人嘴软，拿人手短，求婚的事情就包在我身上好了，我会给你创造机会的！"李晓翔信誓旦旦地保证道。

"那就多谢兄弟你了，快点下来……"刘权说完，就挂断了电话。

放下电话后，李晓翔的目光又落到那个空盒子上。冥瞳镜既然是被人偷走了，那就算了，自己也没带什么贵重的东西。

在他看来，这也许并不是什么坏事。这冥瞳镜留在身边就没什么好事，这突然没了，倒一了百了，省得老是让他一惊一乍的，连度假的兴致都没了。

这么一想，他的心情瞬间就好多了。

随后，从行李包拿出一套衣服穿上，李晓翔就离开了房间。

活动区就位于酒店前厅的一侧。到了前厅后，李晓翔就朝活动区走去，一推开门，好家伙，此刻的活动区简直像是在举办一场宴会。

灯光灿烂，十分绚丽。那些会员，不管男的女的，大部分都经过精心地打扮，反观他，还是一身非常随意的打扮。他这一走进来，马上就成了另类。

一些见到他的会员，立刻指指点点起来，似乎都在嘲笑从哪里冒出来的一个土鳖。

李晓翔也没在意，环视四周，就见到不远处，刘权正和周蕙兰一起，一身深灰色的礼服，脚下的皮鞋锃亮，配上本就魁梧的身形，倒十分显眼，不算帅，但非常有男人味。

而周蕙兰就在刘权身边，一身淡蓝色的长裙，将素雅的气质衬托得淋漓尽致。她傍在刘权身边，看起来小鸟依人，脸上还露出些许的幸福。

"看来这两个人八字的一撇也差不多了，就差临门一脚了，等会我一定要给刘权创造一个求婚的机会。"李晓翔心里暗道，暂时没打扰两人。

突然，大厅的门口响起了一阵喧哗之声，李晓翔转头一看，就见两道年轻靓丽的身影出现在大厅中，立刻吸引了无数惊羡的目光。

这出现的正是叶霞和肖雪玲。

此时的叶霞一身相当简单的无袖纱裳加上紧身短裙的打扮，将匀称丰满的身材衬托得凹凸有致。她的脸上并没有化妆，但白皙的肌肤和美丽的眼眸，就足以胜过在场的那些浓妆艳抹的女子。

但哪怕如此，大多数男人的目光也都集中到她身旁的肖雪玲身上。

肖雪玲一身淡红色的小礼服，将相当有料的身材衬托得淋漓尽致。精致的脸蛋上，稍微粉黛淡抹，让她一下子变得极有小女人的味道，还隐约透着几分略带稚气的妩媚。那蛾眉间又有几分不食烟火的灵气，看起来还真是别有一番风韵。

"我看起来是不是很奇怪？就说了嘛，我不适合穿这种衣服，可是你偏要我穿。"肖雪玲见所有人都用十分奇异的目光看着她，顿时有些紧张地对叶霞说道。

"谁说的，这些男人看着你，就说明你绝对是今晚这个舞会的主角。如果你想治好自己的病的话，今晚可是个好机会！不要浪费我的一番苦心哦！"叶霞说完，便转身离去，留下肖雪玲一个人。

这时，在场的很多男士都已经注意到了肖雪玲，一下子都围了上来。那些原本被关注的女人们，一见到风头都被肖雪玲抢去，顿时又气又嫉妒，不停地用怨恨的眼神盯着肖雪玲。

肖雪玲自然不习惯被这么多男人围着，觉得很难受，十分慌张无助。

"她这是有爱情恐惧症吗？这女人最无助的时候，也是她最柔弱的时候，才最容易感动。"李晓翔撇撇嘴道，一个箭步就走了上去，刚想救肖雪玲于水火之中。

突然，只见被围在其中的肖雪玲，眼眸突然变得极为犀利，原来有一个男人的咸猪手伸了过去，但见她拉住那只咸猪手，顺势就来了一个过肩摔。

砰的一声，那个倒霉的男人一下子就被摔到了地上，惨叫声连连。

其他的男士一见状，顿时都有些傻了眼，相视一眼，纷纷散去，而那个被摔到地上的男人，也吓得急忙离去。

"哇哦，还好我晚了一步，不然，被摔的肯定是我。"李晓翔一阵苦笑，没想到这么娇柔的一个女孩子，竟然有如此好的身手。

"她到底是什么来历……"李晓翔不由得猜测起肖雪玲的

身份。

"各位先生小姐，欢迎你们参加这次的巴士情缘之旅。今晚的活动是我们精心为各位先生小姐准备的，希望各位能借今晚的活动，找到自己的另一半。"

"如果各位男士想要趁今晚博得美人欢心的话，千万不要错过机会。接下来，各位男士都有机会上台来展现自己的风采。我们的聚光灯照到哪位男士的身上，哪位男士就可以上来展现自己的才艺。好，聚光灯准备……"这时，大厅的一侧，一个司仪走了出来，大厅的灯光突然暗了下来，一道光柱开始在整个大厅随意晃动起来。

最后，停在了一个看起来多金又英俊的年轻男子身上。

只见这年轻男子款款上台，先自我介绍了一下："大家好，我叫陈峰，是位职业魔术师，接下我将为大家表演帽子戏法。"

说完，只见那年轻男子将头顶上的礼帽摘下，先朝着所有人展示了一下空空如也的礼帽，紧接着，随手一翻，然后往帽子里一抓，立刻抓出几条五颜六色的丝绸。

这时，场下已经响起阵阵惊呼声。

虽然这魔术表演十分平常，而且经常能在电视上看到，但看真人表演的感觉，却又有些不同。

年轻男子将五颜六色的丝绸塞入礼帽后，随即又从礼帽中抽出了一根手杖。他用手杖将礼帽顶起，用力一顶，突然礼帽落下，手杖一下子被盖了下去，消失无踪。

等他再打开礼帽的时候，只见原本的手杖已经变成了娇艳欲滴的玫瑰花，就近大献殷勤，给了一位二十五六岁的年轻女孩，顿时夺得美人之笑。

大厅很快响起十分热烈的掌声，而鼓掌的多半是在场的那些女会员们，显然，陈峰的魔术已经俘获了不少女会员的芳心。

年轻男子一边挥手，一边下台。很快，宴会大厅中的聚光灯又闪烁了起来，不久后，就落到了一位看起来很有钱的暴发户身上。他全身镶金带银的，好像怕别人不知道他有钱似的。

只见那暴发户大摇大摆地走上台后，突然从怀里拿出了一个雪茄盒，抽出了一支细长的雪茄，叼到嘴上后，接着掏出打火机。他并没有用打火机点雪茄，而是又从兜里掏出了一叠美金，大约有三四十张，然后就在众目睽睽之下，用打火机把美钞给点着，一张接着一张用来点雪茄。

大厅自然也发出不少惊哗声，不少女士的眼睛都瞪得老大，但盯的不是暴发户，而是他身上的钱。对于一般的工薪阶层来说，这一叠美钞顶得上一两个月的工资了。

虽说这样装有些过头，但是这个社会是现实的，而这宴会大厅中的女人十有八九，都是超现实的。

她们来参加这个巴士之旅的目的，无非就是想找个后半生可以依靠的人，条件好的男士自然是她们的首选。

"哼，好恶心的男人，以为自己有点钱就了不起!"突然，一个女声从李晓翔的身旁响起。

李晓翔转头一看，就见叶霞和肖雪玲不知道什么时候又走了回来，就站在一旁，而说话的正是叶霞，只见她正一脸厌恶地看着那个暴发户。

"钱虽然不能说是万能的，但没有是绝对不能的。"李晓翔笑应道。

"如果爱情是靠金钱来衡量的话，我宁愿不要!"叶霞回头见说话的是李晓翔，立刻露出几分敌视的神情，固执地说道。

"可是这世界上没有不需要物质的爱情，这柴米油盐酱醋茶，哪个不要钱?"李晓翔应道。

"像你这种轻浮的男人，又怎么知道爱情的真谛呢?"叶霞对李晓翔的印象，似乎已经差到了极点。

一旁的肖雪玲见叶霞和李晓翔如此针锋相对，也觉得有些奇怪，之前叶霞还说不要理李晓翔，可这会儿自己却跟李晓翔吵了起来。

这两人一吵一闹间，那个暴发户已经下台。

"接下来，我们将选出下一位男士上台展示他的才华。不知道这位幸运的男士会是谁，聚光灯开始……"司仪手舞足蹈地说着，大厅的聚光灯再次飘动起来。

李晓翔刚想回应叶霞的话，只觉得突然一阵刺眼的白光落到了自己身上，抬头一看，就见所有人都在看着自己，神情微微一愣。

"这位先生，你成为能够展现自己才艺的幸运儿，赶紧上台来展现你的才华吧。"司仪立刻指向李晓翔。

"我?"李晓翔这才明白是自己被选中了。

"我看你还是不要上去出糗了。看你这样，就知道你是个一无是处的男人，能有什么才华?"叶霞冷哼道。

李晓翔看了叶霞一眼，他本来是不想上去的，不过被叶霞这么一说，他就非上去不可。再说了，正好能借此机会，给刘权创造求婚的机会。

李晓翔嘴角一勾，立刻穿过分开的人群，走上了前面的舞台。

所有人的目光一下子都注意到了李晓翔身上，见李晓翔一身老土的打扮，相貌平平，便开始议论纷纷，指指点点。

"这个家伙怎么搞的，来参加舞会居然穿成这样，他该不会是混进来，骗吃骗喝的吧？"

"这种男人一看就知道是个'三无'产品，无钱无房无车，简直跟废物没什么区别。"

"他能上台表演什么？学乞丐讨钱吗？"

……

一时间，各种粗言鄙语好似讨厌的蚊子嗡嗡响起。

第五章

表 现

    李晓翔不耳聋，自然能听到，但依然神色自若地在众人的目光中阔步朝台上走去，然后走到了钢琴前面。

    "难道他想表演弹钢琴吗？难不成他以为自己是钢琴大师不成？人家钢琴八级都没敢上去献丑，他竟然还想班门弄斧。"

    "这么废物的男人，估计想表演的就是如何当众出丑……"

    "他弹出来的，估计比噪音还要难听！"

    ……

    李晓翔坐在钢琴前，环视了台下的众人一眼，嘴角勾起一抹不屑的笑容。

    他稍微放松自己的身体，将十指放到了钢琴键上，用一个手指在钢琴键上按了一下，顿时发出极为刺耳尖锐的声音，紧接着，便从头到尾胡乱按动了几下，发出阵阵极为难以入耳的噪音。

    "喂，你会不会啊？难听死了，不会就赶紧下来……"

"是啊，不行就别逞能，你还当自己是钢琴家啊！"

"快点滚下来吧！"

……

顷刻间，大厅里响起各种鄙夷的声音，多半是男的，当然，也有不少女的，发出一些嘲笑声，觉得李晓翔根本就是自不量力。

肖雪玲不由得蛾眉一蹙，隐约透着几分怒气，不过不是对李晓翔，而是对那些嘲笑李晓翔的人，她似乎都有些忍不住想要上台替李晓翔说话。这些人连起码的对人的尊重都没有。

就在此时，一阵莫名的刺耳噪音突然在整个大厅内响起，让所有人的耳朵都有种随时要被刺破的感觉……

李晓翔很熟练地表演了起来，五指动。慢慢地，这刺耳的噪音在他耳边形成了一段奇异的旋律，像是一首钢琴曲。

其实，他原来就是想弹一首简单点的钢琴曲，给刘权助助兴，让刘权能够当众求婚，得到所有人的见证。但脑海里的记忆仿佛被突然唤醒，他的双手禁不住就放在钢琴键上。

钢琴发出一声极为沉重的声音，犹如仰天一声叹息，充满着忧国忧民的胸怀。

紧接着，就是一阵犹如铜钟轻敲般的声音，好似有什么在低吟浅唱，古怪的旋律加上奇异的音调，给人一种澎湃激昂的感觉。

随即，钢琴声犹如九转十八弯一样，开始变得急速起来，好似湍急的河水，令人窒息，之后，又是阵阵轰鸣激荡，震撼人心，就好像是身处在气势磅礴的战场上，千军万马，驰骋疆域，挥刀舞戈，血光四溅。

原本被刺耳噪音所折磨的所有人，听到李晓翔的弹奏后，禁不住都傻眼了。

那犹如战歌般的乐曲，不停地撞击着他们的心，似乎完全迷失自我，完全沉浸在这琴曲之中。

曲终，在场所有人才从李晓翔的琴声之中回过神，脸上所呈现的表情，除了目瞪口呆之外，似乎已经无法有更多的表情来形容自己心里的震惊。

"啪啪啪……"突然，大厅响起了一阵脆耳的掌声，而鼓掌的竟是叶霞身边的肖雪玲。

"喂，你鼓什么掌，他弹得有那么好听吗？"叶霞撇嘴说道，也不知道为什么，她总感觉这个男人有些不对劲。

"大权，原来你朋友的钢琴弹得这么好。"刘权身旁的周蕙兰小嘴张得合不拢。

"这小子的厉害之处，远不止于此。他可是一个天才。"刘权叹道。

"好帅！"不少女子更是激动地大叫起来。

"他肯定是什么世界级的钢琴大师……"

"对，他肯定是深藏不露。"

……

一时间，刚才很多女会员的鄙夷或是轻视都变成了崇拜。

而刚才那些大出风头的男士，都已经风光尽失，望尘莫及。

"献丑了。"李晓翔立刻起身，微微躬身，先把刚才发生的事情抛在脑后，接着，环视全场，道："刚才的一曲其实是我为了祝福我的朋友而弹奏的，他今晚将在这里，在各位的见证之下，向他心爱的女人求婚……"

说完后，李晓翔的目光立刻看向了刘权。

刘权一下子还没反应过来，等李晓翔看向他之后，才恍然大悟，急忙从口袋里取出了已经准备好的戒指，然后，对着周蕙兰单膝跪地。

"大权，你……"周蕙兰显然没什么心理准备，诧异而又激动。

"蕙兰，嫁给我吧，我刘权不会说什么甜言蜜语，我只想跟你说，我这辈子只会对你一个人好！"刘权有些笨拙但却深情地说道。

就是这样朴实的一句话，让周蕙兰泪流满面。

"好感人哦！"叶霞身旁的肖雪玲禁不住眼眶红起。

"居然帮人求婚……不过，他怎么让人有些看不透呢！"叶霞也忍不住自言自语地嘀咕一句。

"嫁给他，嫁给他！"这时，一些同样被刘权真挚话语所感动的会员，立刻喊了起来。

周蕙兰娇容羞红，看看四周，最终，接过了刘权手中的戒指，微微点头，羞涩地道："我愿意！"

刘权顿时激动地起身把周蕙兰抱了起来，在原地转了几圈，看上去十分幸福浪漫。

或许是不好意思，周蕙兰被刘权放下后，就直接拉着刘权先离开了。

完成任务的李晓翔一下台，马上有很多女会员围了上来，把李晓翔围得水泄不通，七嘴八舌地问起李晓翔是不是什么钢琴大师。

"钢琴只是我的业余爱好。"被众女包围的李晓翔，十分镇定地装了起来。

"业余爱好都这么厉害，李先生还真是有才华。"那些女的看着李晓翔的眼神已经变了。刚才的鄙视和嘲讽，一下子变成了暧昧不清。

"过奖了。"李晓翔谦逊地应道。

"听完你弹的琴，我都想学了，不知道李先生今晚有没有空到我房间里教学呢?"

"我也要，我也要。"

"要教也是先教我，我肯定学得很快。"

"请问先生，那你是做什么的呢?"又有女会员争着问，问工作也是一种委婉的打探。

一个男人有没有钱，算不算潜力股，这些都很重要。

"我在海马集团上班，职位是技术总监。"李晓翔没有经过什么思考，顿时脱口而出。

他本来是要说之前的公司，不过那个企业是个外企，一般人并不知道。

他就直接说了一个和自己有合作的本地大公司。

海马集团在福市家喻户晓，这是一家很有名的集团企业，经营范围很广，里面的员工工资待遇极好，令外人羡慕。

"海马集团的技术总监……"顿时又是一阵惊叹声。

很快，李晓翔被一群女人东拉西扯地抢了起来，一下子成了抢手货!

四周的那些男士见李晓翔突然间变得如此受欢迎，顿时面露愠色，似乎所有的风头一下子都给李晓翔抢去了。

"我也在海马集团上班。"一个轻柔的声音顿时传了过来。

这话让李晓翔顿时有些尴尬起来，不会这么快就被别人给揭穿了吧?

顺着声音看去，在人群之外的角落，李晓翔突然注意到了一道亭亭玉立的身影突然出现在门口。

高挑的身材，凹凸有致的曲线，加上性感迷人的气质以及绝色的容颜，足以令全场的女人都黯然失色。

"是她？"李晓翔定睛一看，不由得一愣。

面前的女人站在灯光的死角，很阴暗的地方，她显得非常孤独伤感。

李晓翔打量了好一会儿，脑海里突然多了一个人的身影。

他认出了眼前这个女子竟然就是上次在一起度过一夜的张欣，没想到她也会来这里！

张欣的目光也落到了被众女包围中的李晓翔身上，神色异常平静，但眼神却充满了万般幽怨，好像李晓翔是个背信弃义的负心汉。

感受到张欣眼神中的幽怨，李晓翔心里突然多了几分内疚，这是他已经很久都没有体会到的感觉。

"这张欣非富即贵，难道她是海马集团的高层？那我不是要丢脸了……"

"她不会当着众人的面揭穿我吧？还有，看她那幽怨的目光，是因为上次不告而别，还是因为谎言让她伤心？"

这时，张欣突然转身，似乎准备离开。

李晓翔不由自主地迈动脚步，穿过那波涛汹涌的包围，叫了一声："等等。"然后就朝门口追了上去，而他这莫名其妙的举动让那些女人为之一愣。

李晓翔追到门口后，发现张欣的背影突然消失在大宅左侧拐角，他马上追了上去。

但对方好像一下就消失了一样。

就这样，李晓翔凭着感觉，在几栋建筑物间穿梭，直到走到了酒店的后院转角。

再往前面一点，就是保护起来的明代将军宅院，之前工作人员带他们参观过。

这里应该属于酒店二期开发的范围，破裂的地板十分湿滑，两侧长满青苔，因为没有灯光，旁边年久失修的土墙让人感觉有点心慌。

"张欣不会跑到这种地方来吧？难道她不害怕吗？"李晓翔忍不住想道。

"张欣！"李晓翔叫了一声，张欣始终没有回应，他的声音却荡漾出一道不和谐的回音。

"噔噔……"李晓翔沉思了一下，感觉背后传来了一阵高跟鞋走路发出的声音，很近，又很远，顿时令他毛骨悚然起来。

他的后背开始发凉，冷汗从额头上流了下来。他猛然转过身来，后方空无一人。

这声音应该是隔壁酒店走道那边传来的，只是夜晚太安静，所以显得有些刺耳。

"这张欣到底跑哪里去了？不会是跑进那个将军宅院了吧？"李晓翔十分纳闷地四顾。既然找不到张欣，他也只好转身，准备离开。

虽然刚才被吓得不轻，但李晓翔的心理调节能力还是不错的，等他回到大宅后，已经跟没事人一样了。

"看来今晚必须活动活动，找个伴压压惊才行！"李晓翔一边寻思，一边走进大厅，突然觉得右侧有什么急速飞来，还好他反应够快，一下子就接了下来。

他拿到眼前一看，不由一愣，他抓住的竟然是一只高跟鞋。

"难道这是灰姑娘的鞋子吗？"李晓翔苦笑一声，拿着高跟鞋寻找它的主人。

很快，他就看到一个身影正坐在窗台上，脚上的高跟鞋不知道飞到哪里去了，光着两只可爱的小脚丫，一边喝着手里的鸡尾酒，一边看着窗外的夜色，神情似乎有些落寞。

"那不是肖雪玲吗?"李晓翔双目一眯，然后，看了手中的高跟鞋一眼。

"这是你的鞋子吗?"李晓翔走到肖雪玲的面前，晃动了一下手里的高跟鞋。

"好像是……"肖雪玲见自己的高跟鞋被李晓翔拿着，就好像自己的小脚被握住了一样，忍不住脸红几分。

"我刚才差点就被它吻到了，不过，看在它的主人是个这么漂亮的美女分上，我决定原谅它。"李晓翔说着，将高跟鞋放到了肖雪玲所坐的窗台上。

"对不起……对不起……我不是故意的，我只是……"肖雪玲听李晓翔这么一说，马上红晕染起，支支吾吾地道歉。

"我都说原谅它了。所以，你也就别道歉了。"李晓翔笑了笑，接着对肖雪玲道，"要不要我替你把另一只给找回来?"

"不用了。反正我不是什么灰姑娘，要靠水晶鞋来寻找爱情。我本来就跟爱情无缘。"肖雪玲突然露出几分失落，说道。

"为什么这么说?"李晓翔问道。

"我有恐男症，只要是男人接近我，就肯定会遭殃的。这样的女人，谁敢要啊!"肖雪玲无奈地自嘲道。

"看过医生了吗?"

"看过了。也试过很多方法，可是都不管用。这应该算是一种心理疾病吧。"肖雪玲摇摇头。

"是吗? 我有个可以治恐男症的偏方，你要不要试一试?"李晓翔目光在肖雪玲那美丽的小脸上扫了一下，紧接着，故作深沉地说了一句。

"骗人！你一定是在打什么坏主意吧？"肖雪玲不信，像是识破了李晓翔的阴谋般，美眸轻眯地问道。

"如果你不信的话，我也没办法。我就不打扰你了！"李晓翔说着，打算转身就走。

"等等！"肖雪玲见李晓翔就要这么走了，心里不由得纠结了一下，心想，万一李晓翔真的能治好她的恐男症，那就让他这么走了，以后想找他都难了，所以，立马冲着李晓翔的背影叫道。

李晓翔一本正经地回身，问道："还有什么事情吗？"

"你真的可以治好我的恐男症？"肖雪玲还有些不太确定地问道。

"这恐男症其实是源于潜意识的抗拒，我大学的时候研究过心理学，刚好了解一些治疗恐男症的方法……"李晓翔点点头。

"那你先告诉我要怎么治……"肖雪玲迟疑了一下，接着问道。

"你等下。"李晓翔转身到一旁的餐桌上取了一杯酒，又回到肖雪玲的面前，说道："首先，先把你手中的这杯酒给喝光了。"

"喝光？我只能喝一点，喝光我肯定会醉的。而且这治病和喝酒有什么关系？哦，我知道了，你一定是另有图谋。哼，我就知道不能相信你。"肖雪玲小脸一皱，顿时起疑了。

"那你还想不想治好你的恐男症了？"李晓翔神情淡定地问道。

"我……"肖雪玲心里极为矛盾，偏偏叶霞又不在，不然的话，她倒是可以大胆地试试。不过，似乎想要治好恐男症的心理还是占据了上风，她看了李晓翔一眼，一把拿过鸡尾酒，没等李晓翔说话，就一饮而尽，紧接着，伸了几下俏舌，道："好辣！"

"你快点告诉我，怎么能治好我的恐男症？"肖雪玲心急地问道。

"现在你按我说的做。"李晓翔说着，伸出了一只手，道，"你先试着碰我的手。"

肖雪玲迟疑了一下，才缓缓抬起自己的玉掌，若即若离地伸向李晓翔的手，就在快要接近的时候，却突然又停了下来，露出几分害怕的神情，看起来有些紧张，美丽的眼眸中闪过一抹来自内心的抗拒。

"不要害怕，深吸一口气，放松自己的身体，然后，看着我的眼睛……"李晓翔的声音好似充满了蛊惑。

这时，肖雪玲已经上了一点酒劲，不由自主地抬眸看着李晓翔，与李晓翔四目交错后，突然觉得李晓翔的那双眼睛，好似无尽的深渊，令她猛地深陷了下去一般。

只见她眸光晃动了一下，突然间变得迷离起来，好似被催眠了一样，将自己的小手放到了李晓翔的手中。

"其实所谓的恐男症，只是一种不敢尝试的心理作用，就像一个没有经验的士兵上战场，不知道该如何作战一样。只要尝试过一次，就会有第二次、第三次。人类的精神力量是很强大的……"李晓翔非常同情地道，其实，他对肖雪玲用了一点心理暗示。

这时，肖雪玲似乎像是突然缓过神来般，见到自己的小手竟然真的放在了李晓翔的手上，顿时又惊又喜起来，但很快，她就犹如触电般收了回去，小脸红晕染起，甚是可人。

"怎么样？现在相信我了吧！"李晓翔对肖雪玲笑道。

肖雪玲猛地点了几下脑袋，然后，好奇地问道："你是怎么做到的？"

"如果告诉你的话就不灵了。"李晓翔故作神秘。

"那……那你真的可以完全治好我的恐男症吗?"肖雪玲有些期待地看着李晓翔,她也知道自己和李晓翔只是刚刚认识,不应该这么相信他,可是一想到能够治好自己的恐男症,她就不由自主地选择了相信。

"这个不好说,需要时间。"李晓翔犹疑地说道。

"没关系,我们有一晚上的时间……"肖雪玲放下了对李晓翔的警惕,突然赤着脚丫跳到了地上,一路小跑离开。一会儿,她端着一盘鸡尾酒出现在了李晓翔眼前,将酒放到了一旁。

"你这是……"李晓翔还没明白肖雪玲想做什么,就见肖雪玲突然拿起一杯鸡尾酒,又仰头而尽,然后,就向他慢慢地伸手。

"继续治疗啊!"

"来,喝酒……"

"喝酒,喝酒……"李晓翔也点了点头,今天发生的很多事情让他有些烦躁。

或许喝一点酒,对于自己对肖雪玲的治疗有帮助。

两人喝了几杯之后,肖雪玲似乎真的醉了,说话变得语无伦次,还不时地傻笑起来。

"你醉了,我送你回房间。"李晓翔立刻拿过肖雪玲手中的酒杯放到一旁,他没想到肖雪玲酒量这么差。

他可不是那种乘人之危的人!

"好啊,你背我回去。"肖雪玲借着酒劲像小孩一样撒娇道。

"那可不行,别人看到,还以为我占你便宜……"

"你占我便宜?我一个人能打八个。废话少说,赶紧背我……"

李晓翔也只能无奈地背过身,背着肖雪玲回了她的房间。

李晓翔将肖雪玲送回了她的房间，把人放到了软绵绵的大床上，然后，将肖雪玲缠在他脖子上的双手拉开。

此时，肖雪玲似乎醉得不轻，只觉得双手被李晓翔拉开后，似乎少了什么，所以，下意识地又拉住了李晓翔的手，接着，猛地一拽。

这一拽的力道可不小，竟然将李晓翔整个人拽了个转身，险些一把扑到肖雪玲身上。

他马上两手撑住，正好，与肖雪玲四目交错。

就在这时，忽然一股阴冷直袭后背，让他忍不住身躯颤抖，等他回过神的时候，再看身下压着的，竟然不是肖雪玲，而是张欣。

"怎么……怎么是你……"李晓翔用力睁大眼睛，他以为是自己看错了，但仔细看了几眼，确实是张欣。

不过，此刻的张欣一动不动，只是用一双极为幽怨的眼神紧紧盯着他。

"这到底是怎么回事？"李晓翔的脸色不由惊变。

他急忙翻身下床，再看着床上的张欣，依然没有动静。

这时，他注意到张欣的手里似乎抓着一个带着链子的东西，看起来有些眼熟，他犹豫地稍微凑近看了一眼，顿时，嘴巴不禁微微张开，双目圆睁，一股冷寒猛地从背后升起，直冲脑门。

张欣手中抓着的，竟然是那只被封藏在盒子里，不知为何出现在他的包里，而又无故失踪的冥瞳镜。

第六章
死人了

李晓翔脸色瞬间惨白起来，身体微微颤抖起来，也不知是冷到了，还是被惊到了。

"喂，这冥瞳镜为什么会在你手里?"李晓翔向躺在床上的张欣问道。

但张欣还是冷冰冰地躺在那里，没有回答李晓翔的话。

"这到底是怎么回事? 冷静，冷静……"

"一定又是喝醉酒造成的幻觉!"

李晓翔马上闭上眼睛，深呼吸，再睁开的时候，果然，眼前的一切又恢复了正常。

醉得不省人事的肖雪玲躺在床上，嘴里不知道呢喃着什么。

"真是疯了!"李晓翔深吸一口气，刚才所看到的犹如真实的情景。

但好像又只是他的幻觉。

因为孤男寡女独处一室影响不好，所以，李晓翔马上走出房间。

好巧不巧，刚走出房间，就碰上了来找肖雪玲的叶霞。

叶霞见肖雪玲突然不见了，觉得奇怪，担心出什么事，就特地来肖雪玲的房间看一下。

叶霞美眸圆睁，对李晓翔叫道："喂，你怎么会从雪玲的房间里出来？"

"那个……她喝醉了，硬要我背她回来……"

李晓翔面对叶霞的质问，苦笑回应。

叶霞似乎不相信，瞪了李晓翔一眼，说道："要是雪玲有什么事，我一定会找你算账。"说完，就进了肖雪玲的房间。

李晓翔看着叶霞的背影，无奈一笑。

回到自己房间后，李晓翔就像被抽干了力气一般，直接仰面倒在床上。他倒不是累，就是觉得晚上发生的事情太过匪夷所思。他已经分不清晚上两次见到张欣，究竟是不是他的幻想，还是有其他原因。

"不管了，先补个眠！"李晓翔越想越觉得诡异，所以，干脆连衣裤都没脱，就钻进被子里面。

这一觉竟然睡到了第二天中午。

十二点刚过，李晓翔就被电话声吵醒了。

"翔子啊，这太阳都晒屁股了，赶紧起床，下午可是有活动的……"大权知道李晓翔有睡懒觉的习惯，催促道。

"我不去了，我很困！"李晓翔只觉得自己很累，困得不行，所以，回了一句后，就继续睡了下去。

等李晓翔再醒来的时候，外面已经夜幕降临了。

"我居然睡了这么久！"

"嘴巴好渴。"李晓翔见已经是晚上了，不由得蹙眉揉揉头发。

"喝水吧。"轻柔的声音突然从旁边传了过来。李晓翔很习惯地伸出手去接，不过却抓了一个空。

"不会吧，房间有人……"他突然间反应了过来，吓得寒毛竖起，一点睡意都没有了。

四周空荡荡的，连一只老鼠的踪影都没有。

"又是幻觉？应该是饿得有些发晕了吧。"李晓翔自言自语了一下，起身到洗浴室洗漱了一下。

他用水冲了几下苍白的脸，这才镇定下来。出来后，他摸摸肚子，觉得有些饿了，就打电话，叫了客房服务，点了一些餐。

就在他刚打完电话，正准备给刘权再打个电话的时候，他忽然发现自己房间的地上，竟然有很多带着泥土的脚印，而且，十分杂乱，可是他之前回来的时候，地面应该还是干净的。

"有人进过我的房间？酒店服务员，还是那个贼又来了？"李晓翔脑海里第一个闪过这念头。

他看了看窗外，好像是下过雨。

再或者就是梦游，不过这脚印挺小的，应该不是他的。会不会是张欣问到自己的房间号，来房间找过他？

这时，李晓翔有些傻眼了。

如果真是如此的话，那或许还好。如果还有其他原因的话，只怕就麻烦了。

自己并没有带什么贵重的东西，也没有财物丢失，自然不可能去报警。为了弄清到底怎么回事，他突然有了想法。

刘权刚好带了一部有摄像功能的相机，还配有很高精度的镜头，本来是想找机会拍情侣照的。

他很快过去借了过来，

"放在衣服架的最上方偷录看看，就知道是谁了，怎么感觉这里有点邪门……"李晓翔再次自言自语了一下。

没多久，客房服务员就送来了李晓翔所点的餐。

不过，他已经没什么心情吃，随意吃了几口后，就下楼溜达了几圈。

夜色之下，李晓翔很惊奇地发现，这次参加活动的男女会员已经有好几对走在了一起，躲在附近角落亲热。这个发展的速度果真有点快啊。

看来这些有收获的会员，今晚不寂寞了。可怜的还是他这样的"单身狗"……

李晓翔自嘲了几句，突然想起了肖雪玲，又想起了叶霞。

这两个女孩都是很不错的人，至少非常真诚和正直，只不过他现在对爱情依旧有着畏惧，并不想迈出第一步。

他现在没有勇气再去找肖雪玲，对方是真的很单纯，要是激怒了对方，一个想不开，傻傻地报警，那就弄巧成拙了。

到时候，他就是跳进黄河都洗不清。更何况叶霞早有提防，也不会让他得逞。

李晓翔的出现，自然引来了一些女会员主动搭讪，谁让他之前表现得那么高调。

不过这些女人太势利，他根本不感兴趣，也就找了个理由推辞而去。

本来他有夜跑的习惯，于是就沿着度假区跑了一圈，直到看到那个明代将军宅院，这才又跑了回来。

他分明记得，第一天来的晚上，张欣的身影就消失在那条唯一的路上。那条路直接通到了那个将军宅院。难道张欣真的跑进去了？

因为明天晚上活动就要结束返程，李晓翔决定再好好享受下温泉，缓解一下有些紧张的神经。

　　由于出现了一些难以解释的现象，他心中就好像有一块石头悬着，刻意不敢合上眼睛。

　　不过莫名的倦意袭来，他只能爬了起来，换上睡衣，再次检查门窗，并看了一下相机，上床睡觉。

　　看着相机闪动的红外红光，他莫名其妙地有些恐慌，拉紧了被子。

　　等李晓翔再醒来的时候，已经是第二天早上。

　　"我的睡眠质量什么时候变得这么好了？"李晓翔不由得有些纳闷。他先下了床，到浴室洗漱了一下，接着，就有些紧张地拿起相机，按了一下回放键，看看他昨晚有没有梦游之类的情况。

　　画面阴森得有些可怕，但看了半天，并没有看到他梦游的画面，只是说了一些不清楚的梦话。

　　从昨晚到现在，他就一直躺在床上。

　　唯一让人不解的就是相机里面录下的敲门声，在凌晨两三点的时候，不知道是谁在他的门前，很有节奏地敲着门。

　　"真是奇怪了！难道是真有人恶作剧，还是有人嫉妒报复呢？"

　　"不行，看来不能继续住在这酒店了。还是先回去吧！"

　　李晓翔一头雾水。

　　就在此时，一阵刺耳的警笛声隐约响起，李晓翔立刻朝发出警笛声音的方向看去，就见两辆警车正呼啸而来，停在了酒店前面。

　　突然门口响起了敲门声，李晓翔便先去开了门。

　　门外是刘权。

"你来得正好，我正想和你说一声，我突然有事，想先回去。"李晓翔说道。

"回去？恐怕不行了。"刘权摇摇头道，神色异样。

"怎么了？"李晓翔见刘权的神情，觉得奇怪。

"我刚听说，这酒店里死了人，应该是在前天晚上。不过刚刚被发现……所以，我才跑过来找你，你没事就好。"原来刘权是听说有人死了，所以才特地跑过来找李晓翔。

因为正好昨天一天，李晓翔基本都在房间睡觉，就晚上的时候出去溜达了一下，以刘权对他性格的了解，就有些担心。

"死了人？"

李晓翔听到一愣，接着道："那刚才的警笛声……"

"哦，应该是酒店报了警。"

"据说死者是和我们一起参加活动的女会员，昨天一天没出现，酒店人员进门打扫的时候发现的……"刘权应道，看来他也是听到了一些情况。

李晓翔心里悬着的石头，顿时落了下来，原来不是肖雪玲报的警，害他白担心一场。

突然，他和刘权听到楼梯口传来一阵骚动，两人走到门外一看，就见几个警察正在一个惊慌失措的男人带领下，往楼上去了。

那男人好像是山庄的经理。

"我们去看看。"李晓翔对刘权道，随后，两人便跟了上去。

跟到三楼后，就见三楼已经围得里三层外三层的，每个人的脸上都充满了不安、紧张以及恐惧。

只见那些警察一出现后，围观的人便迅速散开，让出了一条通道。

走在后面的李晓翔和刘权，见那些警察一直走到了长廊尽头的一间有几个工作人员守在外头的客房内。自从发现死了人后，这里的工作人员就接到命令把现场保护了起来。

"喂喂，知道那间住的人是谁吗？"

"和我们一起来的女会员。"

"真的假的？她是怎么死的？"

"我听说尸体是在浴缸里被发现的。"

"这也太惨无人道了吧。"

……

一时间，围观的那些客人骚动起来，整个气氛阴森而不安。

就在众人议论纷纷的时候，刚才进去的几个警察走了出来，一起出来的还有刚才和他们一起进去的那个神色慌张的酒店经理。他拿着一块手帕，拼命擦着头上的汗，因为自己管理的酒店死了人，这肯定是难辞其咎的。

"马上召集所有客人到楼下的大厅，我们需要做笔录。"

"对了，法医鉴定死者死亡时间是在前晚，那时候到现在有人离开吗？"为首的警察应该是带队的小队长，对经理说着。

"没有人离开过……"经理心惊地回道。

"好吧。"警察队长又看向围观的客人，道："你们排队，每个人都要做下笔录。"

"看来一时半会是走不了了。"李晓翔看了刘权一眼，没想到难得出来旅游一次，竟然碰到了这种事情。

不久后，整座酒店的客人都被召集到了一楼的大厅。大家看起来人心惶惶的，都生怕被怀疑似的。

"都排好队，一个接着一个到这个房间里面做笔录。"这时，靠近大厅右侧的一间房间内，走出来两个警察，对大厅里面的客人示意道。

随后，大厅里就排起了长龙。

"这样做笔录要做到什么时候啊？"李晓翔不由得摇摇头。

"就当是做好事吧，反正不做亏心事，不怕鬼敲门。"刘权笑着应道，然后，对身旁有些紧张的周蕙兰说道："等会你进去的时候，就说前天晚上我们在一起。"

周蕙兰顿时脸一红，不由得看了李晓翔一眼，似乎有些害羞。

李晓翔也是对刘权挤眉弄眼了一下，想不到这小子下手还真不慢，早知道他就不来了，还摊上这种麻烦事。

这人一个接着一个进去，然后，又一个接着一个出来，转眼就过了中午，总算轮到李晓翔他们了。

"那我先进去了。"李晓翔对刘权打了个招呼，他想尽快完事，然后，就离开这里。

等李晓翔走进那个做笔录的房间后，脸上的表情顿时凝固。

他看到那做笔录的桌子后坐着的两个警察中，其中一个是队长，而另一个是一位身着制服的女警，看起来英姿飒爽，精明干练。令人万万没想到的是，这女警竟然是肖雪玲。

此刻，李晓翔心里一阵庆幸，幸好那晚没发生什么，不然，他就要去公安局里面待着了。

肖雪玲一见到李晓翔，立刻微微脸红，看起来有些可爱。

"坐下！"肖雪玲马上就一副审问犯人的架势。

李晓翔立刻坐到了肖雪玲对面的椅子上。

"原来你是个警察。"李晓翔笑了一下。

"姓名。"肖雪玲装作和李晓翔一副不认识的样子。

李晓翔见肖雪玲不理他，只能配合地报上自己的名字。

一番基本资料的询问后，就转入了主题。

"前天晚上八点的时候，你在哪里？"肖雪玲问道。

"前天？八点，那时候好像我正背着……"李晓翔想了想，然后盯着肖雪玲道，"你确定要说吗？"

肖雪玲一听，顿时，猛地咳嗽了一声，瞪了李晓翔一眼，道："说啊，如实交代……"

"哦，那时候正巧碰上一个喝醉的女生，我不认识她，但我担心她的人身安全，所以，就把她背回她的房间，然后就离开了。"

"那位女生的朋友叫叶霞。她可以证明。"

李晓翔知道肖雪玲不想让人误会那晚的事，所以，就换了个说法。

"叶霞是吧？她已经做过笔录了。她说那个时间点，她去找她朋友，刚好碰上背她朋友回房间的一个男子，应该就是你吧！"

"还发生了一些误会……"

"这么说来，他们可以相互做不在场的证明。这样应该没什么问题吧，队长……"肖雪玲对身旁的队长问道。

"那就没什么问题了。"那个陈队一脸严肃地点头。

肖雪玲沉着脸道："可以了，你出去吧。"

"哦。"李晓翔应了声，就起身走出了房间。

虽然做完了笔录，但因为要等禁令解除才能离开，所以，大部分人都先回了自己房间。

李晓翔出来后和刘权说了声，也回了房间。

就在他刚走到房间门口的时候，听到有个声音在叫他，不由得回头一看，见通往三楼的楼梯口，站着一个熟悉的背影。

"张欣？是你吗？"李晓翔仔细一看，虽然看得不是很清楚，但这声音还能是谁？

"你前天去哪了？我还以为你不在了……"李晓翔大叫了一声。

张欣并没有理睬，突然，转身上了三楼。

李晓翔犹豫了一下，马上追了上去，那晚追张欣出门的时候，张欣就突然消失了，他觉得有点奇怪。所以，他也想问清楚。不知不觉就追到了三楼，就见张欣的背影正朝着长廊尽头的房间走去。

"张欣，那里不能进去。"李晓翔见张欣正靠近被警戒起来的案发现场，立刻叫道。

但张欣像是没有听到般，继续往前走去。这时一阵冷风突然灌了进来，直接将警戒线给吹断了，张欣刚好直接走了过去，然后，就进了那个死人的房间。

"那个死者你认识?"李晓翔有些莫名其妙起来。

因为死了人，所以，整个三楼已经全被清空了。

李晓翔四顾，见张欣的身影消失在那房间后，一咬牙，立刻跑了上去。

"张欣，别玩了……"他站在门口叫了好几声。

过了好一会儿，张欣没有任何反应。

他想了一下，打算赶紧进去把张欣拉出来，免得玩大了。

可是让李晓翔没想到的是，就在他进入那个房间的时候，张欣又消失了，而房间里头的浴室里，亮着灯，传来哗啦啦的水声。

他愣了一下，不由得叫了几声："张欣……张欣"，但又没人应。

就在此时，关着门的浴室里，突然出现了一个身影，透过磨砂的玻璃镜，可以看清她身上什么都没穿。

李晓翔吞咽了一下喉咙，然后说道："张欣，别闹了，这里是案发现场，要是被人发现的话，可就麻烦了！"

吱的一声，浴室的门突然开了，好似在诱惑李晓翔似的，从门缝可以看到里面热气氤氲，缥缈犹如仙境。

"喂，别玩了。"李晓翔犹豫了一下，马上一个箭步推门而入。

推开浴室门的一刹那，那氤氲的热气突然消失了，水声也停止了。

只见已经盛满水的浴缸里，一具毫无生气的娇躯横陈，不是张欣，而是一个陌生的女子，眼眸瞪大，犹如死不瞑目一般，一只手摊在浴缸外面。

李晓翔脸色忽然一变，意识到眼前看到的这个女人，应该就是那位死者。不知道什么原因，尸体还没有被捞起来，已经被水泡得有些浮肿。

浴室里除了尸体外，空无一人，张欣又莫名其妙地消失了。

李晓翔不由得浑身一颤，往后退了几步，毕竟看到死人多少让人有些心里发怵。他刚想转身离去，但他注意到，在女子房间的地上有一条长长的链子。

李晓翔一下子联想到了什么，走了上去，不禁倒抽了一口气，这失踪的冥瞳镜竟然出现在这里，这是何等骇人的事情！

这时，李晓翔忽然听到一阵脚步声。他迅速捡起眼镜，离开浴室。因为脚步声已经到门口，所以，他只能立刻打开衣柜，躲了进去。

同时，两个身影随着一阵对话声走了进来。

第七章

自杀还是他杀

　　"叶霞，这次又要麻烦你帮忙了。你看看这到底怎么回事吧，我特意交代他们，先不要移动尸体，保证现场完整，让你看上一眼。"先是一道耳熟的声音响起。

　　李晓翔从柜子的缝隙中看了出去，进来的两人，竟然是肖雪玲和叶霞。

　　这肖雪玲出现在案发现场是理所当然的，但叶霞为什么会一同出现呢？

　　而且听对话好像还是肖雪玲叫来的。

　　"死者为大，这人都已经泡了这么久了，还是劝劝家属早日入土为安吧……另外你也不要客气了，你哪次碰到棘手的案子不是麻烦我的，我都已经习以为常了。其实破案这东西，一定要用心去看。"叶霞笑着应道。

　　"你是在取笑我对吧，如果让别人知道，我这专破奇异案子的女神探，其实都是靠你这叶大美女帮忙的，那我可真要失业了！不过谁让我们的叶大美女可是个法医学博士呢！有你陪着，我就什么都不怕了……"肖雪玲小嘴噘起，嗔道。

"少贫嘴。对了，那晚你到底和那男人发生了什么事情？我已经问你第三遍了，你真不打算从实招来？"叶霞严肃地问道。

"都跟你说没事了。"肖雪玲有些心慌地道，"你觉得我是那种容易被欺负的人吗？"

"那倒也是。"叶霞理所当然地点点头。她知道肖雪玲有恐男症，一般男人根本接近不了的。

"好啦，正事要紧，先把案子解决了再说。"肖雪玲见叶霞不再追问，便松了口气，接着道，"死者是早上八点左右，由负责客房清洁的服务员发现的。前一天，服务员就去敲过门，想进去整理房间，一直没有回应。今天服务员又去敲门，依旧发现没有声息，这才私自开门进去的……

"我来看看，从目前尸体展现的情况看，是溺水窒息死亡的，尸体没有移动过的痕迹。至于死者是否被侵犯，需要将尸体转移回去进一步鉴定。"叶霞仔细检查了下尸体说。

"你的意思是说，死者的头部一直保持在水面上，但却发现是溺水窒息死亡的……"肖雪玲确认道。

"没错。很奇怪吧，而且死者的鼻道里确实有大量的积水。"

"有人证明，前晚聚会是最后见到死者的时间，后来第二天一直没看到。死者就一个人在房间里，也排除了熟人作案的可能。也就是说，如果是凶杀案的话，凶手肯定是个隐形人，现在我们连怀疑凶杀案的证据都没有，真是头疼！"

"你们看过监控录像了吗？"叶霞问道。

"看过了，正门这边没什么发现。不过这些房间的阳台是可以互相攀爬的，那边并没有监控……"

"根据浴缸房间的滴水判断，死者在死前应该有过强烈的挣扎，但奇怪的是，如果有人谋杀死者的话，要将死者溺死，那必然要把死者按入水中，这样的过程肯定会在死者的身体上留下痕迹，但死者的身上却一点痕迹也没有，总不能是死者自己溺死自己的吧？"叶霞道。

"那可说不定。也许是死者有病呢？"肖雪玲分析道，"这个房间冷飕飕的，会不会是突发的心脏病？"

"我听陈队说这房间半年前也死过一个女孩子，好像还是个千金大小姐。因为当时调查出的死因是自杀身亡的，而且那女孩死得也有些诡异，加上女孩的家人不想节外生枝，所以，这件事知道的人并不多。"

"你说会不会是这个地方太晦气了？"肖雪玲点了点头，也感觉毛骨悚然。

"好了，别乱说。这尸体不是马上就要送回去进一步尸检了吗？我需要知道进一步的尸检结果才能判断。如果真有什么新问题的话，那这案子估计就麻烦了。"叶霞吩咐道。

"知道啦，知道啦！"肖雪玲撒娇般说道。

"走吧。"叶霞点点头，随后，两女便离开了。

"这叶霞原来是个大法医啊！"李晓翔内心恍然大悟，但他十分奇怪，为什么那只冥瞳镜会出现在死者的房间里！

"说起来，来的时候，我好像做过一个梦，感觉自己被溺死在水里……"李晓翔突然想起那天他做过的梦，竟和死者的死法极为相似。

越想，李晓翔越觉得不太对劲，浑身起了一层鸡皮疙瘩，以最快的速度离开了房间。

李晓翔离开那间房间后，对于两次看到张欣的事情，有些疑惑，所以，直接到一楼前台查询了一下，结果令他惊讶，酒店里并没有叫张欣的房客。

难道他两次看到张欣都是错觉，还是另有原因？

因为发生的事情太过诡异，就连李晓翔这样并不算胆小的人，都有种发自内心的恐慌。

他都不知道自己是怎么回到房间的，等缓过神后，他已经坐在房间的床上，看着诡异的冥瞳镜，身上的衣服被汗水浸湿。

就在这时候，房门突然被急促地敲响。

李晓翔迟疑了一下，将冥瞳镜先收入之前的那个空盒子中，放入行礼箱内，然后才起身去开门。他打开门，见刘权一脸惊慌地说道："翔子，惠兰她失踪了！"

"失踪了？"李晓翔愣了一下。

"之前录完口供后，我就让她先回房间，等我回到房间的时候，发现她不在房间，打手机也是关机，我找遍了整个山庄都没找到她。"刘权语气非常急促地说道，并且大口大口地喘气。

"你别急，惠兰回房间的时候是几点？"李晓翔马上问道。

"应该是十一点多。"刘权估计道。

"那不是才一个多小时……"李晓翔推算了一下，不过刚刚发现了命案，刘权心急也是理所当然的，他害怕杀人凶手看上了惠兰。

"你去看过监控了吗？"李晓翔接着问道。

"还没有……"刘权摇摇头。

"那我们先去看监控。"李晓翔说完，马上和刘权一同往前台走去。

到前台后，李晓翔马上说明了情况。

前台的服务员听完，也马上汇报给了经理。没多久，之前见过的那个经理出现了。

"经理，就是他们要求看监控。"服务员对经理示意道。

经理马上打量了李晓翔和刘权几眼，因为刚刚出了大事情，心里也很郁闷，道："现在酒店里的监控室有警官在用，而且，这监控可不是你们能随便看的，你们的朋友才不见了一个小时而已，也许她是去其他地方玩了，也许因为害怕离开了，我看你们还是再找找吧！"

"不可能的，惠兰不会突然离开的，主要是她的电话莫名其妙地关机了。"刘权大声说道。

"经理，就麻烦你通融一下。"李晓翔好声好气地说道。

"不是我不想通融，我现在也是焦头烂额，没闲工夫陪你们玩。就算你们朋友失踪，那也要四十八小时才能够报警。在这期间，你们自己想办法吧！电话也可能是丢了，或者没电了……"经理显然一点人情都不讲。

"什么叫陪我们玩？别太过分了！"刘权听经理的口气，禁不住上前拎起经理的衣襟，另一只拳头咯咯直响。

"你敢打我试试？保安……保安在哪儿？"经理似乎被刘权的气势吓到了，但还是死撑着道。

很快，几个保安就赶了过来，将李晓翔和刘权围住。

当然，以李晓翔和刘权的身手，这些保安他们肯定不会放在眼里，可眼下也不是惹事的时候。

"大权，算了，我们回房间看看。"李晓翔对刘权示意了一下。

刘权这才哼了一声，放开了那个经理。

之后，李晓翔就和刘权离开了前台。

"翔子，现在怎么办？惠兰突然间失踪，那说不定就和刚才那314室的案子有关，据说现在凶手还没找出来呢……"刘权忍不住联想起来。

"事到如今，着急也没用，你先回房间等等。才一个小时，也许惠兰真的是出去走走，说不定已经回来了。"李晓翔说道。

刘权点点头，自从前日之后，他们两个人就住在了同一个房间。

"我现在去找个朋友，她说不定能帮忙。"李晓翔也知道刘权的担忧。这不是小题大做，谁都不知道这里面是不是隐藏着变态杀手，刘权心急也是难免的。

作为朋友，他当然不可能坐视不管，所以，他说了一句后，就转身而去。

"你来找我做什么?"肖雪玲一见到李晓翔出现在面前，自然没什么好脸色。

"我又不是你的仇人，不要用这种眼神看我吧!"李晓翔见肖雪玲看他的眼神，就和他有什么深仇大恨似的。

"我不想和你说话。"肖雪玲马上撇过头。

"肖警官，我知道错了，其实我对你没兴趣的。"李晓翔一脸求饶之色。

这肖雪玲身后的那些警察听了，忍不住交头接耳起来，似乎都在猜想什么。

命案突然发生，而肖雪玲就在现场，所以她报名参加相亲活动的事情也让这些警察知道了。

肖雪玲马上瞪了李晓翔一眼，对他使了个眼色，往角落走去。

李晓翔马上跟了上去。

"你能不能别再缠着我了? 前晚的事情我已经不跟你计较了，你别得寸进尺!"肖雪玲眼睛圆瞪。

"我是真的有事情找你。"李晓翔一脸认真。

"什么事啊?"肖雪玲见李晓翔不像是在开玩笑,问道。

"我朋友刘权的女朋友好像失踪了,我想让你帮忙看看监控,我害怕和这命案有关系……"李晓翔马上说道。

"就是求婚那个?"肖雪玲对那晚的求婚印象深刻,她可是被深深感动了。

"没错。"李晓翔点点头。

"他女朋友失踪多久了?"肖雪玲马上问道。

"到现在大概两个小时。"李晓翔故意多说了一点。

"才两个小时算什么失踪。"肖雪玲不由得一瞪眼,觉得李晓翔根本就是无理取闹。

"可是他找了很多地方都没找到,手机也是关机。其实我一直觉得这个酒店怪怪的。"李晓翔马上说道,他也是亲身经历了一些乱七八糟的事情。

特别是听到肖雪玲和叶霞的对话,让他更加无所适从。

肖雪玲听完,不由得迟疑了起来,因为根据他们目前所掌握的线索,这次的案子确实有些诡异,就是那个房间,半年前也死过一个女人,死于自杀。

死者是有钱人家,有严重的心理疾病。家人应该是顾及什么家丑不可外扬,没有太多计较,配合着酒店方面尽快平息了事端,毕竟是自杀,不想造成太大的舆论压力。

深思熟虑后,肖雪玲对李晓翔说道:"你跟我来吧!"

李晓翔见肖雪玲肯帮忙,挑眉一笑。

李晓翔和肖雪玲很快走进了监控室,开始调取监控。

"这家酒店一共在四十几处位置装有监控,这些都是前天到现在导出来的视频。按时间排列,之前警方的人已经仔细翻过一遍了……"酒店监控室的保安说道。

警方关注的焦点自然是命案 314 房间,所以涉及 314 房间的监控都已经很认真地扫描过了几遍,并没有发现什么问题。

"你自己翻翻看吧。"肖雪玲对李晓翔说了一句,然后默默无语地站在后面。

李晓翔随意打开那些视频拉动了几下,突然,速度慢了下来。他好像看到了一个极其惊人的画面……

"你翻的那些视频都是前天的内容,大堂的监控视频是在这里……"

"不过你要看两个小时前的监控,不可能有的,警察来了之后,监控就被调用导出前两天的录像文件,后面的直接停用了。"肖雪玲补充了一句。

李晓翔没有理会,盯着前天的监控视频。

他现在看到的这段视频应该就是当时他弹钢琴的场景,那优美铿锵的琴声征服了在场的所有人,包括肖雪玲在内。

视频里面,就在李晓翔说自己是海马集团技术总监的时候,他莫名其妙地叫了一声,跑了出去。

在场的所有人都目瞪口呆。

肖雪玲也好奇地看着,猜测李晓翔跑出去的理由。其实,她也被李晓翔的钢琴技术所吸引,还用力地鼓掌,多了几丝好感。

李晓翔有些心慌地点开了下一个监控视频,视频里面的他依旧奔跑着,这让站在后面的肖雪玲有些无法理解……

但是李晓翔的心里却是翻江倒海,当时他追的明明就是张欣,视频上却并无任何人影,只有他一个人傻傻地跑着,直到消失在了监控的死角。

"你当时是怎么了?不会看到了什么吧?"肖雪玲看着李晓

翔越发苍白的脸色问了一句。

"没事，可能就是眼花了。"李晓翔微微摇头，这样恐怖的气氛让他的双手有些颤抖，握在手中的鼠标也不听使唤起来。

这样的情况，只有两个解释：一个是他看到的张欣是个幻觉，第二个就是张欣出现过，不过当时直接躲进了人群里面，他却以为对方跑进了那条小路。

张欣这样做的目的是什么？故意来吓自己的，还是这次死人事件的凶手就是她？

他始终感觉有人一直在跟踪他，让他非常不自在。

"惠兰回来了。"就在李晓翔有些呆愣的时候，刘权兴冲冲地跑了过来，叫了一句，原来一切都是误会。

原来惠兰一个人回房间之后，坐立不安，总感觉背后有一个人影。毕竟出了命案，所有人都处在恐慌中……

女孩子的胆子本来就小，她迫不及待地拿着手机匆匆下楼，准备到人多的地方等待刘权。后来手机没电了，她又和几个一起来的女会员到外面的景点闲逛，越走越远，八卦着这一起命案。

傍晚的时候二次尸检的结果出来了，警方宣布 314 室的离奇死亡案已经有了结果。这死者是因为患有红斑狼疮，在洗澡的时候急性发作，导致呛水溺死。

此时，禁令总算解除。

山庄里的所有客人都如释重负，随后，纷纷乘巴士或是自驾离开山庄。

李晓翔也和刘权他们一同乘巴士回了市区。

李晓翔回到自己公寓的时候，已经是夜幕降临，灯火阑珊。

他先收拾了一下行李，并且把冥瞳镜重新放回到盒子里面，然后，锁到抽屉里面。等他有空的时候还是拿去文物局问问是不是有价值的古物，直接上交吧。

否则就直接丢了算了……

之后，他去洗了个澡，出来的时候，手机响了。他一边用浴巾擦着湿漉漉的头发，一边接起手机，只听电话里传来一阵男子的低沉声音："有份工作，你那工作室接不接？"

"什么工作？"李晓翔问道。

"海马集团知道吗？"

"知道。"李晓翔应道，相亲活动那天他还吹了牛皮，没有想到这么凑巧。

这海马集团可是当地位列十强的大企业，以房地产开发为主，并且还涉及多个领域。

"有人希望你能进海马集团调查一点东西……"那男子接着道。

"只要不是违法的事情就行。"李晓翔回道，"多少报酬？"

男子报出了一笔不小的数字。

"这么高的报酬？委托的内容是……"李晓翔眉宇一挑，问道。

"调查一个叫陈玉敏的女人，这对你来说，应该不难……"男子似乎很相信李晓翔能够做到。

"难是不难，但要进海马集团不是个容易的事情。那里可不是一般人能够混进去的。"李晓翔说道。

"明天正好海马集团有个面试招聘，我已经替你安排好了面试。至于怎么进去，就看你的本事了。当然，对你来说，当年的高考状元，应该是小菜一碟吧。先这样，有什么事情再联络……"对方说完就挂断了电话。

"海马集团吗？有点意思。"李晓翔双目一眯。

第八章
海马集团

海马集团的总部，位于福市的创业园区，寸土寸金的黄金地段，一栋三十层楼高的大楼。

当李晓翔站在海马集团总部的大楼前时，所体会到的就是相当令人震撼的气派，"海马集团"四个具有现代感的金属大字，镶嵌在大楼的左侧，从上至下，极为醒目。

从大门走进去，入眼的是一个偌大的柜台和三个美女接待。他询问了一下面试的地点后，便乘着电梯到了八楼。

这电梯一打开，就见三四十个人拥挤在一个宽敞的长廊里，似乎都是来面试的，看起来似乎都有些紧张，有些甚至还埋头苦读着什么。

这也是正常现象，现在这个社会，要想找一份工资高、福利好的公司，简直比登天还难。

像海马集团这样的大公司，虽然招聘条件极为严格，对应聘者各方面的要求也是十分苛刻，但是，不管是薪酬待遇，还是其他的，在业内都是有口皆碑的，所以，很多人挤破脑袋想要进到海马集团。

李晓翔见面试还没开始，就想着四处走走，顺便参观一下海马集团。这难得来一趟，就算没被选中，至少也能开开眼界。

于是，他便穿过人群，顺着宽敞的走道走到尽头，拐了一个弯，看到一面巨大的玻璃从这端一直延伸到另一端，而玻璃里面就像是一个万花筒一样，无数身材高挑的女子，穿着好看的职业装，来来往往，那一颦一笑，都令人充满无限的遐想。

"想不到这海马集团竟然是个女儿国！"李晓翔惊叹道。

李晓翔逛了一会儿后，便又绕了回去，这时面试已经开始了。

这来面试的人，一个接着一个走进去，又一个一个失望地走出来，看来这海马集团的苛刻可不是虚有其名的。

大约等了一个小时后，李晓翔被叫到了名字。

李晓翔整了整西装后，昂首挺胸地走了进去，不到十分钟，他就眉飞色舞地走了出来。

一个小时以后，他就被通知，被正式招聘进入海马集团企划部。

回到公寓的李晓翔拨通了一个电话。

"已经成功进入海马集团了。"李晓翔对手机那头说道，那说话的神情完全就像是变了一个人似的，极为冷静。

"很好，我现在传一份资料给你。你的任务就是调查她最近一段时间的活动情况，实时通过邮箱汇报给我……"电话说完就挂断了。

李晓翔立刻打开自己的笔记本，很快就收到了一份邮件，打开邮件后，就见里面详细地列出了目标人物的资料。

"英国留学回来的博士？三十岁还未婚？难不成是个光有智商，没有情商的保守女人？"李晓翔撇撇嘴，因为资料上没有照片，所以，他并不知道目标长什么样。

当然，要想顺利完成这个委托，就要搞定这个女人。女人是一种很奇怪的生物，她们和男人的思维方式不同，女人爱多想，爱吵架，爱无理取闹，其实她们只是想要得到更多关注而已。

就算是这样的海归女强人，也是一样。不过知己知彼，方能百战百胜，李晓翔还需要一段时间去了解。

隔天，李晓翔正式到海马集团上班，刚进公司，就从大厅柜台的一位美女手中接到了人事部的安排。

和大厅柜台的美女闲聊了几句，打听了一下企划部的情况后，他就乘电梯到了十一楼，出了电梯，顺着长廊一直走到底，一个拐弯后，就见到一扇大门，旁边挂着"企划部"的牌子。

推门一走进去，就见四周密密麻麻的办公桌围成一圈，只留下一条狭长的走道。而他的出现，立刻让那些办公桌后面的脑袋探了出来，十多双眼睛随之聚集到他的身上来，不过，他们看他的眼神就好像看到乡巴佬的感觉，指指点点，议论纷纷。

李晓翔早就习惯了这种目光，所以，一脸淡定地穿行而过，直接找到了企划部部长的办公室。他敲了敲门，就听里面传来一道相当冰冷的女声："进来！"

李晓翔推门走了进去，就见一张堆满各种企划书的办公桌后，正坐着一个戴眼镜的女子，正低着头翻阅手中的企划书。

"你好，我是新来报到的。"李晓翔开口叫道。

那女子这才抬起头来，寒眸透过薄薄的镜片，打量起李晓翔来。

同时，李晓翔也仔细地看了这女子一眼，发现这企划部长竟然长得如此标致，是他喜欢的张欣的那种类型。

虽然说不上像是张欣那种绝色，但气质却丝毫不逊色于张欣，而且这企划部长的气质更加别具一格，属于那种冷艳型的。李晓翔目光稍微往下一看，就见那一身有些保守的职业装下，她其实有着一副相当好的身材，尤其还有一双非常修长好看的美腿，在黑丝袜的衬托下，诱惑力十足。

"不错，不错。"李晓翔自言自语了一下。这个女人看起来大概三十出头，浑身散发着熟女的成熟味道，完全在他的意料之外！

"这女人虽然年纪大了一点点，但味道倒是很足的。像是那种有味道的少妇……"李晓翔分析了一下，很庆幸。

至于原因，看这陈玉敏的打扮就知道了。

这爱美之心，女人有之，没有一个女人是不爱美的。但是，却总有些女人喜欢把自己打扮成保守风格，尤其是一些长得漂亮，却穿得十分保守的。

究其原因，很大一部分是因为这种女人天生缺乏安全感，以及对异性的微妙排斥。不能说她们不喜欢男人，但对于男人，她们又有种抗拒，但又不像肖雪玲那样连碰一下都不行。

以李晓翔的经验，这种女人只要爱上了，应该就会放飞自我！

这时，陈玉敏抬了抬眼镜，同时，用十分精明干练的目光打量了李晓翔一阵，接着，开口道："你叫李晓翔对吧？"

"是，部长。"李晓翔点点头。

"在我的企划部，无论谁都没有特权，只要你犯错，我绝对不会手下留情。所以，好自为之！"陈玉敏十分严厉地说道。

"部长放心，我一定会尽心尽力、全心全意地做好工作的。"

李晓翔谦逊道。

陈玉敏这才点点头，然后拨通座机，随后，就有一个长得不错的女孩子走了进来。

"小蓉，这位以后就是你们的新同事，你带他先熟悉一下环境，和大家认识一下，然后，分配一点简单的工作给他。"陈玉敏吩咐道。

"是，部长。"女孩点点头，然后，看向身旁的李晓翔，十分热情大方地说道："你好，我叫王小蓉，欢迎你加入我们企划部。"

"李晓翔。"李晓翔回应。

"走吧。"王小蓉说着，便转身开门离去，李晓翔紧随其后。临走前，他还用眼睛的余光瞥了一眼陈玉敏，见她似乎还看着自己，嘴角便轻轻一勾，这好戏马上就要开始了！

因为若是能直接搞定陈玉敏，这海马公司的新企划案自然也是手到擒来，那么不菲的报酬足够他一边旅游一边混迹好几年。

自从和初恋分手后，他总感觉自己已经不是自己了，而初恋女朋友的名字艾艾，也是他不想提及的记忆。

艾艾现在应该也和有钱人结婚了吧？

虽然他的好友都劝他天涯何处无芳草，早点忘记势利的女人，但是有了感情之后，他还是难以忘却。

离开办公室后，王小蓉就带着李晓翔熟悉了一下企划部的环境，认识了一下企划部的其他同事。当然，那些同事一看到他，表面是笑容满面地欢迎，但眼神却充满了冷漠和高傲。

像在这样的大公司，每个人都会觉得高人一等，对新来的同事，自然也是一副高高在上的姿态。所以，他也没有当回事。

相比之下，王小蓉倒是属于那种自来熟、心无芥蒂的女孩，活泼热情，长得不算很漂亮，但也算是小家碧玉，惹人怜爱！

所以，她很快就和李晓翔聊上了。

和王小蓉聊过后，李晓翔就知道她是个十分单纯、心地善良、不知人间险恶的女孩。

帮王小蓉修复了一下电脑的系统问题，很快就让王小蓉服服帖帖的，用一脸崇拜的目光看着他。

"晓翔，还真是看不出来，你懂的东西真多。"王小蓉佩服地说道。

"没什么，只是看的书多而已。小蓉，不知道我们部长平时有没有什么兴趣爱好？"得到王小蓉的信任后，李晓翔便开始套取他所想要的情报。

"部长？好像没有吧，我经常看她工作到很晚才下班。周末也经常加班……"王小蓉想了想，应道。

"工作狂吗？"李晓翔目光微微一眯，刚想继续问，只听一旁传来一阵叫声："小蓉，你怎么还在这里？今天企划部开新企划案的研讨会，会议室准备好了没有？"

"我都忘了。我马上就去。"王小蓉应了一声，便指了一个方向对李晓翔道："你的位置在那边。"

"你去忙吧。"李晓翔笑着点点头，然后，就往自己的位置上走去。

快中午的时候，王小蓉才又出现，给李晓翔安排了一些工作。

眨眼间，窗外夕阳西下，一缕霞光透过窗户照射了进来，闪烁着几分绚丽。

企划部的员工纷纷下班离开，没过多久，就人去楼空。

见所有员工都离开后，李晓翔才起身，转头看了一眼还亮着灯的部长办公室。

"看来小蓉说的没错，这熟女部长还真是个工作狂。"李晓翔一笑，然后，拿着从王小蓉那里借来的资料室钥匙，进了资料室。

当然，他进资料室可不是真的为了看什么资料，而是要了解一下陈玉敏的一些工作流程，方便他调查。

知己知彼，才能百战不殆！这是李晓翔的座右铭。

一切工作完成妥当之后，李晓翔起身伸了一个懒腰，就听到外面传来一阵开门声。他透过百叶窗间的缝隙，就见一个娉婷的身影正从部长办公室走出来，挎着一个名牌女包，离开了企划部。

李晓翔立刻收拾了一下，随后离开了资料室，回座位上拿起自己的外套，迅速离开企划部。

而在电梯内的陈玉敏，眼看电梯快要合上的一刹那，突然两只手插入其中，顿时，被吓了一跳，娇容变色。

"不好意思……"只听一道抱歉的声音随着分开的电梯响起。

陈玉敏定睛一看，就见李晓翔出现在电梯外边，这才松了口气。

"是你！"陈玉敏似乎认出了李晓翔这个新员工。

"陈部长这么晚才下班啊？"李晓翔故作惊讶地说道。

但陈玉敏只是点了点头，并没有说话，一脸肃然地站着，双脚并拢，身体微微往李晓翔相反的方向倾斜。

看陈玉敏这姿势，李晓翔就知道这是典型的对不熟悉人的一种防御姿态，尤其是对异性，从心底的一种抗拒和警惕！

有趣！李晓翔心里笑了笑，看来这陈玉敏比预料中的更有警惕性，他可不能太轻敌了。

随着电梯开始向下走动，整个电梯内的气氛，也变得有些尴尬。李晓翔虽然正面朝着电梯门口，但眼睛的余光却注意着陈玉敏的一举一动。

只见此刻的陈玉敏似乎对和一个男人单独待在一部电梯里有些不适应，一张抹着淡红色口红的小嘴，不时地抿动。

从侧面看，陈玉敏的五官长得相当细腻，犹如一刀一刀精雕细刻出来的一般，鼻子挺立，睫毛也很修长，只是那副有些保守的眼镜让整体的美感大打了折扣。

虽然已经三十岁，但皮肤却保养得非常好，犹如豆蔻年华的女孩一般，白皙细嫩，充满光泽，再加上那发自内在的成熟气质，给人一种充满诱惑力的感觉。

说起来，这样的女人，李晓翔还真没遇到过几个！

陈玉敏似乎有些察觉到李晓翔在偷偷看她，下意识地用手撩了一下靠着李晓翔那边的耳鬓间的发梢。

李晓翔见状，立刻就收回了目光，避免让陈玉敏反感。

电梯很快就到了一楼，随着电梯的门缓缓打开，他十分绅士地对陈玉敏点点头，之后，就跨步而出，然后，往公司的大门走去。

李晓翔从王小蓉那里知道陈玉敏是自己开车的，所以，陈玉敏肯定会去地下车库开车，但他总不可能直接跟下去。

所以，离开公司大门后，他就往地下车库的出口走去，算准陈玉敏可能出来的时间后，他立刻作势朝马路伸手，看起来像是要拦车一样。但在这种下班高峰期，正常情况是拦不到车子的。

很快，李晓翔就见到地下车库的出口，驶出了一辆相当高档的越野车。据说，喜欢开越野车的女人，都是相当缺乏安全感的。

因为李晓翔就站在地下车库出口的路口上，所以，陈玉敏一开车出来，自然马上就能看到李晓翔。

而李晓翔也等着陈玉敏的车从他眼前驶过，然后停下，主动载他一程，这样他第一步计划就完成了。

不过，李晓翔似乎太高估了自己的魅力。他眼看着陈玉敏驾驶的那辆越野车从眼前驶过，扬尘而去，似乎一点都没有停下的意思。

"该不会是她没有看到我吧？"李晓翔不由得苦笑。

他突然想起了第一次和女朋友艾艾表白的时候，也是在路上，他手拿玫瑰，可惜对方好像就没有看到他一样，直接忽视而去。

他突然感觉脑袋有点疼，真是记忆之殇啊！

就在李晓翔头疼地找个地方坐了下来，人刚刚靠在路边椅背上的时候，突然一阵莫名的冷风刮来，让他不由得身体一抖。顷刻，一辆跑车突然出现，停在他身旁。

李晓翔转头一看，是一辆十分眼熟的跑车，再往驾驶座一看，不是张欣是谁？

上次相亲活动，在温泉山庄他可是几次看到了张欣，不过后来意外看到监控，只能证明是幻觉。看来他是太想念这个灵动的美女了，虽然只是一夜，不过却深深地记了心里。

张欣是名副其实的白富美，一般很难有男人可以抗拒。能和这样的女人有过交集，都算上辈子修来的福分。

"你怎么在这里？"张欣打开车窗，问道。

"我在这里上班，你不会也在这里上班吧！"李晓翔显然是有些意外地见到张欣，但马上从容而自然地应道。

他回家之后，天天睡觉的时候老是做幻觉般的噩梦。

这梦中好像也听张欣说过，也在这里上班，难道真的那么凑巧？

"我也在这附近上班。过来的时候就看到一个土里土气，有点眼熟的家伙站在这里，觉得挺像你的，所以，就开过来看看，没想到真的是你！"张欣带着几分调侃的语气道。

"你的电话号码是不是换了？为什么我打给你都是空号？"李晓翔笑了笑，接着疑惑地问道。看来一定是上天注定，让他和张欣继续有所发展，所以，他肯定要抓住机会。

"哦，我的手机丢了。今天才去恢复了号码。"张欣美眸一眨，道。

"是吗？我还以为你是故意躲着我的。"李晓翔打趣道。

"我躲你做什么？我又不欠你钱。"张欣小嘴轻噘，露出可爱的表情，应道。

"对了，我在阴缘山的度假酒店两次都看到你，你都没理我。"李晓翔想起什么，故意试探了一句。其实对于这件事情，他一直很疑惑，也很害怕。

"阴缘山？我没去过阴缘山啊，你是不是看错了！"张欣一脸奇怪的表情看着李晓翔。

"真的没去过吗？"李晓翔听得一愣，但见张欣并不是在开玩笑，看来在酒店里两次看到张欣，真是他的幻觉了！

不过这不可能啊。

难道是张欣有什么事情瞒着他？

当时警察来之后，他还跟着张欣的背影进入死者的房间，甚至还在浴缸旁边的地板上发现了那个丢失的冥瞳镜。

又或者说那个死者就是小偷，从他的房间偷走了冥瞳镜，然后受到了眼镜的诅咒，泡温泉的时候溺死了？

又或者这个事件与张欣有关，凶手就是张欣？

……

"上车吧，我载你一程。"张欣突然说道。

"哦。"虽然觉得有点奇怪，但李晓翔也没太在意，反正这段时间他也习以为常了。他绕到了另一个车门，直接上了车，坐定之后，还没等系上安全带，这跑车突然就像是云霄飞车一样，急速迸射而出，要是心脏不好的人，恐怕早就被吓出问题来了。

报复，这绝对是报复！李晓翔用余光瞥了一眼张欣，心里暗道。

看起来复杂的女人，她的内心却又是极为单纯的，只是凭着自己的感觉，毫无拘束地展现自己的魅力，这样的女人无形中会对男人散发出致命的吸引力。

此刻的李晓翔自认为有些猜不透张欣的内心，按理说，现在的张欣对他应该保持一定的距离，因为他们发生过一夜情。

之前他们根本不认识，也没有见过面，更别说有什么感情基础。所以说，再见到他的张欣，一定会感到尴尬，更容易想起那晚所发生的事情！

可是，从刚才张欣主动停车，说要带他一程的情形来说，显然，张欣对那晚的事情并不介意，对他这个应该来说十分陌生的男人，也毫无防备之心。

这一点是他没有预料到的，所以，他也不知道张欣的心里到底在想什么。

这让李晓翔突然发现，女人的心有时候还真是犹如深海里的珍珠，明明十分耀眼，但却也深浅难测！

一路奔驰的跑车，很快带着两人停在了远离市区的一家餐厅前面。

张欣下了车，径直往餐厅里面走去，完全无视李晓翔，把他丢在车上。

李晓翔看着张欣走进餐厅的背影，眉宇一挑。虽说张欣没有说话，但是，她这个把他扔在车上的举动，却给他了两种选择，一种是就待在车上，一种就是跟着进去。

走进餐厅后，李晓翔发现餐厅里面一个人都没有，连服务员都没有，但有一张很大的餐桌摆放着非常丰盛的菜肴。

"你跟来做什么？"张欣美眸一凝，问道，眼神里却没有惊讶之色，似乎早就料到李晓翔会跟来。

"当然是吃饭喽！"李晓翔理所当然地应道。

"这是我订的位置，要吃自己另外找一张。"张欣瞪了李晓翔一眼，但说话的语气，更像是和情侣赌气。

"反正你也是一个人……"李晓翔无赖地应道。

"你怎么知道我是一个人？也许，我约了其他的男人呢！"张欣像是被戳中了痛处，不悦道。

"如果一个男人还要这么让一位美女等他的话，那说明这个男人没有任何考虑的价值。女人永远都是最晚出现的主角！"李晓翔相当富有哲理地反驳道。

"你……"张欣被说得哑口无言，一双秀眉却舒展开来。

"反正这顿肯定是你请客！"李晓翔笑着说道。

"为什么？你这个人怎么一点绅士风度都没有……"张欣抗议道。

"因为我没带钱！"李晓翔理直气壮地应道。

张欣一脸无语的表情！

但下一刻，张欣突然微微嘟起诱人的嘴角，虽然一瞬即逝，却没有逃过李晓翔的眼睛。

用餐的过程中，两人几乎没有说话，昏暗的烛光确实浪漫优雅。张欣独自喝着她点的红酒，几乎没有吃什么东西，而李晓翔看似用心地吃他的东西，心思却全都在张欣身上。不过，他见张欣把那红酒当成水一样,一杯接着一杯,倒是有些看不过去。

突然,李晓翔一伸手,就夺过了张欣手中的酒杯,张欣也因此愣了一下。

"为什么不让我喝酒?"张欣立刻问道。

"你这样喝,迟早喝出毛病来。先吃点东西,再喝吧!"李晓翔应道。

"要你管,你不是最希望我喝醉的吗?这样你就能如愿以偿……"张欣神情幽怨地说道。

但李晓翔接下来的动作,让张欣忘记拿回了自己的酒杯,只见李晓翔拿过放在她桌前的那份牛排,然后拿着刀叉,细心地将那份牛排切成碎块。

张欣不由自主地看着李晓翔的动作,愣愣地出神。

这时,李晓翔已经切好了牛排,重新放到了张欣眼前。

"吃吧,都快凉了!"李晓翔体贴地说道。

"我为什么要听你的?"张欣突然一阵恼火。

"至少看在我切得这么辛苦的分上,吃一块好了!"李晓翔拿起自己的叉子,直接叉了一块,递到了张欣嘴前,动作亲昵温柔,顿时让张欣俏脸一红。

不过,张欣马上霸道地直接从李晓翔手里抢过叉子,径自埋头吃起了李晓翔替她切好的牛排。

也不知怎么的,她原本一直不太好的食欲突然一下子变得好了起来,眨眼间,就将一盘牛排给扫空。这刚吃完,突然一张纸巾就伸到了她的面前,细心地替她擦去了嘴角边的一点残渍。

这个动作足足让张欣愣了几秒!

突然,只听啪的一声,张欣一把拍开了那只手,有些生气地起身,说道:"以后没有我的允许,不准对我做这样的事情!"

第九章
车库惩凶

李晓翔收回了被拍开的手，目光柔和地看着张欣的容颜。

而张欣刚才那突然十分激动的反应，不仅没有让他生气，反而让他露出了几分玩味的神情。

因为张欣脸上的表情告诉他，这个女人似乎对他有那么一点点的在意，否则，不会对他的亲昵动作有这么大的反应。

不过说实话，张欣也确实吊起了他的胃口。

他本来对爱情有些绝望，似乎感觉到张欣的身上有些吸引他的地方。

这个女人给他的感觉很熟悉，熟悉得就好像亲人一样。

不过阴缘山的事情始终是他心里的一个疙瘩，他总想弄明白。

不过警察到来之后的监控是没有的，当时警方已经将全部监控关闭，开始调取文件。

他也不敢将更多的怀疑告诉肖雪玲，看看张欣在后来是否进入过那个死者的房间。

安静，剩下的时间格外安静。

李晓翔想着事情，张欣也好像想着什么事情，两个人各怀心思。

"314 房间的人是不是你杀的……"李晓翔沉思了好一会儿，终于鼓足了勇气问道。

如果张欣真是凶手的话，他就必须抹杀掉这个爱情的苗头。

他很轻声地说着，却发现这个时候好像说不出话来。

他有些着急了起来，不由得又说了一次，却始终发不出声音。

他顿时有些恼怒，正想用尽全身力气嘶吼的时候，他突然睁开了眼睛，发现全身是汗。

原来是刚才陈玉敏开着越野车走的时候，他突然脑袋很疼，就找了一个街边的靠背椅坐了下去，迷迷糊糊地又做了一个噩梦。

不过这个噩梦却显得有些熟悉，有些真实，让他的心不由得抽动了一下。

"警方不是有了调查结果了吗？凶手绝对不会是张欣的。"李晓翔自言自语了一句，就好像瞬间解脱了一样。

第二天一下班，李晓翔继续在资料室内一边查资料，一边等着陈玉敏下班。

差不多快七点的时候，他听到一阵开门关门声，心知应该是陈玉敏下班了。

不过，这一次他没有直接跟上去。

而是乘着另一部电梯，直接到了地下车库。

没想到，刚出电梯，就见几个凶神恶煞般的家伙，拦住了陈玉敏。

如此情景似曾相识，就好像之前！

几乎同时，那拦住陈玉敏的几个家伙，一脸色眯眯地打量着陈玉敏，其中一个像是头头的，胸口的袋子里拿出了一张照片，对陈玉敏问道："喂，美女，这个男的是不是你们公司的？"

陈玉敏看了照片一眼，神色不由得一惊，因为照片上的人竟然是她企划部的新人，也就是李晓翔。

"我不知道。"陈玉敏并不笨，心知这些人不像是什么善类，所以，立刻摇摇头道。

"明明看见他进了这家公司的。可是，一直没见出来过。"那个头头一脸不爽地叫道。

"你们在做什么？"这时，一个挺有威势的怒喝声响起。

围住陈玉敏的那几个家伙立刻抬头顺声望去，顿时乐了，因为出现在他们眼前的，正是他们苦苦等候的李晓翔。

李晓翔哪里知道这些人其实是冲着自己来的，直到陈玉敏突然喊了一声："李晓翔，快跑，他们是来找你的！"

李晓翔这才觉得不太对劲，但那几个家伙已经以迅雷不及掩耳之势将他团团围住，杀气腾腾！

"小子，你可让我们好等啊！"那个头头歪着嘴说道。

"你们到底是谁？"李晓翔一听，就知道对方是冲着自己来的。

"问那么多干吗？识相的话就跟我们走，不然，等会少胳膊断腿的，别怪我们。"那个头头十分嚣张。

李晓翔目光微微一眯，立刻看了一眼在不远处，一脸担心地看着他和这伙人的陈玉敏。既然对方是冲着自己来的，而且还来者不善，那就没必要牵连陈玉敏，换个地方再好好和这些人谈谈，看看究竟是谁派他们来的！

"好，我跟你们走。"李晓翔爽快地答应道，同时，对陈玉敏投去一个让她放心的眼神。

可谁知，陈玉敏还以为李晓翔是在跟她求救，下意识就拿出了手机，对那些人叫道："你们快点离开这里，不然，我就报警了！"

这一叫顿时让李晓翔哭笑不得，心知，这下可麻烦了！

果然，围住李晓翔的那些人一听陈玉敏说要报警，立刻面目狰狞了起来。其中一个十分淫邪地舔了舔嘴唇，对那个头头说道："大哥，这个女人挺麻烦的，不如带她一起回去，给她拍些人体写真。这样应该能让她学乖点！"

"好主意！"那个头头发出十分淫荡的笑声。

很快，就有两个家伙转身朝陈玉敏走去。

陈玉敏见对方两人朝自己走来，神情一慌，立刻拿起手机就要报警，可是却发现地下车库里的信号不是很好，竟然拨不出去。

眼看陈玉敏就要被抓住，突然，一个身影拦在了陈玉敏面前，让朝陈玉敏走来的两个家伙，停下了脚步。

"你先走吧。"李晓翔一脸沉稳地回头看着陈玉敏。他那突然间变得冷酷的神情，顿时让陈玉敏有种说不出来的感觉，仿佛眼前的李晓翔和她之前所见到的，完全不是同一个人。

"可是……"陈玉敏不由得看了那头头和还剩下的两个凶神恶煞般的大汉。

"不用担心我。我会处理好的。"李晓翔带着几分邪气地笑了，那深邃的眼神一下子让陈玉敏有种深陷的感觉。

陈玉敏仿佛中了魔咒般，犹豫地对李晓翔点了点头，便径直上了自己的车，之后，就开车离去。

"你们的老板到底是谁？"李晓翔目光冷凝地问道。

"有种你就跟我们走，去了你就知道了。"那个头头有些忌惮地看着李晓翔说。他不是笨蛋，见到自己的两个兄弟眨眼间就被李晓翔制服，就知道这人不像表面看上去那么简单。

"是吗？看来我必须给你们老板带些见面礼才行。"李晓翔目光犀利地慢慢走向那个头头和剩下的两人……

一栋位于福市的黄金地段的古式老宅，占地广阔，周边还有不少现代化的建筑物，只有这一栋看起来有些年代。老宅虽旧，但辉煌依旧，正是一家规模庞大的古董行。想来这老宅当年的主人，一定也是富甲一方。

此刻，老宅装饰古雅的大厅内，聚集着不少人，但只有一个人坐着，一个五十来岁的老者，精神奕奕，老当益壮。

就在此时，古宅外头响起了一阵惊呼声，就见一个鼻青脸肿的家伙，跑了进来，仔细一看，这家伙正是不久前带人找上李晓翔的那个头头。

他看起来似乎被教训得很惨，整张脸完全变形，嘴巴都歪了半边，眼睛肿得一大一小。

老者见状，眉头顿时一蹙，立刻沉声质问道："人呢？"

那个头头似乎连话都说不出来，张了几下嘴巴，就是开不了口。

"真是废物，一点事情都做不了。"老者面露怒色。

"赵老板，何必动怒呢！你的手下可是已经完成他的使命了。"就在此时，古宅外响起了一个沉稳的声音。

老者抬头就见李晓翔神情自若地走了进来，很快，有几个大汉一下子就挡到了李晓翔面前。

李晓翔瞥了几个大汉一眼，接着，将目光投向了老者。他从那头头口中得知"请"他来的人，叫赵雄，应该就是眼前的这个老者。

"都退下！"赵雄立刻下令道，那几个大汉才马上散开。

李晓翔走到赵雄面前，也不客气，坐了下来，开门见山地说道："赵老板想见我，何必这么大动干戈呢？打个电话不就好了吗？不过，你找我到底是为了什么事？我们之前应该没见过面吧？"

"如果我知道兄弟你这么爽快，我当然也不想弄得这么麻烦！既然兄弟你都来了，我也明人不说暗话。把那冥瞳镜给我，我出个价钱给你！"赵雄老脸一笑，但眼中却闪过一抹阴冷。

"冥瞳镜？"李晓翔一愣。

"没错。我想收藏那只冥瞳镜，还希望兄弟你割爱。"赵雄说道。

"你是怎么知道我手里有冥瞳镜的？"李晓翔眯眼问道，因为这冥瞳镜他只给刘权和马小六看过。

"是从一个叫马小六的那里知道的。"赵雄道。

"这臭小子……"李晓翔一怒，但脑中灵光一闪，笑着问道，"看来赵老板还真是有诚意，不然不会如此大费周章地请我来。不知道赵老板对我手中的冥瞳镜了解多少？"

"其实，我知道的也不多。据我所知，这冥瞳镜是从阴缘山的明代大院那里施工时误挖出来的，应该是里面那位赫赫有名、战功无数的将军所有。这冥瞳镜被人挖出来后，就多了很多恐怖的谣言。我本来看中了这冥瞳镜，却被人抢先一步给买走了。"赵雄说道。

"那这个冥瞳镜就是古物了？为什么大家不上交呢？"李晓

翔不禁疑惑道。

"古物又不是古董。这冥瞳镜本身不值钱。但它又有大的利用价值……"赵雄目光中闪过一抹精明，显然是有所隐瞒。

"这该说的我都说了，不知道兄弟你可否割爱？"赵雄接着问道。

"赵老板晚了一步，那冥瞳镜不在我手里了。"李晓翔目光闪过一丝怒意，看来他是被马小六给卖了。

"不在你手里？莫非你已经卖掉了？你卖给谁了？"赵雄突然紧张了一下，道。

李晓翔察觉到赵雄异样的神色，摇了摇头，道："不是卖了，是上交了。"

"上交？上交也没人要啊。"赵雄似乎有些着急。

"现在应该在警察局。"李晓翔胡扯道。

"小子，你耍我？那冥瞳镜好好的怎么会跑到警察局去？冥瞳镜肯定还在你手里。"赵雄面露怒色，似乎以为李晓翔根本就是在戏弄他。

"我都说了不在我手里。信不信由你。"李晓翔懒得解释，直接起身准备走人，反正该说的他都说了。

"小子，我不是个不讲理的人，但必要的时候，我也会不择手段的。"赵雄暗示道。

"我之所以来，就是为了告诉赵老板，东西已经不在我手上，剩下的就是赵老板的事情了。"李晓翔说完就转身离去。

赵雄的手用力拍在茶几上，震得茶几都摇晃起来，暗道，这李晓翔太猖狂了，不管怎么说他赵雄在福市算得上是一号人物，还没有人敢如此不给他面子。

李晓翔绝对是第一个！

这太岁头上动土的后果，自然只有一个。

几乎同时，早已在一旁摩拳擦掌的几个彪形大汉，挥舞着粗壮的双臂，来势汹汹地朝李晓翔逼近，准备好好教训一顿李晓翔，让他知道一下什么人是不能惹的，什么人是不好惹的。

但是，没等几个彪形大汉接近，李晓翔却突然消失在原地，速度之快，令所有人瞠目结舌。

突然，两声惨叫随之响起，就见两个冲向李晓翔的彪形大汉，一个手臂极度变形地倒在地上，一个半跪在地上，膝盖似乎被某种力量击碎，连站起来都难。

其余的大汉们见状，立刻蜂拥而上。

李晓翔轻哼一声，犹如蝴蝶般穿梭在那些大汉之中。

紧接着，又是几声惨叫！

片刻之后，李晓翔回到了原地，而那些大汉一个个全部倒在了地上。

赵雄顿时看傻了眼，没想到李晓翔的身手竟然这么好。

这时，大厅里的打斗似乎惊动了外头，不少人涌了进来，一下子将李晓翔围得水泄不通。

"上！给我拿下他。"赵雄仗着自己人多势众，想先拿下李晓翔，再好好盘问他冥瞳镜的下落。

一群人顿时蜂拥般冲向了李晓翔。

"住手！"一个女声突然响起，在场的所有人都顺声看去，包括李晓翔在内。

就见大门口，一个亭亭玉立的身影走了进来，神情带着几分威严。连赵雄在内的一大帮人，一见到此女，顿时面露惊色。

"叶法医，你怎么来了？"赵雄一见到女子，立刻一脸和气，道。

"叶霞？"这边，当李晓翔一看到眼前的这个女子时，神情陡然一愣，因为她正是叶霞。

叶霞一听到有人叫她的名字，不禁回眸一看，看到李晓翔后，立刻认了出来，用奇异的口吻问道："你怎么会在这里？"

"叶法医，你认识这个人？"赵雄见李晓翔竟然叫出叶霞的名字，顿时也是一惊。

但此刻的叶霞却意外地保持着镇定，冷眼瞥了赵雄等人几眼，说道："他是我朋友，看起来赵老板和我这位朋友有什么事情要谈，但应该不至于动手吧？"

赵雄脸色一变，急忙挥了挥手，原本围着李晓翔的那些气势汹汹的人，立刻就退到了一旁。

"叶法医，你的朋友拿了我一件东西，我想要回来。所以，才请他来这里，好好商量一下。"赵雄解释道。

"什么东西？"叶霞眯眼道。

"这个就不便多说了。"赵雄为难道。

"我都跟他说东西不在我手上了。"李晓翔双手抱胸，应道。

"你先走吧。这里的事情我来处理。"叶霞回头瞪了李晓翔一眼，似乎另有急事，所以，就对李晓翔道。

"叶法医，这不好吧。万一这小子骗我……"赵雄的脸色不太好看。

"如果他真的骗你，你就再请他来一次好了。而且，我的事情比他重要，你是准备留他呢，还是留我？"叶霞美眸轻凝，道。

"当然是留叶法医了，怎么说叶法医曾经也是我的救命恩人，赵某可不是白眼狼，不懂知恩图报。"赵雄急忙赔笑，接着就对李晓翔道："小子，如果东西真不在你手上，那就算了。但如果被我发现你骗我……"

李晓翔哼了一声，看了叶霞一眼，转身就走了。

"不知道叶法医找我有什么事情吗?"赵雄见李晓翔走后,立刻招呼叶霞道。

"我想跟你打听一件东西。"叶霞应道。

"什么东西?赵某只做正规古玩生意,不会做违法的事。"赵雄有些心虚地说道。

"就是这个。"叶霞立刻从胸口抽出一张照片,递给了赵雄。

赵雄一见照片上的东西,顿时一愣,手也跟着颤抖了几下,这一细微的举动,立刻被叶霞察觉。

"我……没见过这东西。"赵雄有些心虚,因为这照片上的东西正是那个冥瞳镜。

"是吗?可是,我记得半年多前,赵老板不是一直在找这个东西吗?"叶霞眯眼道。这件冥瞳镜她已经追踪了很久,是一件失踪的古物。

"这古物不是什么值钱的东西,不过一直以来关于它都有一些乱七八糟的谣言。迷信的人都以为它有着什么神奇的能力,所以也闹出了很多人命。"叶霞很快解释了几句。

"叶法医,我会留心的,如果发现这个东西一定会上交的……"赵雄自然很快敷衍了过去。

第二天一早,李晓翔睁开眼睛的时候,窗外已经是天色大亮了。他简单地收拾一下后,换上一套衣服后,便去公司上班。

到了公司,一切如常,他坐到自己的位置,屁股还没坐热,突然,一个脑袋就神神秘秘地钻到了眼前。

"小蓉,有什么事吗?"李晓翔都不用看,就知道是王小蓉。

"有啊,天大的事情。我问你,你和陈部长是什么关系?"王小蓉一脸密探似的表情。

"没关系!"李晓翔摇摇头。

"那就奇怪了，为什么一大早陈部长就特地找我问你来了没有?"王小蓉撇撇嘴道。

"你是说，陈部长早上问起我了?"李晓翔双目一眯，王小蓉说的情况倒让他有些意外。不过，他很快就想到了什么，眼神中闪过一抹诡笑，问道，"陈部长，现在是不是在办公室?"

"应该在吧。"王小蓉点点头。

李晓翔立刻从位置上起身，在王小蓉奇怪的眼神中，走向了陈玉敏的办公室，敲了敲门后，就听里面传来一阵有些疲累的声音:"进来!"

李晓翔推门走了进去，就见陈玉敏看起来有些心不在焉地坐在自己的位置上，虽然看上去像是在看文件，但是，似乎有些走神。

"陈部长!"李晓翔叫了一声。

陈玉敏这次抬起头，一见到是李晓翔，就像是突然松了一口气一样，眼神中闪过一抹异样。

"有事吗?"陈玉敏问道。

"我听小蓉说，你早上问起过我，我以为陈部长找我有事。"李晓翔应道。

"哦，没事。就是……"陈玉敏犹豫了一下，才接着问道，"昨晚的事情……"

"哦，昨晚的事情其实只是个误会。我的一个朋友惹了一些事情，那些人是来找我打听朋友下落的。"李晓翔立刻找了个借口。

"是这样吗? 可是，我看那些人……"陈玉敏并不笨，看昨晚的那些人不像是正经人。

"陈部长，是在担心我吗?"李晓翔突然问了一句。

陈玉敏一愣，急忙摇头道："不是。我只是觉得我昨晚就那么走了，似乎有些不对，我应该及时报警才对。不能把你一个人丢在那里不管！"

"谢谢陈部长关心。我现在不是好好的吗？"李晓翔笑道。

"我不是关心你。因为你是我的下属，如果你出了什么事情的话，对我和整个部门，还有公司，都没有任何的好处。"陈玉敏辩驳道，似乎并不想让李晓翔误会自己是关心他。

"那不管怎么样，还是谢谢陈部长。"李晓翔说道。

"嗯。"陈玉敏那成熟的脸蛋微微一红，似乎有些不好意思。

"那如果没事的话，我先出去了。"李晓翔注意到陈玉敏的反应后，便准备转身离开。

"等等……"陈玉敏突然叫道。

"陈部长还有什么事吗？"李晓翔回头问道。

"那个……今晚有空吗？我想请你吃顿饭，算是昨晚的赔礼道歉。"陈玉敏微微一笑，犹如一朵含苞欲放的玫瑰，豁然绽放一般，充满一种诱人的气息，令人眼睛一亮。

"当然有空。"陈玉敏的邀请自然出乎李晓翔的意料，他原本只是为了确定陈玉敏不会因为昨晚的事情而对他有什么不好的印象，没想到阴差阳错之下，似乎反让陈玉敏觉得有些歉意。

如果这么好的机会，不把握的话，他就不叫李晓翔了。

"那晚上下班半个小时后车库见。"陈玉敏说道。

李晓翔点点头后，便转身开门离去，刚出门，他的嘴角立刻勾起一抹坏笑，心里暗想道，看来昨晚还真是因祸得福，这陈玉敏还是上钩了。看来今晚说不定就能把一切搞定。

"看来我的运气还算不错，虽然，最近老是碰到一些怪事。"李晓翔笑了笑。

华灯初上，夜幕降临。

李晓翔等所有人都下班后，又等了十五分钟，看了一眼还亮着灯的部长办公室，然后，起身收拾东西，见时间差不多后，就先离开企划部，乘着电梯到了车库，等陈玉敏下来。

不久后，陈玉敏就出现在电梯口，对李晓翔点了点头，随后，两人就上了车，离开了地下车库。

李晓翔坐上陈玉敏的车后，只觉得车内传来一股幽幽清香，让人闻起来很安逸、很舒心，不像是普通的清新剂。

"陈部长，这味道……"李晓翔问道。

"这是雪阳草的味道。"陈玉敏应道。

"雪阳草？"李晓翔眉宇轻挑。

"这雪阳草是一种可以让人安气凝神，舒心顺气的药。因为每天下班都很晚，而且很累，但我住的地方，离公司又比较远。所以，放了株雪阳草在车上提神用。"李晓翔的一句话，倒是把陈玉敏的话匣子打开了。

"陈部长的家庭条件应该不差吧，不考虑请个司机吗？"李晓翔笑问道。

"我习惯了一个人。"陈玉敏的眼神中闪过一抹忧郁。

"难道陈部长也是一个人住？"李晓翔下意识地问道。

"那倒不是。不过，就算一个人住，有什么问题吗？我还没结婚呢！"陈玉敏还以为李晓翔认为自己结婚了，所以，特地澄清了一句。

"没有。我只是奇怪，以陈部长的条件应该有很多人追求才对。"李晓翔自然早就知道陈玉敏没结婚，但他还是顺着话题聊了下去。

"有人追是一回事，但喜不喜欢又是一回事！"陈玉敏语气淡柔地应道。

"那看来让陈部长喜欢上的男人，应该非常不普通。"李晓翔笑道。

"你是在说我眼光高吗？"陈玉敏看了李晓翔一眼，道。

"以陈部长的条件，眼光高点不是很正常的事情吗？难不成陈部长还会看上我这种普通的小市民不成？"李晓翔笑了笑。

"那可说不定！"陈玉敏应道，但突然又觉得有些不对，因为这话听起来怎么都像是在暗示李晓翔。她自己小脸一红，那有些慌乱的模样，让那成熟之中更添几分可爱的味道。

李晓翔也刻意没有回应陈玉敏的话，免得陈玉敏尴尬。他的目的就是给陈玉敏留下好印象，弄清陈玉敏的弱点后，再伺机动手。

车内的气氛一下子就安静了不少。

第十章
不可思议的事件

不久后，车子就停在了陈玉敏事先预订好的一家餐厅前。两人下了车后，陈玉敏将车钥匙递给了服务员代为停车，自己则和李晓翔一同走进了餐厅。在服务员的带领下，到了预订的位置，面对面地坐了下来。

一进来，李晓翔就说了几个冷笑话，打开了稍微尴尬的局面。

陈玉敏听完，也笑颜如花。

"很好笑吗？"李晓翔故作不解地问道。

"没有。就是……听起来……"陈玉敏也不知道该怎么形容，但看着李晓翔的表情，又忍不住想笑。她突然发现和李晓翔在一起，竟感到一种从未有过的轻松。

"算了，要笑就笑个够吧，反正陈部长笑起来也是非常有观赏价值的。"李晓翔有些挑逗般地说道。

"有什么好看的？我都三十岁了，哪里比得上刚才那个女孩青春可爱，朝气十足。"陈玉敏有些奇怪。

李晓翔看着眼前的陈玉敏，心里立刻盘算起来，如果按照现在的进度，不出两天，他就能够设法俘获到陈玉敏的芳心。

之后，李晓翔就拿出十八般武艺，在陈玉敏面前小露了一下自己的才华。而陈玉敏也没有想到，这看上去有些土气的男人，竟然如此博学！

不过，人算不如天算，李晓翔马上就尝到了什么叫乐极生悲的滋味！

这时，陈玉敏的手机突然响起来了。

陈玉敏接起电话，听到电话那头的声音后，应了两声，马上就挂掉了。

"那个……不好意思，公司临时有急事，我必须赶回去一趟。"陈玉敏立刻抱歉地看向李晓翔。

"没事，你去吧。我自己回去就可以了。"李晓翔善解人意般地点点头，但心里有些抱怨被电话打扰。

陈玉敏点点头，就匆忙起身离去，顺便结了账。

李晓翔看着陈玉敏离去的背影，眉头微蹙，看来就算他再有计划，也赶不上这变化。

陈玉敏这么一走，他也没有兴致再吃饭了，直接打的回了小区。

刚走上公寓那层，李晓翔远远地就见有人似乎在敲自己的公寓的门，而且还气势汹汹的，定睛一看，他登时一惊，因为那敲门的竟然是叶霞。

"她找我做什么呢？肯定没什么好事！"李晓翔心里嘀咕道，因为上次肖雪玲的事情，叶霞就差没把他吃了，所以，他有所顾忌地低头继续往楼上走去，同时留意着叶霞的动静。

不久后，就见叶霞的身影风风火火地消失在楼梯的缝隙间。

进了公寓，脱掉外套后，李晓翔就顺势躺在了床上，脑海里不由得浮现出张欣的身影。虽然他和张欣才见过几次面，但是，不得不承认张欣给他留下的印象非常特别，就好像认识很久了一样，尤其是那幽怨的眼神，每一次都让他有种忍不住的冲动。

"明天直接去她别墅找她吧。"李晓翔心中暗道。

就在此时，他外衣里的手机突然响起来了，是陈玉敏的电话号码。他接起电话后，就听到一阵急促的呼吸声，犹如哮喘一样，很快，手机就挂断了。他皱了皱眉头，觉得有些奇怪。

李晓翔犹豫了一下，立刻回拨了过去，但是没人接听。

"陈玉敏会不会出什么事情了？刚才她说去公司的……"李晓翔猜疑道。

因为觉得奇怪，李晓翔立刻拿起外套出门，拦了一辆出租车，赶去了公司。一到公司，他就见到整个大楼竟然处于断电状态。

李晓翔立刻找到保安室，就见一个保安正手忙脚乱地打着电话。

"怎么突然断电了？"李晓翔问道。

"我也不知道。可能是线路故障，我已经打电话给电力公司，让他们立刻派人来。不过……"保安脸色并不好。

"不过什么？"李晓翔皱眉问道。

"好像有人被困在电梯里了，前面我还听到呼叫声，可是，后来什么都没了。"保安越说越小声。

"难道……"李晓翔立刻意识到什么，马上问了保安是在几楼听到的呼叫声。

"应该是在七楼，不对，六楼……我已经报警了！"保安没等把话说完，突然觉得一阵冷风刮起，回过神的时候，李晓翔已经消失在眼前了，让他一脸惊愕。

李晓翔从楼梯间，一路飞奔到六楼，从逃生门进去，用最快的速度赶到了电梯口，用力拍了几下电梯门，叫道："陈部长，你在不在里面？"可是，里面似乎并没有半点回应。

"难道陈玉敏有幽闭症？"李晓翔之前听电话里的呼吸声就有点不对劲。这幽闭症虽是一种心理上的疾病，但这种心理疾病会造成整个身体随之受到影响。

有幽闭症的病人发作后，会因为害怕而心跳加快，使得全身血液急速循环，造成呼吸困难，最后窒息。

而从刚才陈玉敏打给他电话到现在，已经过了半个多小时，如果不赶快把陈玉敏救出来的话，后果不堪设想。但救援队还没有赶来，那能救陈玉敏的，也只有他了。

李晓翔来不及犹豫，立刻找到最近的消防栓，直接将玻璃砸碎，取下一把斧头。

回到电梯门前，他用斧头劈入了电梯门的缝隙间，紧接着，用力将电梯门撬开。

撬开之后，顿时一股强力的风猛然灌了下来，险些把李晓翔整个人往后掀去，好在他及时抓住了电梯门。

将电梯门撬开后，电梯正好卡在中间偏下的位置，低头看去，就见陈玉敏已经昏迷不醒地躺在电梯里面，黯淡的应急灯光中，他看到的是一张极为惨白的脸。

李晓翔以最快的速度弯身跳进电梯之中，立刻抱起昏迷的陈玉敏，轻拍着陈玉敏的脸蛋试图叫醒，可是陈玉敏似乎已经陷入了深度昏迷，毫无意识，包括呼吸也都十分微弱。

现在送陈玉敏去医院，恐怕来不及了。

李晓翔立刻解开了陈玉敏的衣襟，先是外套，接着是衬衣，最后，露出了粉紫色的内衣。

"想不到这女人比看上去有料！"李晓翔心里不禁道，但他现在可没有什么心情欣赏，将双手按在陈玉敏的胸口，开始给陈玉敏做心肺复苏。

就在此时，李晓翔忽然觉得电梯外一道身影闪过，不由得抬头一看，就见到一双幽怨的眼神。

"张欣？"李晓翔下意识地叫道，但那身影突然又消失了。

"怎么最近脑海里老是出现这个人的幻觉？到现在，我都不知道这一切是真是假。"李晓翔有些疯狂了起来。

这时，只听嘎嘎几声声响，没等李晓翔反应过来的时候，电梯竟然急速下降，越来越快，仿佛已经失控了般。

他觉得两耳传来极为刺耳的声音，犹如鬼哭狼嚎般，似乎要将他的耳膜冲破。

李晓翔见这电梯疯狂坠落，也是一阵心惊肉跳，呼吸急促。

死亡好像离他只有一步之遥了！

这一刻，一切都变得寂静，只有他急速的心跳声和刺耳的摩擦声。

蓦地，电梯的灯猛然亮了起来，紧接着，就是一阵剧烈的震动，下坠的电梯陡然卡了一下，之后，又开始缓缓上升。

李晓翔见状，顿时松了口气。刚才那一刻简直可以用惊心动魄来形容，他还真以为自己要死了呢！

但李晓翔还不能完全放松，因为陈玉敏的情况还十分危险，所以，他继续给陈玉敏不停地做心肺复苏。

几分钟后，陈玉敏惨白的小脸总算渐渐恢复了红润的光泽，呼吸也顺畅了许多，意志慢慢清醒过来。

李晓翔见陈玉敏醒来后，便收回了手，脱下自己的外套替陈玉敏盖上，抓起陈玉敏遗落在地上的手提包，然后，将陈玉敏直接从地上抱了起来，离开了电梯。

强烈的灯光让陈玉敏微微闭起了眼眸，随后又慢慢睁开。这时她才看清抱着自己的人，竟然是李晓翔，神情不禁一愣，有些虚弱地问道："是你救了我？"

"感觉怎么样？"李晓翔神情温柔地问道，那体贴的语气就像是一个深爱着自己妻子的丈夫。

陈玉敏双手不由自主地勾上了李晓翔的肩膀，紧紧靠住他那温暖的胸膛，似乎在寻求安全感。

突然，长廊尽头响起了一阵急促的脚步声，就见多带着一个技术人员和几个消防队员急匆匆而来。而等他们走近的时候，就看到抱着陈玉敏的李晓翔和已经被撬开的电梯。

"剩下的交给你了。我送陈部长回去。"李晓翔一脸平静地对保安说道。

保安急忙诚惶诚恐地点头应诺，见陈玉敏似乎没事，顿时松了口气。不过，看着李晓翔和陈玉敏两人的暧昧姿势，他多少也露出几分嫉妒和羡慕！

李晓翔抱着陈玉敏到了地下车库，将她抱上她的车后座，从她包里取出了钥匙，坐上了驾驶座。

"要不要先送你去医院？"李晓翔向后座的陈玉敏问道。

"不用了。我没事！"陈玉敏摇摇头。

"那我送你回家。"李晓翔开动了车子。

"我不想让我的家人看到我这样子。送我去这个酒店吧！"陈玉敏说着，从手提包中拿出了一张酒店的白金卡，递给了李晓翔。

李晓翔接过一看，这家酒店可是福市最豪华的五星级大酒店。随后，他便开动车子驶离地下车库，送陈玉敏前往酒店。

　　一路上，李晓翔把车子开得很平稳，因为他知道陈玉敏似乎还有些惊魂未定。从后视镜看着脸色还有些许惨白的陈玉敏，他不由得心生怜意。

　　十几分钟后，车子便停在了酒店门口。

　　李晓翔下了车后，将车钥匙交给了迎上来的接待生，自己则走到后座将门打开。陈玉敏慢慢地走了下来，但突然双腿一软，险些摔倒。好在李晓翔眼疾手快，不着痕迹地将一只手环在陈玉敏的腰间，将她轻搂住了，让她靠着自己的身体。

　　陈玉敏讶异地看了李晓翔一眼，有些不好意思地微微脸红，因为这种亲密的姿势，已经招来在酒店进进出出的不少人的注意。而李晓翔也成了不少男人羡慕嫉妒恨的对象。

　　陈玉敏虽然觉得有些尴尬，但是，她现在确实连走路的力都没有，刚才幸好李晓翔扶了一把，不然，可就要出糗了。

　　"走吧！"李晓翔伸手接过陈玉敏的手提包，然后，搂扶着她往酒店内走去。

　　到酒店柜台订了一间房间后，李晓翔就送陈玉敏上了楼，等电梯停下后，他见并没有什么人，就直接把陈玉敏抱了起来。

　　"不要这样……"陈玉敏娇容羞红。

　　"这里没什么人，你就不用害羞了。"李晓翔很自然地说道。

　　但就是这么一句话，顿时让陈玉敏的脸上彩霞飞舞，甚是诱人，因为这感觉分明就是在调情！

　　不过，陈玉敏也没有抗拒，任由李晓翔抱着她进了酒店的房间。

　　李晓翔将陈玉敏放到了房间内的柔软舒适的双人大床上，替她脱去了鞋子，然后，又替她盖上了被子，十分体贴。陈玉敏一直红着脸，但又说不出拒绝的话，因为她现在几乎没有什么力气，若是李晓翔此刻要对她做什么的话，她甚至连反抗都做不到。而且一个酒店房间内，孤男寡女，就算发生一点激烈的声音，也不会有人打扰的。

"好了，你好好休息吧。"李晓翔服务完毕后，替陈玉敏倒了一杯水，放在床头柜上，说道。

"今晚真的谢谢你。"陈玉敏感激道。

"你就当我是见义勇为好了。"李晓翔打趣道。

"不过，你怎么知道我被困在电梯里了?"陈玉敏有些奇怪地问道。

"你被困的时候，给我打了一个电话，但没有出声，我觉得奇怪，所以……"李晓翔眉宇一挑。

"我给你打过电话?"陈玉敏一愣，因为在她的意识里并没有给李晓翔打过电话。

"也许是你在昏迷前，突然想到了我，所以，下意识地打了我的手机。"李晓翔想了想道。

"是吗?"陈玉敏也不太确定。

"别想了，先好好休息吧。"李晓翔说完，就要转身，但突然，一只小手抓住了他的胳膊。

"留下来陪我下好吗?"陈玉敏用犹如绵羊般无助的眼神看着李晓翔。

"这个……"李晓翔看似犹豫，但心里已经偷着乐了，他还是装作做了一个艰难的决定般道，"就一会儿。"然后，就靠床坐下。

陈玉敏立刻美眸一笑，然后，轻靠在李晓翔身旁。

120

"你怎么会有幽闭症?"李晓翔顺口问道。

"半年前,我因为一次意外事故患上了幽闭症。被困在电梯里的时候,我以为自己死定了,甚至错觉看到了我的表妹。"陈玉敏语气透着几分悲哀,说道。

"你的表妹?"李晓翔不解道。

"我表妹在半年前不知道什么原因自杀了,就在我出事故的几天前,她长得很漂亮,可是就那样走了。说起来也奇怪,那次车祸时,我好像也看到了她,我们甚至说了话。这次她也一直站在我面前,看来很着急似的。后来,我就失去了意识。你会不会觉得我很可笑?"陈玉敏知道那时发生的事情肯定都是她的幻觉。

"不会啊!人在生死关头,因为肾上腺素加速分泌后,很容易产生错觉,但有时候,这种错觉能够救你的命。"李晓翔摇摇头道。

"我的包里有我和我表妹的照片,你想看看吗?她长得很漂亮哦!"陈玉敏问道。

"好啊,难道比你还漂亮不成?"李晓翔点点头,起身替陈玉敏拿来了包。

只见陈玉敏从包里拿出了一个女式钱包,打开以后,就见照片匣里面,有一张两人的合照。

"漂亮吧!"陈玉敏将女式钱包递到了李晓翔眼前。

李晓翔其实并不怎么想看,他想的最重要的事情就是顺利完成工作。他本来只想看一眼,迎合一下陈玉敏,找到攻破陈玉敏心房的钥匙。但就在他看过一眼后,他脸上的表情瞬间僵住了,一脸的愕然和难以置信。

那照片上和陈玉敏合照的女孩,竟然是张欣!

但是，如果张欣是陈玉敏的表妹的话，那张欣应该在半年前就死了。那他看见过的那个张欣又是谁？

李晓翔只觉得全身一阵寒冷，让他不由得深吸了几口气，心里暗道，也许只是长得一样而已。

"的确很漂亮，她叫什么？"李晓翔只觉得自己连说话都有些僵硬。

"张欣。"陈玉敏的话顿时犹如一张令人窒息的网扑面而来，将李晓翔整个人笼罩。

如果说这只是巧合，恐怕不太让人信服，因为李晓翔确定这照片上的女孩就是张欣，这一点是不会错的。再加上这一模一样的名字，让他更确定自己之前见过的，甚至发生过一夜情的张欣，就是照片上的女孩，也就是陈玉敏的表妹。

但是，这个张欣却已经在半年前自杀了！

李晓翔此刻只觉得整个人都蒙了似的，一时间，也不知道这究竟是怎么回事。如果他见到的张欣不是一个活人的话，那唯一的解释就是……

"不可能的，不可能的……"李晓翔摇着头，突然呢喃道。

"李晓翔，你怎么了？"陈玉敏见李晓翔的脸色非常难看，不由得担心道。

"你先休息吧。我回去了。"李晓翔犹如木头般起身，丢下一句话后，匆匆离去。

李晓翔缓过神的时候，发现自己已经回到了公寓，他似乎还难以接受所发生的一切。

他看到的张欣究竟是人，是鬼？他已经茫然了。

李晓翔的目光突然停留在了床头柜上，因为他有种感觉，似乎那里面有什么东西。

如今想来，这一切都显得那般诡异骇人！

他走到床头柜前，手轻颤着缓缓把柜子拉开，就在拉开的刹那，他竟然看到了一个盒子。

李晓翔一屁股坐在地上，因为眼前所发生的事情，他已经无法解释。

李晓翔稍微呆愣了一会儿，然后，迅速将盒子打开，就见那只冥瞳镜就像是从未离开过一样，依然躺在盒子里面。

这下子李晓翔完全傻眼了！

窗外一股冷风吹进，令人毛骨悚然，漆黑的夜色下，李晓翔就像是丢了魂一样，坐靠在床边，一脸的迷茫。

就这样过了一夜。

"不行，我一定要把事情弄清楚。"不能接受事实的李晓翔，忽然起身自言道，然后，看了一眼手中的冥瞳镜，似乎这一切的发生都是从收到这只冥瞳镜的时候开始的。

他最想弄清的就是张欣的事情。

李晓翔立刻打开笔记本电脑，重新到那个交友网站看了一些张欣的资料，发现了张欣的资料都是半年多前登记的。

他又到自己的信箱里面找了张欣给他发的信息，但发现怎么找也找不到了。

"难道全被自己删除了？"合上电脑后，李晓翔深吸了一口气，随后，披上一件外套，就出了门，到他和张欣第一次约会的那个郊区高档餐厅。

可是等他到了那边之后，却发现整条街都已经被拆得面目全非，成了一个工地。

他找了个工人打听了一下，说这条街的所有店铺早在半年前就都停止营业了。因为这里是江边，拥有不可复制的地段优势，再加上景色优美，一家房地产企业准备在这里建别墅。

也就是说，他前些日子和张欣约会吃饭的餐厅，其实根本不存在，如果真有的话，也是很久之前了。那他和张欣之间所发生的一切，似乎根本就没发生过，也许都是他的幻觉。

但他还是不死心，想去张欣的别墅，最后确认一下。

因为张欣的别墅远离市区，所以，李晓翔直接打了一辆出租车。

但等出租车到了李晓翔记忆中张欣的别墅位置，就见眼前是一栋破败的别墅，很明显已经很久没人居住，上面灰尘遍布，铺满了飘落的树叶。别墅前有一块空旷的草地，秋意盎然，两排秋木一直延伸到远处，如同那天在张欣别墅看到的风景一样。

"先生，是这里吗?"出租车司机问道。

李晓翔目光轻眯，看到眼前的情景，彻底愣住了。他有些茫然地付钱下了车，然后，就朝那空旷的草地走去。

"看来一切都是真的。我看到的张欣都是我的错觉。但为什么是她?"李晓翔万般不解地自言道。那个和他发生过一夜情的女人，竟然根本就不存在。

走着走着，李晓翔发现草坪的中央，似乎立着一块碑，他联想到了什么，不禁走了过去。

只见那分明就是块墓碑，而墓碑上还有一张照片，照片是一个笑得十分灿烂美丽的女孩，绝色的容颜令人难以移目。

这里是私家别墅，不过花园当中却是一个坟墓，四周摆放着大气的石头雕塑，而这墓碑上还刻着一个名字：张欣!

"你这个女人，是在耍我吗?"李晓翔有些生气地对墓碑吼道。他有种被玩弄的感觉，他甚至不明白自己为什么会有那么多关于张欣的幻觉。

明明就是一个死掉的人，却犹如活着般几次出现在他面前，这根本就是无法解释的事情！

"到底为什么？为什么？"李晓翔激动得难以控制，因为他快有种发疯的感觉，仿佛身心都受到了剧烈的折磨一般。

蓦地，李晓翔听到身后传来一阵脚步声，不由得转头一看，神情愕然，道："陈玉敏。"

"李晓翔？怎么是你……你怎么会在……"见到李晓翔的陈玉敏，也一下子愣住了，不明白李晓翔为何会出现在这里，还站在张欣的墓碑前。

"说来话长。"李晓翔无奈地一笑，神情落寞。

"难道你之前认识我的表妹？所以，昨天……"陈玉敏联想到了什么，追问道。

"如果我说，我在几天前见过你的表妹，你信吗？"李晓翔瞪着眼睛，神情变得有些恐怖。

陈玉敏脸色一变，紧张道："你别开玩笑了，我表妹已经在半年前死了，你怎么可能在几天前看到她？"

"不然，你觉得我为什么会知道这里？"李晓翔质问道。

"也许……"陈玉敏一时间也不知道怎么说，因为她看李晓翔的神情，似乎并不是在骗人，可是，这又怎么可能呢？

"几天前，我来过这里，这里还是一栋漂亮的别墅，就在这栋别墅里，我和张欣发生了一夜情。"李晓翔一脸惨笑地说道，因为他都觉得自己所说的太过于荒唐。

"漂亮的别墅？一夜情？"陈玉敏不禁捂住小嘴，美眸惊瞪，这下子是完全被吓到了。这别墅半年前都已经没人居住了，早已经尘埃掩盖。

因为张欣生前很喜欢这里的风景，所以，这里也成了张欣的安息之地。

"你还是不相信吗？算了，其实，连我自己都不相信。"李晓翔笑了，但笑得比哭还难看。他看了愣在原地、半天没有反应的陈玉敏一眼，转身而去。

李晓翔刚走出几步，突然，身后传来一阵叫声："等等。"他回头看去，就见陈玉敏身躯轻颤地走了上来。

"我们找个地方谈谈吧。"陈玉敏说道。

李晓翔点了点头，随后，两人上了陈玉敏的车。

第十一章
恐怖时分

回市区的路上，李晓翔开始说起这几天遇见张欣的事情。

"你去过那个酒店？"当陈玉敏听到李晓翔去过阴缘山时，神情顿时惊愕了。

"怎么了？"李晓翔不解道。

"张欣就是在那个酒店自杀的。"陈玉敏说出了一个让李晓翔忽然心跳加速事情。

"是不是在那个酒店的 314 房间？"李晓翔追问道。

陈玉敏呼吸变得急促起来，点了点头。

"这真的是巧合吗？"李晓翔也倒抽了一口气，原来他从肖雪玲和叶霞的对话中听到的那个半年前在 314 房间自杀的女孩，就是张欣。

"李晓翔，你看到张欣会不会并不是幻觉，而是……"陈玉敏忽然有了一种猜测，神情有些害怕和紧张。

"你是说……"李晓翔迎上陈玉敏的目光，立刻就明白过来，但很快就摇摇头，道，"这怎么可能呢！这世界上根本不可能有什么鬼魂存在。而且，我第一次见到张欣的时候，还是大白天。鬼魂不是应该都在晚上行动吗？"

"我也不知道。但是也和你一样，有过和张欣说话的幻觉。昨天电梯故障的时候，我也看到了张欣出现在我的面前。难道这都是我们的幻觉吗？一个人有幻觉，说得通，但两个人同时出现幻觉，这一点根本无法解释。"陈玉敏是个聪明的女人，很快就察觉到了其中的异样。

李晓翔觉得有道理，他也不明白自己为什么会有看到张欣的幻觉。这时，他忽然想起了什么，伸手往口袋抓去，然后，就把那只冥瞳镜给取了出来。

因为，所有的事情都是在得到这只冥瞳镜后发生的。

陈玉敏一见到他手中的冥瞳镜，顿时也愣住了，然后，就是一阵急促的刹车声。两人同时向前冲了一下，又弹回了座椅上，接着，陈玉敏就惊道："你怎么会有这只冥瞳镜？"

李晓翔一听陈玉敏的语气，就知道有些不太对劲，立刻问道："你见过这只冥瞳镜？"

"我之前见到张欣的时候，她就经常拿着这个眼镜，嘴里莫名其妙地自言自语。我问过她，她说是买来的古物冥瞳镜，听说用它可以看到死掉的亲人……"陈玉敏呼吸再次变得急促起来，浑身发寒。

不仅是陈玉敏，连李晓翔也都觉得这一切实在太诡异了！

"你真的确定就是这只冥瞳镜吗？"李晓翔不得不确认道。

"不会错的。一看到这只冥瞳镜，我就有很强烈的感觉。"陈玉敏点点头。

李晓翔接着把发生在这只冥瞳镜上的离奇事情说了一遍，顿时，陈玉敏双眼惊瞪，闪烁着几分恐惧的光芒。

"这只冥瞳镜就像是自己有生命一样，先是莫名其妙地寄到了我的手中，接着，它又突然消失了，又再回到我手里……"李晓翔犹如绕口令般说道。

"你不要再说了。"陈玉敏越听越后怕，身躯不禁害怕地颤抖起来。

"一切都是由这只冥瞳镜开始的，恐怕它也是解开一切谜团的关键。"李晓翔盯着手中的冥瞳镜，眯眼说道。

"如果用这只冥瞳镜真能见到欣儿的话，我们不是就可以问她了？"陈玉敏突然美眸一抬，道。

"见她？"李晓翔一愣。

"对，你不是见过她好几次吗？也许，她还会来见你。"陈玉敏笃定道。

"也许有个更快的办法。"陈玉敏想到了什么。

"什么办法？"李晓翔问道。

"听说人死后，如果有心愿未了的话，就会留在最后死的地方。"陈玉敏说起了迷信的说法。

"你的意思是……"李晓翔立刻明白过来。

"如果这是真的，我们应该能找到她。但就是不知道她愿不愿意见我们。"陈玉敏道。

"她一个人应该很孤单吧。"李晓翔的脸上浮现几分悲伤的神情。

天黑时分。

一辆车子驶进了明代山庄，因为发生了死人事件，这山庄的生意一下子变得萧条，几乎无人问津。

李晓翔和陈玉敏从车上下来，相互看了一眼，并肩走进了古宅内。

　　大厅的柜台，服务员正百无聊赖地打着哈欠，见到李晓翔他们进来，也是无精打采地说道："欢迎光临，有什么能为你们服务的吗？"

　　"我们想要一间房间。"李晓翔说道。

　　"好的。我马上给你们安排。"服务员点点头，刚打算安排房间。

　　"不用安排了，我们要 314 房间。"李晓翔接着道。

　　"哦，3……1……4，你要 314 房间？"只见服务员猛地打了个激灵，一脸惊愕地抬头，看着李晓翔两人问道。

　　"是的。有问题吗？还是已经有人订了？"李晓翔点点头。

　　"没问题。这房间估计以后也不会再有人订了。你们确定要314 房间吗？难道你们没有听说……"服务员神秘兮兮地道。

　　"我们就要 314。能快点吗？"陈玉敏有些心急，道。

　　"看来两位客人的口味还真是特别，一定是想要刺激吧。今天三层一个客人都没有，所以，两位想要多大声都行！"服务员一脸坏笑地暗示道，然后，把 314 的房卡递了上来。

　　陈玉敏不由得脸一红，瞪了那服务员一眼，接过房卡后，就和李晓翔一同上了楼，一直走到了三层。

　　不知道为什么整个三层的灯光看起来特别昏暗，走廊安静得连一根针掉到地上都能听见。正如服务员所说，这三层真的是一个客人都没有，所以，给人一种阴森森的感觉。冷风从长廊尽头的窗口吹进，令人脊背生寒，毛骨悚然。

　　陈玉敏不由得抓住了李晓翔的胳膊，紧紧靠着他，身躯似乎因为害怕而微微颤抖。李晓翔见状，立刻伸手将陈玉敏拉了一下。

　　"你还真是会趁机占便宜。"陈玉敏美眸一抬，看了李晓翔一眼，但娇躯却也紧缩到了李晓翔的怀里。

李晓翔笑了笑。

两人继续往前走，一直走到 314 房间的门前。

"张欣真的会在这里吗？"陈玉敏说话的声音都变得有些颤抖起来。

"我也不知道。"李晓翔摇摇头，从陈玉敏手上取来房卡，将门打了开来。

顿时，一股阴风从房间里面直接灌了过来，冰冷刺骨，让两人都不禁打了个冷战！

"不然，就我一个人进去吧。"李晓翔见怀里的陈玉敏已经吓得脸色惨白，立刻说道。

"我没事。"陈玉敏逞强道，但两只手已经将李晓翔胸口的衣襟抓得变了形。

最后，两人还是一同走进了黑漆漆的房间。

就在进入房间后，身后突然砰的一声，陈玉敏顿时吓得尖叫了声，不由得闭上眼睛，整个人如同无尾熊一般挂在了李晓翔的身上。

李晓翔回头看了一眼，只见是身后的门被风刮得关上了。

"只是门关了而已。"李晓翔看着怀里的陈玉敏，笑道。

陈玉敏这才缓缓睁开眼睛，转头看了一眼，然后，才一脸羞红地急忙放开李晓翔，离开了那犹如安全港般的怀中。

随后，李晓翔走到一旁将房间的灯打开。

陈玉敏环视了整个房间一眼。这个房间虽然她只来过一次，但却让她此生难忘。因为就在这个房间的床上，她亲眼看到了自己表妹的遗体，悲伤在湿润的眼眶中一闪而过。

"张欣，你在吗？如果在的话，就出来见我们。"李晓翔出声叫道。

"欣欣，我是表姐。我想见你，出来好吗?"陈玉敏也跟着叫道。

两人接连叫了几声，但张欣没有出现，什么事也都没有发生。

"难道她不在这里吗? 还是她根本就不存在，一切都是我们的幻觉?"陈玉敏不禁质疑道。

"我们就在这里等一个晚上吧。"李晓翔想了想道。

"一个晚上?"陈玉敏脸色微微一变。

"怕了吗?"李晓翔目光盯着陈玉敏。

"谁……谁怕了……哼!"陈玉敏不服输的个性立刻展露出来，然后，坐到了房间里的沙发上，拿出了一支烟，悄然点上。

"你会抽烟?"李晓翔问道。因为相处这么久，他都没有见过陈玉敏抽烟。

"不会!"陈玉敏摇了摇头。

李晓翔耸了耸肩，也坐到了沙发上。

看着陈玉敏一支又一支地抽烟，那袅袅的烟雾，呛得他自言自语了一句:"一个女人，能有这样的胆量已经很不错了。"

起初，两个人还隔着一个人的位置，但等李晓翔回过神的时候，陈玉敏不知什么时候，竟然已经靠到了他的身旁，显然还是十分害怕的，双腿紧紧并拢，两只手不知所措地放在大腿上，看上去心慌意乱一般。

李晓翔看在眼里，但也没说什么，双手抱胸，静静地等待……

也不知道过了多久，李晓翔突然感到身旁的娇躯靠了过来，转头一看，见陈玉敏已经昏昏欲睡，双眸迷离，双手下意识地缠住了他的手臂，把他的肩膀当成了枕头。

李晓翔苦笑一声。

就在此时，一股阴潮的冷气猛然在房间里吹了起来，应该是中央空调启动了一下。

但是窗户都是关紧的，房间再次陷入一片黑暗之中。

"好冷……"陈玉敏一下子被冻醒了过来，见房间黑漆漆的一片，顿时叫道，"怎么这么黑？"

这时，李晓翔似乎察觉到了什么，径自起身，环视了房间一眼。

"张欣，是你吗？"李晓翔猛然叫道。

蓦地，又是一阵空调冷风吹起，撩动窗纱，就好像有人经过一样。

李晓翔见到后，立刻上前几步，将窗纱掀起，但什么都没有。

"啊……"一声刺耳的尖叫随之响起。

李晓翔回过头的时候，就见陈玉敏整个人手足无措地挣扎着，不停地抓住自己的脖子，像是被什么勒住似的。

虽然他不知道发生了什么，但陈玉敏很可能出现了什么幻觉。

陈玉敏依然挣扎着，不过动作却越来越微弱，最后，停止了挣扎，似乎昏死了过去。

陈玉敏整个娇躯软倒在地上。

"陈玉敏……"李晓翔立刻跑了上去，将陈玉敏抱入怀中，探了探鼻息，见还有呼吸，顿时松了口气。

"你为什么要这么做？"李晓翔对着空气大吼道。

他又看了下怀中的陈玉敏一眼，见她并没有什么事情后，目光一定，立刻走向了窗边。

窗外，天空中一阵电闪雷鸣，轰隆不绝。

而在雷光之下，玻璃的上面朦胧地好像忽然多出了一道身影。

　　"张欣，真的是你。"李晓翔看着眼前突然出现的张欣，只觉得一股冷寒袭来。

　　"你为什么找上我？是因为这只冥瞳镜的缘故吗？"李晓翔问道，他需要一个合理的解释。

　　这时，张欣已经犹如水蛇一般缠上了李晓翔，充满激情的诱惑。

　　"我们在一起吧。"

　　李晓翔只觉得突然一阵天旋地转，他的呼吸逐渐急促。

　　"李晓翔，不要相信她。"就在此时，另一个声音响起，李晓翔猛然回过头，就见一双幽怨的眼神，一人就站在他的身后，正紧紧地盯着他。

　　"张欣！"李晓翔神情一震，这出现在他身后的，竟然是另一个张欣。

　　李晓翔又看了怀中的张欣一眼，他才注意到怀中张欣的目光中闪烁的是充满邪恶的光芒。

　　"你……你不是张欣……"李晓翔犹如被一盆冷水浇醒了一般，一把推开了怀中的张欣，往后退了几步。

　　李晓翔看了看面前的张欣，又看了看身旁的张欣，两个张欣一模一样。

　　"是你害死了我……"

　　"不，是你害死了我们……"

　　两个张欣不停地嘶喊。

　　李晓翔只觉得整个脑袋就像是要炸开一般。

　　"张欣，对不起，是我没保护好你……"

李晓翔忽然喊了一句，一滴男儿泪忽然滴落！

眨眼间，一切忽然又恢复了平静。

李晓翔原本紧闭的双眼也缓缓睁开，之前发生的一切就好似过眼云烟，一闪即逝。张欣，还有茫茫的烟雾都消失不见了！

"刚才到底发生了什么？难道是过于恐惧让自己再次产生了幻觉？"李晓翔喃喃说道，他肯定刚才是产生了幻觉。

"啪啪啪。"

一阵急促的敲门声。

这时，门突然被踹开，就见叶霞和肖雪玲突然出现。

"李晓翔，你没事吧？"叶霞急忙问道。

"你们怎么来这里了？"李晓翔问道。

"说来也是运气，从赵老板那里听说冥瞳镜出现在你的手里，然后就查到你来这里了。"叶霞说道。

"李晓翔，这个冥瞳镜是不是在你的……"

李晓翔不由自主地点点头。

"其实，我这一年来一直都在调查失踪古物冥瞳镜的事情！只是没有想到怎么跑你手上来了……"叶霞忽然说道。

"冥瞳镜？"李晓翔诧异地看着叶霞。

"这冥瞳镜就是在那个明代大院内被施工人员从地里挖出来的，然后又被人倒卖。本身没有什么价值，被人添加了很多乱七八糟的故事，当作古董拍卖。"

"这个冥瞳镜之前已经导致了一桩六人的命案。其实是那些人吸食了毒品，为了抢夺眼镜互相伤害导致的。"叶霞大声说道。

"那我为什么会莫名其妙地看到张欣？"李晓翔诧异问道。

"这我就不知道了。不过这个冥瞳镜曾经确实是为张欣所有的。"叶霞自然不知道李晓翔和张欣之间发生过什么事情。

"那这个冥瞳镜为什么会突然寄到我的手里，而且之前也发生过很多奇怪的事？"李晓翔不禁越来越疑惑。

"你是不是吃了什么精神类违禁药品，才会产生幻觉？你那天来我诊所的时候，就有些不正常……"叶霞说道。

"没有。这不可能……"李晓翔摇了摇头。

"那你最近会不会太紧张，经常失眠，精神不太好呢？"肖雪玲也问道。

"可能是这样吧。"李晓翔点了点头。

接连发生意外之后，他的脑袋确实不时疼痛，整个人也有些恍惚。

究竟是谁那么不安好心，将这个冥瞳镜寄给自己呢？

"那314室的那个女孩到底是怎么死的？"李晓翔很快问道。

"是因为患了突发性的红斑狼疮死的。"叶霞应道。

"红斑狼疮？"李晓翔一愣。

"最后的尸检结果，发现死者有潜伏的红斑狼疮病。刚好在洗澡的时候发作，而在死者鼻道发现的积水，也是发作时死者在水里挣扎造成的，尽管死者当时有意识要离开浴缸，但已经晚了。所以，才会造成那种非常规的死亡假象。"叶霞心有余悸，道。

"这么说，一切真的都是巧合了？"李晓翔有些纳闷。

这时，陈玉敏也走了过来。

"部长，你没事吧？"李晓翔见陈玉敏醒来，马上上前问道。

"我没事，刚才发生了什么？为什么我会突然昏过去？"陈玉敏似乎并不知道发生了什么事情。

"估计可能是你太紧张了，幽闭症发作，产生了幻觉！"李晓翔只能如此解释。

"这次多亏你们，不然，我真不知道自己会不会发疯！"因为有了合理的解释，所以，李晓翔也松了口气，衷心对叶霞感谢道。

"这本来就是我的工作。"叶霞被李晓翔突如其来的感谢弄得有些不知所措，俏脸微微一红。

"不过，李晓翔，有件事情我必须告诉你。"这时，肖雪玲突然一本正经地说道。

"什么意思？"李晓翔不解地看了肖雪玲一眼。

"我想你和张欣应该有某种关系吧。"

"对，陈玉敏就是张欣的表姐。"李晓翔眯眼道。

"其实这次我们在调查 314 室的离奇死亡案件的时候，在一个角落缝隙之中发现一只微型录音笔，而我们听完这录音笔的内容后，都觉得可能与半年前的死者张欣有关。"肖雪玲说道。

"里面是什么内容？"李晓翔追问道。

"这是机密，我不能告诉你，张欣的案件已经结案，而单凭录音笔的内容，我们无法重新启动调查，我只能告诉你，张欣有可能是被谋杀的！"肖雪玲认真分析。

李晓翔、陈玉敏听到肖雪玲的话后，十分惊讶，因为原本以为只是自杀的张欣，竟然有可能被谋杀，那很显然这藏在张欣之死背后的秘密并没有想象的那么简单。

"不过，我觉得张欣的死因，你们还是不要继续追查下去了，警方这边我有机会会加紧跟踪的……"肖雪玲接着说道。

"不行，我们一定要找出凶手。"这时，陈玉敏突然笃定地说道。

"如果你们执意要找出凶手，我也不拦着你们，告诉你们录音笔的事，就是希望你们留意一下，有线索就马上告诉我们，警方会权衡是否重新审查的。"肖雪玲叮嘱道。

"李晓翔，你手里的冥瞳镜能不能给我！"叶霞直截了当地问道。

"不行，这冥瞳镜也许是一个重要线索。"陈玉敏突然说道。

"你自己都说了，这不是什么值钱的东西！"陈玉敏又接着补充道。

"但是这个好歹也算古物，也有一定的考古价值。"叶霞严肃道。

"那你们可以找有关部门来，在这之前，冥瞳镜只能留在李晓翔手里，而且，冥瞳镜本来就是张欣之前买来的，她拥有所有权……"陈玉敏说得十分笃定。

"放心吧，我会上交上去的。"李晓翔点了点头。

叶霞马上看了肖雪玲一眼，肖雪玲也点了点头。

"那我们走了。"肖雪玲也不愿说太多，径直和叶霞一同离去。

"李晓翔，你要帮我找到杀死欣儿的凶手吗？"陈玉敏见叶霞离开后，就神情认真地对李晓翔问道。

"如果真是谋杀的话，我不会让张欣死得不明不白，不过，雪玲说得没错，我们并没能够找到线索，眼下我们毫无头绪啊！"李晓翔十分理智地分析眼下的情况。

"总会有办法的，不是吗？对了，你不是说你经常看到一些关于张欣的离奇的事情吗？而你又不认识张欣，也许它可以给我们带来一些线索。"陈玉敏看了一眼李晓翔手中的冥瞳镜。

"我也这么觉得，所以，我打算回去后，找个行家好好研究一下它！"李晓翔知道这一切其实都是因为冥瞳镜开始的，或许，这冥瞳镜能够带来新的线索。

"那我们赶快回去吧！"

随后，两人就开车离开了阴缘山。

第十二章
调查开始

回到市区之后，陈玉敏先回公司处理公事，而李晓翔则回家休息，不过，他是一夜无眠。

第二天，李晓翔起了个大早，然后，直接给马小六打了个电话，说有事让马小六帮忙，于是，两人约在刘权的酒吧见面。

因为酒吧白天没开业，所以，李晓翔到了酒吧后，从后门进去。

这刚进门，就见刘权正在清点刚送到的货。

"翔子，怎么这么早就来了？是不是又约了小六那小子……"刘权未卜先知地问道。

"他来了吗？"

"这才几点啊，估计那小子还在被窝里呢！你先坐吧，想喝什么？"刘权看看时间，一脸鄙夷地说完，又招呼道。

"不用了。"李晓翔说着，径直在清静的酒吧内找了个位置坐下。

"翔子啊，我看你脸色不太好，是不是昨晚没睡好，还是遇到什么事了？如果有什么困难，你就跟我开口……"刘权倒了杯水给李晓翔，见李晓翔的神色不太对劲，便问道。

"没事。"李晓翔摇摇头。

"那我先忙去了，有事叫我……"刘权虽然觉得李晓翔肯定有什么事，但见李晓翔不说，也没追问，又回到酒吧后面的仓库点货去了。

因为酒吧里没人，所以，李晓翔坐在座位上，脑海里就不由得浮现出张欣消失前的画面，心里莫名地感伤，好似总有什么在心头挥之不去。

就这么恍恍惚惚地不知道坐了多久，突然，李晓翔感到肩头被人一拍，顿时，就惊了一下，下意识地站了起来。

"我说兄弟你没事吧，这么大反应……"马小六也被李晓翔的反应吓了一跳。

"你什么时候来的？怎么一点声音都没有……"李晓翔皱了一下眉头。

"拜托，我刚都叫你好几声了，是你自己没有反应好不好！"马小六抱怨道。

"哦。"李晓翔也知道自己刚才八成是走神了。

坐下后，李晓翔就直接把随身携带的冥瞳镜，放到了桌子上。

"兄弟，你这么急找我，该不会又是为了这件古物吧？我还以为你已经卖了，原来还留在手上，今天找我是不是想让我把它卖了？"马小六一见到冥瞳镜，那两眼就发直起来，忍不住拿起冥瞳镜。

就在马小六拿起冥瞳镜的时候，突然，他感觉到冥瞳镜中一股寒气传来，顿时，让他整个身体都哆嗦了一下，脊背发凉。

他吓得急忙放下冥瞳镜，一脸瘆得慌的表情，说道："兄弟啊，这东西听说很邪门！我看我还是帮你趁早把它卖了吧！越快越好……"

"这眼镜确实有点邪门，不过我想知道这个眼镜之前的故事……"李晓翔一本正经地问道，反正马小六也不是外人，加上他还要马小六帮忙，所以，干脆说道。

"我的乖乖，看来这东西不只是邪门啊！不过，这东西越邪门，倒是越能卖个好价钱……"马小六倒抽一口气，虽说他倒腾古物也有些年头，但这种事也还是第一次遇见。

"我没说要卖它，我是希望你动用你的所有关系，帮我收集这冥瞳镜出现后的一些资料。"

"兄弟，你没疯吧！这玩意你还想留着，你是不要命了吗？我马小六虽然不算是行家，但也知道这种东西你带在身上越久，对你就越不好，我看你还是赶紧卖了！"马小六不由得瞪眼看着李晓翔，觉得李晓翔简直疯了。

"当我是兄弟的话就帮我……"李晓翔目光直视马小六，坚定的眼神是马小六从未见过的。

"兄弟，你实话告诉我，你为什么一定要调查这冥瞳镜?"马小六虽然人混但心不混，他知道李晓翔如此偏执，绝对是有原因的。

"我有一个朋友可能被谋杀了，而它是唯一能够帮我追查凶手的线索。"李晓翔如实答道。

自己老是看到张欣这一点就无法解释，毕竟他之前并不认识张欣这个人，而且这个眼镜为什么会莫名其妙地寄到了他的住所。

马小六听完，沉默了许久，最后，他才开口道："好吧，谁让我们是兄弟呢！翔子你可要答应我，等你找个那个凶手后，就马上处理掉这个眼镜。"

"我知道。"李晓翔应道。

"那我先给它拍个照，然后，在圈子里发一发……"马小六说着，就拿出手机给冥瞳镜拍了个照。

这时，正好马小六有电话进来，他接完电话后，就跟李晓翔道："我那边还有点事情要处理，有什么消息再跟你联络。"说完，就匆匆忙忙离去。

李晓翔也将冥瞳镜收回外套的内袋之中，和刘权说了一声后，他也离开酒吧。

之后几日，李晓翔哪儿也没有去，就待在他那狭小的公寓等马小六的消息。这日子过得是浑浑噩噩的，晚上也没睡好觉，几乎每晚都会梦到张欣。

期间，陈玉敏几次打来电话，询问调查冥瞳镜的进展。

终于在一周之后，马小六来了电话，说他已经尽力在收集冥瞳镜的资料，但并没有太多，不过，还是有两个收获。

这个冥瞳镜之前确实出现在海马集团张欣的手里，她是从一家古物店里买走的，马小六发的两张照片，其中一张就是张欣。

另外一张照片他也认识，那就是叶霞。

张欣高价从古物店里买这个眼镜的目的，是听说了这个眼镜有种神奇的能力。

叶霞除了法医的身份之外，还是文物研究保护者，怪不得她与古物行的老板赵雄也认识。

"看来最后还是要找叶霞好好谈谈。"李晓翔想了想，就出门找人去了。

"其实，你想调查凶手的线索，未必需要这眼镜，如果你能接触到张欣自杀案的档案，以及用来做证据的证物，或许也能够找到什么线索。"叶霞很是嫌弃地看着李晓翔，提醒道。

"不过这一切都是猜测，张欣的死，自杀的可能性还是最大的。这个眼镜真的只是一个很平凡的东西。"叶霞重重地加了一句。

"对啊，我怎么没想到！不过，张欣自杀案的档案资料，还有证物肯定已经被保存到公安局的档案室，除非有内部关系，或是律师才有权查看。如果是律师的话，应该是要申请翻案才能够查阅，那还要时间审批，所以，只能靠内部关系了。"李晓翔被叶霞这一提醒，也立刻醒悟过来。

"雪玲或许能帮忙，不过，她未必肯帮你。"叶霞说道。

"肖雪玲？她肯定不会帮我的，但如果是你这位好闺蜜开口的话，她或许会考虑。"李晓翔马上打起了主意。

"你别做梦了，我已经帮你不少了，如果我再帮你的话，只会让你越陷越深，有本事你自己去找雪玲。"叶霞知道李晓翔如此坚持地追查真相，并不是什么好事。

"我说叶大小姐，你就帮人帮到底，送佛送到西，就再帮我这次，如果你不帮我的话，我拿着这冥瞳镜指不定又会做出什么事情。这样吧，我答应你，找到线索后，我就将这个眼镜上交。"李晓翔抓住了叶霞的软肋。

叶霞马上瞪了李晓翔一眼，虽然李晓翔摆明是在威胁她，但有一点李晓翔说对了，如果冥瞳镜再这样丢失了，又怕继续引发什么纠纷。

"这样吧，我带你去见雪玲，但我不保证她愿意帮你。"叶霞只好妥协道。

"没问题。"

"如果不是为了追查杀死张欣的凶手，这冥瞳镜我早就不想要了。"李晓翔其实现在对这冥瞳镜也是心有余悸，如果当初没有得到这冥瞳镜的话，那一切事情也不会发生，他自然也不会落到现在这种地步。

虽然叶霞一直强调这个眼镜的某些功能是被人编造出来的，李晓翔的心里还是感到一丝恐惧。

"那走吧。"叶霞示意了一下，就转身走出大门。

李晓翔紧随其后。

走出大门后，李晓翔就见到一辆充满少女气息的粉红色甲壳虫停在门口，然后，叶霞就打开车门上了车。

"愣着做什么？上车。"叶霞叫道。

大约半个小时后，叶霞的车就停在了市刑侦队的大门前。

在门口做了登记后，两人各领了一张通行胸牌进入刑侦队。

因为在来之前，叶霞已经给肖雪玲打了电话，说有事情找她。所以，两人刚进刑侦队，就见肖雪玲迎面走来。

"叶霞，好几天没见你了，怪想你的！"肖雪玲一见到叶霞，马上展现出好闺蜜的架势。

不过，等她见到叶霞身后的李晓翔，她马上就觉得浑身不自在起来，那修长睫毛下的眼眸圆了一下，像是见到蟑螂一般惊道："怎么是你！"

"肖大美女，好久不见！"李晓翔微笑道。

"鬼才跟你见呢！叶霞，你怎么会和他在一起？"肖雪玲小嘴一撇，对叶霞问道。

"这里人多不方便，找个地方再谈吧！"叶霞见身旁人来人往的，立刻说道。

"那到我的办公室吧！"肖雪玲说着，就先带叶霞和李晓翔去了她的办公室。

肖雪玲虽然年纪轻轻，但在叶霞的帮忙下，成为刑侦队的精英人才。

进了肖雪玲的办公室后，叶霞和李晓翔先坐下，肖雪玲给两人各倒了一杯水才坐下。

"叶霞，你刚才说有事找我，该不会和这家伙有关系吧？"肖雪玲心思缜密，猜道。

"雪玲，你能不能帮忙把张欣案件的档案，还有证据调取出来，让我们看看……"叶霞提出。

"你们到底想干什么？"肖雪玲蛾眉微皱。

"你不是怀疑张欣并不是自杀的，而是被谋杀的吗？"李晓翔说出了理由。

"那也只是我的怀疑，你们难道有什么新的证据说明张欣不是自杀的？"肖雪玲一听，有些激动起来。

李晓翔和叶霞相互看了一眼。

"我们就是没有证据，所以，才来找你帮忙的。当然，我们也是有绝对怀疑的理由，否则，我们今天也不会来，希望肖小姐能帮这个忙！"李晓翔恳求道。

"我凭什么帮你？这调取案件卷宗可是很麻烦的。"肖雪玲哼了一声，对于李晓翔她当然没什么太多好感。

李晓翔马上看向叶霞，希望叶霞能帮忙说点好话，但叶霞似乎并不打算多管闲事，她今天带李晓翔来找肖雪玲，已经算是仁至义尽了。

李晓翔也看出叶霞不肯插手，但眼下也只有肖雪玲有这个能力，所以，只能拖延时间。

"对了，肖警官，你还记得那晚我们的事情吗？"李晓翔故意说道。

肖雪玲一听，顿时就慌乱起来，急忙叫道："你别胡说，那晚我们什么事情都没发生过！"

"你确定？"李晓翔眯眼一笑。

"我……"肖雪玲马上露出心虚之色。

"你们两个在说什么？"叶霞见肖雪玲和李晓翔突然打起了哑谜，不由得看向两人。

"没什么，他在胡言乱语。"肖雪玲心虚地解释。

"肖小姐，我只是想请你帮个忙，如果你不愿意的话，那我也不勉强。但我这个人向来是有恩报恩，有仇报仇的……"李晓翔目光轻凝起来。

"你……"肖雪玲听出李晓翔是在威胁她。

"帮不帮？一句话！"李晓翔不给肖雪玲考虑的机会。

"你这混蛋！其实要看也很简单，叶霞不是法医吗？按正常程序本来就可以看到，只是没有新的线索，你们看了也没用……"肖雪玲瞪了李晓翔一眼。

"你们跟我来吧！"说完，她就先起身离开。

李晓翔和叶霞紧随其后。

之后，三人就一同去了公安局的档案库。

没多久，张欣一案的卷宗以及一箱证物就被取来，放到专门的一个房间里面，供李晓翔和叶霞查阅。

"你们两个赶紧看吧，我先出去接个电话……"肖雪玲说了一句，就走到房间外。

李晓翔和叶霞一人开始翻阅案件的卷宗，一人打开那箱证物。

卷宗上写的死亡原因很简单，吃了过多的安眠药，然后泡澡溺水而亡，最重要的就是张欣确实有严重的心理疾病，有吃安眠药的习惯。

另外，箱子内装着的证物并不多，因为毕竟是自杀案，自然没有什么凶器，有的一般都是死者的随身物品，而通常贵重之物，也都会在结案之后，还给受害人家属，因此，这箱子里留下的东西基本没什么价值。

不过，李晓翔还是仔细地翻了一下，很快，他就注意到这箱子内有两个大小相同，但标签却不一样的瓶子。

"卷宗里面有没有说到这两个瓶子……"李晓翔马上对叶霞问道。

"有，卷宗上说，这两个瓶子装的分别是糖果和安眠药。"

"安眠药？"

"卷宗上说，这过度服用安眠药就是导致张欣溺水的原因，张欣的尸检报告中的安眠药成分已经严重超标。"叶霞应道。

"这么说，警方就是依据这个判定张欣是服用过量的安眠药自杀的。"李晓翔理清头绪。

"没错，不过，好奇怪，这卷宗上提到这安眠药是装在糖果瓶子里的，而安眠药瓶装的却是糖果。"

"那会不会是有人故意换掉的？"李晓翔推测道。

"可是一般来说，这糖片和安眠药吃在嘴里的感觉完全不一样，就算被换掉，正常人也不可能一下子吃那么多进去。"叶霞马上否定道。

"这倒也是。"李晓翔说着，目光落在证物箱内的一个真皮日记本上，他马上拿了起来："这应该是张欣的日记本。"

打开之后，李晓翔就一页一页地看了起来，看着看着他不由得倒抽了一口气，脸色变得异常凝重……

"怎么了？"叶霞见李晓翔的神情怪异，马上问道。

李晓翔不发一言，把日记本直接递给了叶霞，叶霞接过后，也看了几页，立刻就露出和李晓翔十分相似的神情。

因为张欣日记本里所写的内容，只能用匪夷所思来形容，完全像是来自另一个世界的事情，对于常人来说，这些事情根本就是幻觉。

张欣在日记本中记载了自己遇到的爱情，是那么突然与甜蜜，然后也提到了冥瞳镜，这内容就变得更加不可思议。

这张欣听说冥瞳镜有特殊的功能，就高价买了回来，通过眼镜可以看到她因为车祸死去的父母，还与他们交谈，甚至吃饭聊天。

这就是李晓翔看到后面会倒抽口气的原因，因为他确实也是通过冥瞳镜，才和张欣有了交集。

这或许就是冥瞳镜的神奇之处。

"看来张欣在得到冥瞳镜之前，可能已经有了妄想症。在得到冥瞳镜后，冥瞳镜导致她产生幻觉，妄想症变得更加厉害。单凭这日记本的内容，就足以让人以为她是个精神病人……"叶霞直言不讳地说道。

"那这也不足以让她去自杀，我总觉得这背后肯定还隐藏着什么，而且，你看，这日记本有几页被撕掉了。"李晓翔刚才在看日记本的时候，就注意到这日记本有被撕掉的部分。

"也许是她撕掉重写。"叶霞猜测道。

"但也许是有人刻意撕掉的。"李晓翔提出另一种看法。

"那也要有证据啊！"叶霞白了李晓翔一眼。

"这日记本里还真有线索。"

"哦，什么线索？"

"我刚才看到张欣在一篇日记之中写到了她得到冥瞳镜的来历，她是在阴缘镇的一家古玩行花高价买来的。我之前也找人打探过，确实是这样。"李晓翔说道。

"阴缘镇？那不是阴缘山在的那个古镇吗？"叶霞有些意外。

"是啊，张欣是在阴缘山的酒店自杀的，而冥瞳镜又是在阴缘镇买来的，这两个地方没隔几公里，肯定存在什么联系。我刚刚想到一种张欣被谋杀的可能。"

"快说吧！"叶霞禁不住李晓翔卖关子。

"谋杀张欣的人可能是冲着冥瞳镜来的。"

"这确实有可能，毕竟很多人都认为冥瞳镜有着能看到死人的能力。但根据警方的现场记录，当时在张欣的死亡现场并没有发现冥瞳镜。半年后却出现在你的手中……"

"难道是凶手拿走了，当时害怕风声太紧，半年后寄错给我了……"

"不，不可能。"

"这就是问题所在。这冥瞳镜是谁寄给我的？为什么要寄给我？如果能够知道这些，或许，也能解开张欣之死的谜团。为什么我拿到眼镜，就会出现见到张欣的幻觉？这根本就不科学。我根本就不认识她……"李晓翔说道。

"不可能的。你现在有什么打算？"叶霞摇了摇头，问道。

"我想马上去趟阴缘镇，从那里开始调查，看看张欣究竟跟哪些人接触过，或许其中就有杀害她的人。"李晓翔正色道。

"那我跟你一起去。"叶霞突然说道。

"还是我自己去吧，我已经够麻烦你了。"

"不，我去不是为了你，是为了这个案子。"叶霞有自己的想法。

"那好吧，事不宜迟，回去准备一下就出发。"李晓翔点点头。

这时，肖雪玲刚好走了进来，催促道："你们两个好了没有？"

"好了。"李晓翔应道。

之后，将卷宗和证物箱重新整理妥当后，肖雪玲就让李晓翔两人到外面等，她将卷宗和证物箱给送了回去。

"有线索吗？"肖雪玲出来后，就直接向两人问道。

"有。这次真的谢谢你了。"李晓翔感激道。

"少来，下次如果你再敢威胁我的话，我保证把你的脖子扭断……"肖雪玲一捏粉拳，然后，又好奇地问道，"那线索是什么？"

"张欣是从阴缘镇的一家古物行花了近百万买到的冥瞳镜，从冥瞳镜的价值来看，我们怀疑有人因为想要冥瞳镜而杀害张欣，所以，我们打算去阴缘镇调查。"

"近百万？不是说这个眼镜不值钱吗？这卖眼镜的人真是太

黑心了。再说就你们两个？那不行，我跟你们去。"肖雪玲一听，马上就激动起来。

"你不是还要上班吗？"叶霞皱皱眉头。

"请假啊，阴缘镇又不远，离我们上次的酒店车程也就十分钟，过去两三天应该足够了！刚好我的年假还没休呢！"肖雪玲直接道。

"你确定要跟我们去？"

"当然，我可不会让叶霞单独跟你去的。你是只狡猾的大灰狼……"

"随你！"李晓翔耸耸肩，因为他觉得带上肖雪玲，以肖雪玲的身份还方便办事。

三人约定了一下汇合的时间，然后，李晓翔就先送叶霞回公寓，再独自回家。

第十三章
去阴缘镇

就在李晓翔收拾行李的时候，陈玉敏又打来电话，所以，李晓翔也跟陈玉敏说了一下他调查到的线索。

陈玉敏一听李晓翔他们要去阴缘镇，也主动提出一起前往，并且车子食宿全部由她安排。

李晓翔知道陈玉敏也是一心想要找到凶手，所以，也没拒绝。

和陈玉敏联系完后，李晓翔就给叶霞打了电话，说陈玉敏也要去，并且，车子食宿都由陈玉敏安排，让叶霞通知肖雪玲，直接到陈玉敏的公司汇合。

几个小时后，李晓翔、叶霞以及肖雪玲先后都到了陈玉敏的公司门口。

没多久，一身休闲打扮的陈玉敏就拖着两个行李箱走出公司大门。

因为之前四人都见过，所以，也没什么陌生感。

等陈玉敏安排的商务车到了后，四人就乘车前往阴缘镇。

"李晓翔，你前面在电话里和我说欣儿可能是因为冥瞳镜被人害死的，真有这种可能吗？"车子开出没多久，陈玉敏就很关心地问道。

"当然，这冥瞳镜价值不菲，有人见财起意不是不可能。"李晓翔应道。

"也是，我之前也听欣儿提到过这冥瞳镜，说是用非常高的价格拍卖下来的。据说这冥瞳镜有种神奇的力量，我当初还不信，直到欣儿死后，我才觉得不太对劲，也找过冥瞳镜，最没想到的是，这冥瞳镜最后会出现在你手上。"陈玉敏说话的语气显得十分诧异。

"这就是疑点所在，这冥瞳镜究竟是怎么消失的？又是谁寄给我的？为什么寄给我？是想嫁祸给我，还是另有原因……"李晓翔提出了很多疑惑。

"李晓翔同志，这话都是你说的，也许事情没有你想的那么复杂。"在肖雪玲看来，李晓翔完全就是想太多了，毕竟，根据他们警方的调查，张欣毫无疑问是死于自杀。

"那请肖警官解释一下，那个录音笔的内容究竟是什么？为什么会怀疑张欣是被谋杀的？"李晓翔反问道。

"这……"肖雪玲顿时哑口无言。

"你为什么不偷偷告诉我一下。这样更有利于破案……"

"这是纪律，况且我也和所里打过报告，这次跟你们出来看看是否还有线索，已经为你们破例了。"

"你……"

"好啦，你们两个别吵了。现在最重要的就是养精蓄锐。到阴缘镇有三个多小时的车程，所以，都赶紧休息一下。"叶霞马上当起了和事佬。

李晓翔和肖雪玲互瞪了对方一眼。

最后，四人各怀心思，都不说话了。

到阴缘镇的时候，已经是傍晚时分，天色暗淡，镇上的游客基本都已经返程，或是住进镇上的酒店，所以，整个镇看起来有些冷清。

阴缘镇算是一个非常有名的旅游景点，包括他们之前去过的那个明代大院，另外这里还有温泉之乡的美称。

不过，真正让阴缘镇得名的，却是一个传说。

据传，此镇建立于唐朝，曾经也是文人墨客的游赏聚集之地，其中有位读书人在镇上结识了一位叫苏姑的女子，两人坠入爱河，爱得天昏地暗。

但后来，读书人为了考取功名，只能背井离乡，前往京城，与苏姑相隔千里，只能书信往来。尽管读书人在京城勤奋苦读，但始终志难如愿。突然有一天，苏姑来信说她已嫁人，请君勿念。读书人因此伤心欲绝，最后，他化悲伤为力量，终于在三年后考取功名，官拜三品。

之后，读书人便回乡祭祖还愿，同时，也想再见苏姑，让苏姑后悔当初没有等他。

但等读书人回乡之后，才知道苏姑根本没有嫁人，而是得了重病死了，为了不让读书人分心，才故意说是嫁人了。

读书人得知真相，便在苏姑坟前哀号三天三夜。

之后，读书人就为苏姑以三品官夫人的规格重修了一座坟墓，将苏姑重新安葬，并且，还将皇帝御赐的一些金银财宝作为陪葬。

或许是因为他的痴心感动上天，有天夜里，读书人在苏姑墓前饮酒思念的时候，忽然见到了苏姑，两人月下长谈，诉说相思之情。

直到第二天鸡鸣，苏姑才辞别而去，并且，告诉读书人阴缘再会。

读书人起初还不懂苏姑的意思，对苏姑依旧日思夜想，夜夜探坟，却始终再也见不到苏姑。

读书人因为抑郁，一病不起，几个月后，就与世长辞。

就在读书人死的那一夜，他的家人亲友都看到苏姑突然出现，在众目睽睽之下，带着读书人的尸体而去。

第二天，苏姑的坟旁竟然多了一块墓碑，而墓碑上的名字正是读书人的。

之后，镇上的人才明白这所谓的阴缘，指的就是与死人之间的缘，割不断，理还乱。

从此，小镇就得名阴缘镇。古往今来，许多刚刚有至亲离世之人，都会到苏姑墓前点上三炷高香，期望能再次见到自己的至亲。

虽说这只是个传说，但这也足以吸引许多充满好奇之心的游客前来一试。

将这个传说结合张欣的日记来看，张欣来这里旅游，应该还是想见见她车祸死去的父母，这才是她心结所在。

因为陈玉敏已经安排好了住宿的酒店，所以，四人进镇后，就直接前往酒店。

这阴缘镇因为是古镇，保留原生态，又远离市中心，酒店条件自然简陋一些。

到了陈玉敏安排的酒店，四人突然感到一阵冷飕飕的阴风吹来，让四人都不寒而栗。

而他们还看到这家酒店的大门梁顶，还挂着一些乱七八糟的辟邪之物，让人看着就觉得有点不舒服。

"这个地方有点不对劲，感觉像是鬼屋啊！"陈玉敏说了一句。

"别乱说。"叶霞加了一句。以专业的角度来看，别说是这家酒店，整个阴缘镇都处在大山包围之中，所以湿气弥漫，阴气很重，是再正常不过的。

不过这里确实又是避暑度假的绝佳之地。

"真不好意思啊，这阴缘镇我也没来过，酒店也是我让秘书匆忙订的，毕竟时间仓促，也没来得及比对。今晚就将就一下，明天我们再找一家好点的。"陈玉敏抱歉道。

"没事没事，我们进去吧！"李晓翔说着，就主动替陈玉敏拎着两个箱子进了酒店。

之后，三女也跟着进了酒店。

到了酒店内部，或许是因为光线的原因，还是有种阴森森的感觉。只见柜台的位置，一个画着大花脸的胖女子死气沉沉地坐在位置上，听着老式收音机里面的戏曲。

"阿姨，我们在你这预订了四个房间。这是我的手机号……"陈玉敏对胖女子说完，就报了一下手机号。

胖女子抬头看了一眼陈玉敏，再看看李晓翔和其他两女，低头打开登记簿，说道："身份证……"

四人将身份证取出后，就交给胖女子登记。

登记好了后，胖女子就拿了两把钥匙递给陈玉敏。

"阿姨，怎么就两把钥匙？不是四个房间吗？"陈玉敏不禁问道。

"就剩两个房间了。"胖女子应道。

"两个房间怎么住啊！"肖雪玲立刻不满地抱怨起来。

"爱住不住，现在镇上的酒店都已经满了。如果不是你们有预订，现在连两间都没有……"胖女子哼了一声。

"你什么态度啊？"肖雪玲一听，就要发飙。

"雪玲，算了，两间就两间，先住吧！"叶霞马上拦住肖雪玲。

"可是我们四个人，怎么分啊！总不可能三个女的挤一间吧！"肖雪玲也是个娇生惯养的主儿，哪怕在大学，住的也是那种豪华的学生公寓，所以，她不太习惯和别人住，当然，除了她的闺蜜。

"要不，我和李晓翔一个房间吧！我的年纪比你们大，没那么避嫌……"陈玉敏主动提出。

叶霞和肖雪玲相互看了一眼，心知也只能如此了，毕竟，她们不可能跟李晓翔住一个房间。

李晓翔倒是没什么意见，与陈玉敏这样的美女同住，绝对是艳福不浅。

决定之后，四人上了楼。

"喂，叶霞，你不觉得奇怪吗？这房间是那个陈玉敏订的，按理说，预订几间就是几间，她该不会是故意只订了两间吧？"这边，肖雪玲进了她们的房间后，突然狐疑地对叶霞说道。

"你什么意思啊？"

"那个李晓翔一看就知道是个小白脸，搞不好他们两人其实……"

"你别乱猜了，要不你去和李晓翔住一间，省得你疑神疑鬼的！"叶霞道。

"我才不要呢！我就算和鬼住，也不会和他住的。"肖雪玲嘟着嘴，猛地摇头。

"那就别废话，收拾行李吧！"说着，叶霞就开始收拾她的

157

行李，肖雪玲见状，自然也跟着收拾。

李晓翔和陈玉敏到了房间门口，拿出钥匙开门走了进去，顿时，一股浓烈的霉味扑鼻而来，陈玉敏被呛得立刻咳嗽起来。

李晓翔马上放下行李，先把房间的窗户打开通风，过了好一会儿，这味道才逐渐散去。

"没事吧？这地方阴气重，肯定与天气有关，一年大部分时间都是雨季，很少见到阳光，所以就这样了……"李晓翔看向陈玉敏，说道。

"我还特意让人预订这里的特色酒店呢。结果……"

"算了，没想到这镇上的酒店条件这么差，早知道就直接租一辆房车开过来了。"陈玉敏有些大小姐脾气地抱怨道。

"有住的不错了，我们来又不是为了度假的。"李晓翔笑了笑。

"倒也是，希望能够尽快找到线索。"陈玉敏期望道。

"那个，你先收拾一下吧，我出去透透气！"李晓翔知道自己在的话，陈玉敏肯定不好意思当面整理行李，所以，说了一句后，就先离开房间。

陈玉敏见李晓翔离开后，就关上了门。

李晓翔下楼后，就见到正好也下楼的肖雪玲。

"你怎么也下来了？"李晓翔问道。

"我想出门走走……"

"你确定只是走吗？"

"要你管。"肖雪玲瞪了李晓翔一眼，就走出酒店。

李晓翔耸了耸肩，便在酒店内溜达了一下。这酒店除了有前院外，还有个后院，不过，看上去已经基本废弃了，杂草丛生。

李晓翔看了一眼后院后，就径直转身离去。

就在他转身的一刹那，突然，一道靓丽的身影犹如魂魄一样在后院一闪而过。

李晓翔算了算时间，觉得差不多后，就回了房间，因为钥匙在他手上，所以，他下意识地开门走了进去。

这才刚进门，他就见到一道婀娜多姿的白皙曲线，正侧对着他准备将睡裙穿上，他自然就看到毫无束缚的风景……

"不好意思！"李晓翔没想到陈玉敏正在换睡衣，急忙转过头。

陈玉敏也吓了一跳，急忙转过身，娇容通红，匆忙将睡裙穿好。

"那个……可以了……"陈玉敏回过身后叫道。

李晓翔喘了口气，然后，转身看向陈玉敏，两人都显得十分尴尬。

"我刚才什么都没看到。"李晓翔有些心虚。

"哦。看就看了，你害羞什么？"陈玉敏看似并不太介意，只是应了一句。

"那个，你饿了吗？要不要我去买点吃的……"李晓翔赶紧转移了话题，不过想想今晚的男女同住，也是有些尴尬。

"不用了，我不饿。"陈玉敏摆摆手。

"那不介意我在屋子里吃泡面吧？"李晓翔问道。

"泡面，那多没营养啊！要不叫外卖吧！"

"这种古镇哪有什么外卖啊！"

"对哦，你不说我差点忘了。"陈玉敏露出可爱表情，吐了吐舌头。

"一看就知道你经常叫外卖。"

"这都被你发现了，叫外卖方便啊，经济实惠，而且，我一个人住，自己煮的话，又吃不完，多可惜啊！"陈玉敏应道。

"我看你就应该找个会洗衣做饭的男朋友！"

"工作太忙，没时间找，而且，有哪个男人会喜欢我这种工作狂！不被吓跑就不错了。"陈玉敏哀怨道。

"女白领，而且你喜欢穿职业装，我就喜欢啊！"李晓翔打趣了一句。

"别哄我开心，像你这样的男孩子肯定都喜欢像欣儿那样的女孩。其实，我也觉得挺遗憾的，如果欣儿还在的话，我觉得你们很般配。她就适合找你这种温柔体贴，有责任心的男人！"

"其实，我对她也不了解，但我知道她是个好女孩。"李晓翔听陈玉敏提起张欣，目光随之暗沉下来。

"不提这些了，你不是带了泡面吗？我被你说得都有点饿了，不如一起吃？"陈玉敏提议道。

"好啊！不过，你吃得来吗？"李晓翔笑问道，这陈玉敏怎么说也是一个公司的高层，肯定很少吃泡面这种毫无营养价值的食品。

"当然，我在大学勤工俭学的时候，也经常因为来不及吃饭，就吃泡面的。你别当我是什么千金大小姐，在进公司以前，我也就是个普通女孩。"陈玉敏应道。

"你不是张欣的表姐吗？你还需要勤工俭学？"李晓翔立刻觉得奇怪。

"不是谁都能像欣儿一样，从小就是千金大小姐，人各有命啊！"陈玉敏的语气带着几分嫉妒。

不过，她马上就笑道："我能有今天，也多亏了欣儿一家。他们待我不薄，这也就是我想要追查杀死欣儿凶手的原因，我不能让欣儿死得不明不白。"

"真是难为你了！我去弄开水泡面……"李晓翔有些感同身受，说完他就从行李中拿了两盒泡面离开房间。

就在李晓翔离开房间后，叶霞走了进来。

"那个家伙呢？"叶霞对陈玉敏问道。

"去泡泡面了。"

"哦，没有对你动手动脚的吧？"叶霞故意严肃地说道，李晓翔那轻浮的作风，倒是让她有些担心。

"关于张小姐的事情，我有些疑惑想问问你……"叶霞突然接着说道。

"叶小姐有什么就尽管问。"陈玉敏显得很大方。

"以你和张欣的关系，她来过阴缘镇的事情你应该清楚的，为何你之前并没有说过……"叶霞突然提出了质疑。

"我确实听欣儿提起过，但那时我并没有在意，直到你们说那个冥瞳镜是张欣从阴缘镇的古物行买下来的，我也才想起这事。"陈玉敏很镇定地应道。

"这样啊，那张欣有没有提到过她为什么会拍下冥瞳镜？"叶霞接着问道。

"这个我就不太清楚了，不过，欣儿在她父母出车祸之后，就患上抑郁症，经常有一些不寻常的举动，所以，我也习惯了。不过还好，只是轻度抑郁症……"陈玉敏摇摇头。

"抑郁症吗？"叶霞眼睛微微眯起。

"是啊，她还经常做噩梦，我想她到阴缘镇，应该是来散心的。"

"那她有男朋友吗？"

"应该没有吧，这个我也不太清楚。"

"我知道了。"叶霞其实就是想确定一下张欣当时来阴缘镇的状态，因为她和李晓翔在日记本里面所看到的内容实在超乎寻常，这也说明张欣的精神状态并不稳定。

"那我走了。"叶霞也没什么想问的了，就准备离开。不过，她想起什么，转头对陈玉敏说道，"你和他住同一个房间，还是小心点，如果他有什么不轨举动的话，就大声喊我们……"

"放心，李晓翔不是那种人。"陈玉敏突然应了一句，听起来的感觉就好像认识李晓翔很久一样。

叶霞虽然听着也觉得怪异，但并没有细想，就回自己房间去了。

没多久，李晓翔就捧着两碗热腾腾的泡面走了进来，放在桌子上。

"赶紧吃吧，凉了就不好吃了。"李晓翔把一个塑料叉子递给了陈玉敏。

陈玉敏立刻接过塑料叉子，捧起一碗泡面就吃了起来，也许是真饿了，没一会儿，泡面就已经连汤汁都不剩了。

"虽然好久没吃泡面了，但吃着总感觉有怀念的味道。"陈玉敏一副心满意足的样子。

"如果一日三餐当饭吃，你估计就不会这么说了。"李晓翔调侃一句。

"谁会把泡面当饭吃？"

"我啊！我穷的时候，就只能一日三餐吃泡面。"李晓翔笑应道。

"对了，要不等欣儿的事情调查清楚后，你就正式到公司上班吧！"陈玉敏突然说道。

"这合适吗？"李晓翔有些意外。

"有什么不合适的？就这么定了。"

"那我就多谢陈总了。"李晓翔倒也没拒绝，因为他也该走出爱情的阴影，重新找份正经工作了。

"那我先睡了。"陈玉敏说完，就进了洗手间。出来后，她就睡到李晓翔对面的床上，背对着李晓翔。

李晓翔看着陈玉敏的背影，脑海里忽然间闪过莫名其妙的画面，而男人应有的坏心思，这个时候也都消失了。

之后，李晓翔也收拾了一下，连衣服都没换，就直接躺在床上，看着天花板，脑海里又不禁浮现出张欣的面容。

现在对他来说，似乎已经没有什么比找到杀死张欣的凶手更重要的事情，感觉他的心底正有一道声音不断告诉他，张欣一定是被谋杀的，一定要找到真正的凶手。

不知不觉间，李晓翔就睡了过去。

等李晓翔醒来的时候，已经是第二天清晨。天刚亮，不过，他已经没有什么睡意，所以，就直接起床进卫生间洗漱了一下。

等他出来的时候，陈玉敏也醒了，正姿态优美地伸着懒腰，一边衣服已经滑落，雪白的肌肤险些暴露出来。

陈玉敏见李晓翔从卫生间走出来，目光直盯着她，不由得低头一看，见自己春光外泄，急忙拉好衣服。

李晓翔尴尬一笑。

"你怎么起得这么早?"陈玉敏有些尴尬地问道。

"我有晨跑的习惯，平常在家，我一般也是这个时间点醒来的。那我先出去了。"李晓翔知道女孩子出门肯定事儿多，他待在房间里也不方便，所以，就先离开房间到楼下的院子活动活动筋骨。

刚活动了几下，叶霞也走了出来。

"昨晚睡得好吗?"李晓翔问道。

"还行，如果雪玲那丫头不磨牙的话，就更好了。"

"她都几岁了，还磨牙！"李晓翔顿时忍俊不禁起来。

"这是她的习惯，估计这辈子都难改了。"叶霞摇头一笑，接着问道，"今天我们从哪里开始调查？"

"既然我们有四个人，我打算两人一组分开调查，一组去古物行找线索，另一组就在镇上逛逛，把张欣的照片拿给开店铺的那些镇上人看看，说不定他们见过张欣，能够给我们提供一些线索。"李晓翔提议道。

"是个好主意。那古物行那边你和肖雪玲去吧！她和我都是警察，我们两个分开来，相对都好办事。"叶霞主动说道。

李晓翔没意见，点点头。

过了一会儿，陈玉敏和肖雪玲也陆续下楼到了院子。

李晓翔和她们说了一下调查的安排，两女也没有反对。

之后，两组人就分道扬镳，各自行动。

第十四章
以前认识

古物行位于阴缘镇的中心地段，自然十分热闹，很多对古玩有兴趣的旅客慕名而来。

从酒店大概走了十几分钟，李晓翔和肖雪玲就找到了那家古物行。这家古物行的门面和阴缘镇的其他建筑并没有什么区别，三层阁楼的建筑，两间门面大小，从外面看，并没有觉得什么，但一走进去，顿时有种登入高雅之堂的感觉。

这入门的前堂就是两尊半人高的精美陶瓷睚眦，造型别致，惟妙惟肖，一看就知道是出自名家之手，用这样两尊睚眦镇守店门，足见这家古物行是做大生意的。

绕过前堂，就是前厅。前厅正中是圆形的服务台，有三位衣着端庄的前台正在为前来服务台咨询的客人提供服务，四周还摆着供客人休息的红木桌椅。

李晓翔和肖雪玲稍微环视一眼后，就直接走向服务台。刚好一位前台接待完一位客人，见李晓翔和肖雪玲过来，马上热情地问道："两位，请问有什么需要服务吗？"

"我们想找一下你们经理……"李晓翔直接说道，因为要查张欣留下的信息和线索，一般的打探是不行的，只有直接找管事的，让这家古物行配合调查。

"经理？那你们有预约吗？"前台愣了一下，接着问道。

"没有。"李晓翔摇摇头。

"那不好意思，如果没有预约的话，我们经理是不见外客的。"前台十分礼貌地道。

李晓翔也料到不会这么容易，马上看向肖雪玲。

"我们是市刑侦队的，来调查一个案子中受害者的信息资料，所以，需要你们经理配合我们一下……"肖雪玲立刻亮出了警察证。

四周的客人见状，面露异色，指指点点，交头接耳起来。

那前台一看，自然不敢怠慢，急忙拿起前台的电话给经理打去，说明了情况。

还不到两分钟时间，一个体态憨胖的中年男子，眯着小眼从前厅一层的拱门走出，直接走到前台。

"经理，就是这两位……"

"两位警官好，我是这家古物行的经理，鄙人姓王……"经理一脸热情地自我介绍道。

"王经理，我们是来……"

李晓翔本来想再说明一下，王经理直接打断道："到我的办公室再谈。"说完，就伸手示意。

李晓翔和肖雪玲就随王经理去了他的办公室。

"两位请坐……"王经理招呼了一句，就坐到自己的办公桌旁。

李晓翔和肖雪玲则坐到梨木沙发上。刚坐下，就有一位秘书端着两杯咖啡走了进来，放到两人面前。

　　秘书离开后，王经理开口道："两位警官，刚才人多口杂，不方便说事，现在有什么需要尽管说，我尽力配合……"

　　"情况是这样的，我们现在正在调查一件案子，而案子中的受害人半年前在你们古物行买了一件东西……"肖雪玲以警察的口吻公式化地说道。

　　"哦，这样啊，那这位客人叫什么名字？我看看有没有印象……"王经理问道。

　　"她叫张欣。"

　　"张欣？这名字好像有点熟悉！"王经理听完，脸色一变。

　　"就是这个人。"李晓翔突然拿出了一张张欣的照片。

　　"哦，哦，确实有这么一位客人，如果我记得没错，大概半年前，她在这里买走了一只非常罕见的眼镜，而且，所出的价格是其他买家的两倍，所以，我印象比较深刻。"

　　"对。"李晓翔点点头，和肖雪玲相视一眼，似乎觉得这次是来对了，说不定真能追查到一些线索。

　　"她是怎么遇害的？真是可惜了，她可是个白富美啊！"王经理十分遗憾，道。

　　"这个我们不方便透露，既然王经理记得她，那应该也记得当时现场的情况吧！"

　　"当然……"

　　"那当时除了张欣外，还有没有其他和她竞争的买家？"肖雪玲继续问道。

　　"这当然有啦，那冥瞳镜可是非常罕见之物。你应该知道这里阴缘两字的传说，按照古籍记载，这里有不少大师都会设堂做法，使用这样的眼镜。据说就是因为这个眼镜能够在特定的环境之下看到已逝之人，并且，还能与其交谈，所以，很多客人对这只冥瞳镜感兴趣，当时拍卖的时候，有很多买家参与竞拍……"王经理应道。

"好了，那能不能给我们提供这些买家的资料？"

"这恐怕不好办，因为当时竞争的买家很多，我不可能都记得，况且，我们公司也必须对客人的信息保密。"王经理很为难地说道。

"那这样吧，王经理，你就把当时拍卖时候，和张欣竞争到最后的那位买家的信息告诉我……"肖雪玲退而求其次。

"这……"王经理犹豫了一下。

"王经理，请配合一下我们的调查，你也不想我们天天来找你吧？毕竟，你这是做生意的地方，天天有警察进出也不太好！"李晓翔见状，马上暗示道。

王经理皱了一下眉头，妥协道："好吧，我就把和张欣竞争到最后的那位买家的信息告诉你们，但一定要替我保密！"

"当然。"

"那位买家叫赵雄，是一位古物商人，也是我们这里的常客……"王经理查了一下资料，说道。

"赵雄，居然是他？"李晓翔一看资料上的照片，顿时露出惊讶之色。

"看来这赵雄的嫌疑确实不小。"肖雪玲也是脸色凝重，叶霞跟她说过，上一次赵雄就找人将李晓翔带了过去，还差点发生冲突。

"刚才听两位警官一说，我也想起一件事情，就在张小姐拍到那只冥瞳镜后，赵雄似乎找过张小姐，两人应该认识，好像还起过争执。不过，后来张小姐走了。"王经理又提供了一个额外的线索。

李晓翔和肖雪玲一听，更加觉得这赵雄有问题，不过，究竟与张欣的死有没有什么关系，还不得而知。

"对了，王经理，我想问下这冥瞳镜你们是从哪儿收购来的？"这时，肖雪玲想起了叶霞的交代，突然加问了一句。

王经理马上露出一些警惕之色："警官这话是什么意思？难道是怀疑我们卖的东西来路不正……"

"我听人说，这冥瞳镜就是在本地被施工人员挖出来的古物，结果被人倒卖了出去……"肖雪玲很直接地说道。

"这冥瞳镜是从本地流出来的，我们当时只是现场代卖，只收一点服务费。"王经理强调道，但眼神却显得有些心虚。

"哦。"肖雪玲听完，没有再追问下去。

之后，两人又询问了王经理一些基本情况，但并没有得到太多线索。

大概一个小时后，两人就在王经理的亲自恭送下，离开了那家古物行。

就在李晓翔和肖雪玲离开后，王经理回到他的办公室，马上拿起电话，拨出一个号码。

这边，李晓翔和肖雪玲立刻联系了陈玉敏和叶霞，询问调查情况，都没什么线索。张欣来这阴缘镇已经是半年前的事情，按理说，是不可能留下什么线索的。

最后，四人就约在阴缘镇最繁华热闹的小街汇合。

碰面后，四人就找了附近的一家咖啡吧休息，整理一下收集到的信息。

进了咖啡吧，四人就找了角落的位置坐下，各自点了饮料咖啡，然后，李晓翔就把在古物行所了解到的情况说了一下。

"李晓翔，你说这赵雄，之前找过你麻烦，想要你手上的冥瞳镜，看来他是个危险人物啊……"陈玉敏听完后，在意起来。

"没错。"

"会不会是他害死了张欣？"陈玉敏不由得怀疑起来。

"这个我们不能确定，但他现在的嫌疑是最大的。"李晓翔正色道。

"那我们也算是不虚此行了。"陈玉敏欣慰道。

"怀疑只是怀疑，没有证据证明就是赵雄的话，那也是竹篮打水一场空。张欣的死，肯定是自杀……"肖雪玲直接泼了冷水。

"不管是不是自杀，现在至少有一个方向，等我回去后，就马上找人调查这个赵雄，收集证据……"陈玉敏说道。

"赵雄这个人我还是有点了解的，是一个不择手段的商人。我们还要在阴缘镇继续调查吗？"叶霞问道。

四人立刻面面相觑，似乎各有心思。

这时，一位女服务员端着他们的咖啡走来。就在放下咖啡的时候，她突然抬头看了一眼李晓翔，脸色立刻变得热情起来。

"有事吗？"李晓翔有所察觉，立刻看向女服务员。

"李先生……"女服务员微笑道。

"你认识我？"李晓翔摆了摆手。

"是啊，你以前来过，还给我很多小费。这次你没带女朋友？"女服务员有些诧异，道。

"我这是第一次来。"

"不会吧，你在逗我吗？对了，你自己看那边！"女服务员兴奋地说着，用手指着后面的留言墙说道。

三女一听，马上用怪异的眼神看向李晓翔。

170

"你肯定是认错了。"李晓翔笃定道。

"我真没认错，要不是你大方的话，我也不会记住你。不信，你们过去看看……"女服务员十分肯定。

"那我们去看看……"肖雪玲就是个好奇宝宝，直接拉着叶霞往留言墙走了过去。

片刻之后，留言墙的位置突然传来一声惊呼，让店里的客人都不由得侧目看去，神情怪异。

李晓翔和陈玉敏见状，也觉得奇怪，干脆也一齐走了过去。

"你们两个怎么一副见鬼了的样子？"李晓翔两人走过去后，就见叶霞和肖雪玲用极为惊讶的眼神看着留言墙的一张照片。

这时，叶霞和肖雪玲又转而用责怪的眼神看着李晓翔。

李晓翔觉得不对劲，走到留言墙的时候，就顺着两女的目光看去，等他看到其中一张照片的时候，他自己也傻眼了。

"李晓翔，这不是你吗？你怎么会有和张欣的合照……"同时，也看到那张照片的陈玉敏，禁不住惊呼起来。

此时的李晓翔也彻底蒙了，因为不得不承认，这张照片上的人确实是他。可是，张欣为什么会和他合照？而且，看起来还十分亲密，就像男女朋友一样。

"李晓翔，这到底是怎么回事？你不是说你是得到冥瞳镜后，才认识张欣的吗？"肖雪玲马上质问起来。

"我也不知道，我之前真的不认识张欣，我也不知道我为什么会和她有合照，这肯定是恶作剧……"李晓翔第一个直觉就是有人故意的。

"你看看这照片的日期，正好是半年前的，还是张欣买到冥瞳镜后的那些日子。如果是恶作剧的话，未免也太巧合了吧！"肖雪玲不愧是警察，立刻就从细节上做出判断。

"确实很奇怪！"叶霞也露出不解之色。

"李晓翔，这件事你必须好好解释，不然，我可能要把你带回公安局了。"以肖雪玲作为警察的直觉，当然发现其中肯定有蹊跷。

"我……"李晓翔也一时间觉得难以解释，蓦地，他觉得大脑一阵强烈的疼痛袭来，让他表情瞬间扭曲，身体也随着晃动了几下。

"李晓翔，你没事吧？"陈玉敏立刻关心地问道。

"没事，就是想着张欣，突然头疼。"李晓翔摆了摆手，道。

"喂，你别装了，快点给我们解释，你这次带我们来阴缘镇，该不会是有什么目的吧？"肖雪玲立刻疑惑地看着李晓翔。

"好了，雪玲，你别逼他了，我们先回酒店再说吧！"叶霞见此刻店里的客人都一脸怪异地看着他们，说道。

"我没意见。"肖雪玲耸耸肩。

"那走吧。"陈玉敏也点点头。

李晓翔也因为无法解释照片的事情，直接在三女的"押送"下离开咖啡吧。走之前，她们顺便把李晓翔和张欣的合照也带走了。

回到酒店后，三女和李晓翔就到了李晓翔他们的房间，而肖雪玲更是二话不说，直接拿出手铐铐住了他，一副气势汹汹的样子。

"我说肖警官，没必要这样吧！"李晓翔哭笑不得，他又不是什么犯人。

"我这是为了安全起见，在你解释清楚这张照片的事情之前，你哪儿都别想去了。"肖雪玲认真地说道。

"雪玲，我相信其中肯定是有原因的，李晓翔他没必要骗我

172

们的。"陈玉敏似乎还十分相信李晓翔。

"玉敏姐，不是我想怀疑他，这张照片怎么解释啊？"肖雪玲反问道。

陈玉敏一时间也是哑口无言。

"雪玲的顾虑不无道理，李晓翔，你真的不知道自己为什么会和张欣合照过吗？"叶霞看向李晓翔。

"我真的不知道。这照片也可能是合成的，就是有人故意想陷害我！"李晓翔一脸无辜的表情。

"这照片怎么可能是合成的？这都贴在那边大半年了。"肖雪玲说道，这样的情况确实有些难以解释。

陈玉敏和叶霞立刻点头，她们也都想赶快把事情弄清楚。

"李晓翔，这下你没话说了吧，快老实交代，你带我们来阴缘镇有什么目的……"肖雪玲直接把李晓翔当成犯人来审问。

李晓翔此刻也无话可说，因为这种事情对他来说，也实在太诡异了！

"叶霞，你觉得李晓翔是在骗我们吗？会不会真的是神秘事件……"陈玉敏看向叶霞，问道，语气中有些颤抖。

叶霞也是皱着眉头，目光一直盯着李晓翔。虽说她跟李晓翔相处的时间不长，而且李晓翔平常表现得也不太正经，但经过在阴缘山的那次事件，她觉得李晓翔不像凶手。关于张欣的事情，李晓翔应该没有必要对她们隐瞒。

而且坚持要调查这件事情的就是李晓翔，他是凶手的话，真的没有必要这样。

但是眼下这照片真的是货真价实的，说明李晓翔和张欣在半年前就已经认识了，这其中肯定发生过什么，否则，为何李晓翔会不认识张欣？

"李晓翔会不会被人施法了，然后记忆就……"陈玉敏不由得自言自语了一下。

就在此时，叶霞突然想到什么。

"施法怎么可能？对了，李晓翔，你头部有没有受过伤？有的话，或许是你失忆了。"

"有啊，就在半年前，我出过一场车祸，脑部受过伤……不过，我并没有失忆……"李晓翔回忆道。

"你确定？"叶霞眯眼问道。

"当然。"说完李晓翔又立刻犹豫起来。如果在看到照片之前，他或许会确定，看到这照片后，他也开始怀疑自己是不是失忆了，不然，怎么可能想不起自己和张欣合照过？

"现在有一种可能能解释李晓翔的情况，就是你可能因为车祸而失去了一小部分记忆，而这部分记忆极有可能和张欣有关……"叶霞做出了推断。

"你的意思是说，我在半年前就认识了张欣？但出于某些原因而失去了关于张欣的记忆……"李晓翔尝试厘清头绪。

"叶霞，这种事情可能吗？为什么会偏偏失去对张欣的记忆……"肖雪玲不禁看向叶霞。

"很有可能，尤其是李晓翔出过车祸，大脑在受损的情况下，会产生任何形式的损伤，失去一小段记忆，算是很正常的。"叶霞点点头。

"李晓翔，你真的想不起来和张欣的事情吗？"陈玉敏也问道。

"真的，我真的想不起来。"李晓翔十分认真地应道。

"我相信他不是骗我们的。"陈玉敏看了一眼李晓翔，然后，对叶霞、肖雪玲说道。

"我也这么觉得。"叶霞也做出了判断。

"你们两个怎么这样？被他几句话就给忽悠了，我就不信这事情有这么巧合！"肖雪玲似乎还在较真。

"雪玲，你别这样！"叶霞对肖雪玲示意道。

"哼……"肖雪玲嘟起小嘴。她好不容易逮到整李晓翔的机会，当然不甘愿就这么放了李晓翔，起码也要等她"严刑逼供"。

"别闹了，如果李晓翔真是失去记忆的话，那我们替他找回记忆，或许能够找到关于张欣之死的新线索。"叶霞说道。

肖雪玲听完，才心不甘情不愿地拿出钥匙，帮李晓翔打开手铐。

"谢谢你们相信我。"李晓翔一脸感激。

"别谢我，我可没相信你。"肖雪玲双手抱胸，撇嘴道。

"别说这些没用的了，现在要做的就是弄清楚你和张欣究竟是什么关系，而你又为什么会忘了张欣……"

"难道是因为这里面很危险，张欣的鬼魂故意让你遗忘的……"陈玉敏说道。

"说这些都没有科学依据。"肖雪玲有些不高兴，她最讨厌的就是别人在她面前说这种奇奇怪怪的迷信事。

"不如，明天找那家咖啡店的老板问问，李晓翔和张欣在阴缘镇的时候不是经常去吗？或许他会知道……"叶霞提议道。

"也好。"几人赞成道。

"玉敏姐，为了安全起见，今晚你还是去我们房间睡吧！"叶霞不放心地说道。

"可是……"陈玉敏似乎还很犹豫，但肖雪玲二话没说就直接把陈玉敏给拉走了。

"晚上你就好好待在房间里。"叶霞留下了一句,也跟着回了她们的房间。

李晓翔关上门后,一脸迷茫之色,他万万没想到自己和张欣之间竟然还有这更深层次的关系。但这或许就能够解释,他通过冥瞳镜第一次见到张欣之后,为何一直念念不忘。

关上灯,他躺到床上,满脑子的思绪纷乱。

因为睡不着,李晓翔干脆拿出冥瞳镜研究起来,自上次阴缘山回来后,他再也没有碰过这冥瞳镜,这次是为了能够找到关于张欣的线索,所以才带出来的。

于是他忍不住将冥瞳镜戴了起来,希望如这里的传说一样,看到什么。

之后,他就感到一阵莫名的睡意袭来,就在他昏昏沉沉的时候,他忽然听到门口传来敲门声,敲了三下。

"谁啊?"

没有人回答。

他以为可能是有旅客敲错门,没太在意,闭上眼睛。

很快,又一阵敲门声响起,同样也是三下。

李晓翔眉头一蹙,犹豫一下,寻思是不是有人恶作剧,起身下床,走到门后将门打开一条缝隙看了出去,外面并没有人。

"大半夜的,谁这么无聊!"他心里问候了对方一遍,然后,就关上门,准备回床上,但才刚走两步,敲门声又响起了,同样还是三下。

李晓翔恼了,立刻转身一个箭步将门打开,门外还是没人,他将头探出去后,走廊也同样没人。

"该不会是闹鬼吧?!"李晓翔心里咯噔一下。

以前李晓翔是不信鬼神的,但张欣的事情后,差点动摇了他的世界观。虽说他的胆子不小，但这种事情还是谨慎一点，所以，他就准备关上门，就算再被敲门，他也不管了。

就在他要关上门的一刻，突然一道披头散发的白影从他门前走过，吓得他不由得哆嗦了一下，戴在眼睛上的冥瞳镜也掉了下来。

"妈的，真有鬼啊！"李晓翔骂了一句。

"李晓翔，李晓翔……"没等李晓翔骂完，突然一阵阴森森的叫声突然在门外响起。

"这鬼居然还知道我的名字！"李晓翔有些大惊失色。

"追。"他的心里只有一个想法。

就这样，他追着白影就到了酒店的后院。

白影到了后院后，就一直站在后院的角落，那挡着脸的长发下，隐约闪烁着骇人的光芒。

"你到底是谁？"李晓翔壮着胆子喝道。

但白影只是一言不发地看着他，气氛死气沉沉的。

"你到底是谁？别在这里装神弄鬼的！"李晓翔见白影一点反应也没有，心里也是有些发怵，寻思要不要去找叶霞帮忙。

就在此时，那白影的胸口突然活生生地裂开，血流不止，一只手挣扎着从那血淋淋的胸口伸出，接着，就是一颗满是血水的头颅。等那头颅抬头的一刻，李晓翔顿时整个人头皮发麻，身躯颤抖起来。

因为那头竟然是张欣的。

"李晓翔，救我……救我……"张欣十分痛苦地在白影胸口挣扎喊道。

但李晓翔感觉整个人就像是被定住了一般，无法动弹。

忽然，那白影的胸口一下子裂开，犹如血盆大口一般，朝李晓翔直接迎面扑上，李晓翔根本躲之不及！

"啊!"李晓翔惊叫一声，猛地睁开眼睛，再看看四周，发现自己还在房间里，手里紧紧握着冥瞳镜，而窗外已经阳光倾泻。

"原来是噩梦!"他顿时松了一口气。

下床后，他打算去浴室洗把脸清醒一下，他忽然发现房间竟满是沾着泥土的脚印。

这下子他有些傻眼了！

难道他昨晚真的去过酒店的后院？他又是怎么回来的！

不过这脚印有点小，明显不是他的，这大小看起来和上次相亲活动在酒店里的一样，难道是同一个人来过……

真的是张欣的鬼魂？难道鬼还会留下脚印？

这时，门口突然响起敲门声，让发蒙的李晓翔缓过神来，立刻走过去开门，就见叶霞站在门口。

"你的门口怎么都是脚印？你昨晚出去过？"叶霞蹙眉看着李晓翔问道。

"没有啊，可能是别人的。"李晓翔一边说着，一遍用身体挡住门口，不让叶霞看到他满屋子的脚印。因为昨晚的事情太蹊跷，在弄清楚之前，他不想再让叶霞她们怀疑他。

"哦，等会儿在楼下集合，一起去咖啡吧找老板!"叶霞说完，就先回了她们的房间。

李晓翔关上门后，长吁了一口气。看着满屋子的脚印，他心里打鼓不已，自从来了阴缘镇后，事情越来越怪异了。

先是发现他和张欣竟然在半年前就认识，而且关系亲密。昨晚又做了那诡异的噩梦。最重要的是，这脚印究竟是怎么回事？

但此刻就算他想破脑袋，恐怕也厘不清头绪，所以，他只好先去浴室冲了个澡，换了身衣服，顺便把房间的脚印清理了一下，然后，就下楼去了。

到楼下后，叶霞她们已经在等他了。

"一个大男人这么婆婆妈妈，慢慢吞吞的，让我们等了这么久！"肖雪玲没好气地抱怨起来。

李晓翔可没心情和肖雪玲斗嘴，只是说了一句"走吧"就先走出酒店大门。

之后，四人就步行去了昨天的那家咖啡吧，直接找到了咖啡吧的老板。

老板一见到李晓翔，立刻就认出了李晓翔："哟，这位客人好久没来了，你的女朋友没一起来吗？该不会是分手了吧！"

"女朋友？"叶霞三女一听，露出意外之色，虽然她们都有所猜测，但没想到张欣竟然真的是李晓翔的女朋友。

"老板，你说的女朋友，该不会就是照片上这位女孩吧？"肖雪玲马上拿出李晓翔和张欣的合照。

"就是她啊，如果我记得没错，他们两个在这阴缘镇待了快一个月，经常来我店里喝咖啡。他们两个感情看起来很好，分手真是可惜了！"老板遗憾地应道。

"老板，能不能麻烦你多说一些关于他们两个的事情！"叶霞把老板拖到了一个角落，故意避开李晓翔，开始问道。

"这样啊，其实，我知道的也不多，只知道那个女孩好像是个千金大小姐，家里应该挺有钱的，每回他们都会给小费。至于这位先生，对女孩十分体贴，两人看起来很相爱……"老板十分同情地看了李晓翔一眼。

"那老板你知道他们去过这阴缘镇的什么地方吗？尤其是比较特别的……"叶霞考虑了一下，问道。

"他们在镇上这么久，应该去过很多地方了，不过，要说特别的，应该还是阴缘潭旁的苏姑墓。如果我记得没错的话，他们两个去过那里，他们回来后，在咖啡馆里因为此事吵过架……"老板回忆道。

"吵架?"叶霞三女相视一眼。

"是啊，这位先生好像对女孩做的事情不满，好像还一直提到一个眼镜！不过，吵了一会儿两人就和好了。这个事情我很有印象。"老板说。

"不会是关于这个苏姑墓的传说吧?"陈玉敏问道。

"几位不会连阴缘镇的传说都不知道吧？这苏姑墓在我们镇上可是非常有名的，据说，每逢午夜十二时，在苏姑墓旁烧上三炷香，然后，喊出逝者之名，逝者便会出现，与你相见！"

"真的假的？这该不会是这里旅游的噱头吧！"肖雪玲当然不相信这种事情。

"这只是传说而已。不管真假，对于刚刚失去亲人的一些旅客来说，不失为一种心理上的安慰。"

"还有，那边青山绿水，景色真的很美。你们既然来了，可以去好好玩玩。"老板应道。

因为老板对于李晓翔和张欣的情况也了解得并不多，所以，几人很快就走了。

"明晚不如我们就去苏姑墓看看？带上这个眼镜……"李晓翔主动提出，这毕竟也是条线索。

"我没意见。"陈玉敏应道。

"如果你们想去，那就去吧。反正我们和雪玲都不相信这一套。"叶霞说道。

"喂，那就去吧，我也挺好奇的。"肖雪玲好像凑热闹一样挤了过来。

"这阴缘潭离小镇也有段距离，主要是半夜三更，不如我去租一辆车子，比较方便。你们去准备一些吃的东西，剩下的就交给我吧。"陈玉敏提议道。

"行。"叶霞点点头。

之后，陈玉敏就先单独离开，而李晓翔和叶霞、肖雪玲则前往镇上的超市。

第十五章
记　忆

因为阴缘镇并不大，所以，镇上只有几家超市，规模也不大，但东西还算齐全。

"我和雪玲先去吃点东西，李晓翔，你自己先去……"叶霞笑着说道。

"哦。"李晓翔直接就往超市里面走去。

这时，正好也有一对情侣在里面挑选帐篷，似乎有不同的意见，所以，女生显得不太开心。

这一幕李晓翔看在眼里，忽然有种似曾相识的感觉，脑海里不由得闪过一些断断续续的模糊画面，画面里就有这家超市，还有张欣。

他们两个好像也来这里买过帐篷一样，然后一起去过苏姑墓。

但很快，一阵强烈的头疼感袭来，让李晓翔露出痛苦之色。

真的是失忆吗？为什么我会失忆？会忘掉与张欣的记忆？而

张欣究竟是怎么死的？冥瞳镜又是谁寄给我的？太多的疑惑让此刻的李晓翔不禁迷茫起来。

不过，这也可以解释为什么他对张欣会有种无法解释的迷恋之感。

"李晓翔……"有些失神的李晓翔忽然听到身旁有人叫他，回过神的时候，见叶霞她们一脸怪异地看着他。

"怎么了？"

"你的手！"叶霞眉头皱了一下。

李晓翔看了一下自己的手，发现他的手竟然不知道什么时候被割伤了，血不断地滴在地上。

好在这超市也卖一些简单的医疗用品，所以，叶霞马上去拿了酒精和消毒水，手法十分熟练地给李晓翔清洗伤口包扎。好在伤口并不深，所以，血很快就止住了。

"我看去镇上的医院再打一针破伤风吧！如果伤口感染就不好了。"肖雪玲说。

"不用了，应该没事。"李晓翔摇摇头。

"你真的没事……"叶霞看出李晓翔的精神状态并不好。想想也是，换作任何人对眼下这种情况一时间也难以接受。

李晓翔没说话，拿了一些必备的东西，就跑去结账了。

三人就先回了酒店。

没多久，陈玉敏就开着一辆小型越野车回到了酒店。

"可以出发了吗？"陈玉敏回到房间，见李晓翔不在，就去了叶霞她们的房间。

"差不多了。"

"李晓翔，你的手怎么了？"陈玉敏发现李晓翔的手包着纱布。

"没事，就是在买东西的时候，不小心被划伤了。"李晓翔笑了笑。

他突然想起之前幻觉里的画面。

那应该是以前的记忆重现吧?

其实就是第一次见张欣的时候,遇到了一群社会混混,他英雄救美,结果手上受伤,然后才有了两人的一夜情。

后来他又去了叶霞的诊所包扎,结果手上并没有受伤,只有一个淡淡的伤疤。

难道幻觉里的一切都是大脑丢失的记忆?这些情景都是和张欣在一起的时候真实经历的,虽然这个伤口早已经愈合了,但它恰恰成了一个见证?

另外,半年前他认识张欣,难道也是通过缘缘交友网?两个人第一次见面第一次一起吃饭,甚至后来在餐厅里冷战过,就连他帮张欣擦嘴的细节都是存在的?最可怕的就是他在相亲活动的时候,嘴里突然冒出的"海马集团",都与张欣有关?

一切的一切都是真实的,只是他车祸后遗忘了这个人。

"怎么这么不小心?"陈玉敏蛾眉不由一蹙。

"玉敏姐,他皮糙肉厚的,流点血没什么。你这么紧张,很容易让人误会的⋯⋯"肖雪玲取笑道。

陈玉敏看了肖雪玲一眼。

既然来了这阴缘镇,怎么说也要逛一逛,肖雪玲就提议下午一同游览阴缘镇。

李晓翔没什么意见。陈玉敏说她有点不舒服,就在酒店里休息。

所以,最后李晓翔陪着两女游览阴缘镇。

其实,李晓翔并没什么心情游山玩水,但他想找回与张欣在阴缘镇的记忆,这样或许能够得到更多的线索。

叶霞和肖雪玲也清楚这一点，所以，就拉着李晓翔去他和张欣有可能去过的一些景点。

只可惜，一个下午下来，去了几个景点，李晓翔并没有再想起什么。

傍晚时分，三人吃过晚餐后，就回了酒店。

叶霞和肖雪玲先回了房间，李晓翔走进他和陈玉敏的房间。他见陈玉敏躺在床上，一点动静都没有，还以为陈玉敏是睡着了，所以，没太在意。

直到第二天早上，李晓翔起床的时候，发现陈玉敏还躺在床上，没多久，他就听到陈玉敏在呢喃地说些什么。

她的身子还有些抽搐，最为耀眼的就是手指甲上鲜红的颜色。

"李晓翔，我……是张……"

"张欣？"

虽然陈玉敏与张欣不是亲生姐妹，但是看起来都是那么风姿绰约。此时陈玉敏苍白的脸色让人感到一丝无法形容的恐惧。

"难道她被张欣附身了，有什么话要告诉我？"李晓翔疑惑着，他马上走上前去，就见侧躺着的陈玉敏，脸色有些惨白，额头还渗着细汗。他觉得不对劲，伸手摸了一下陈玉敏的额头。

好烫！

"陈玉敏……"李晓翔想要叫醒陈玉敏，但陈玉敏的意识已经十分模糊，只是呢喃应道。

李晓翔见状，只能立刻去叶霞她们的房间，敲了几下门。

很快地，还穿着睡衣的肖雪玲把门打开了。

"怎么了？"肖雪玲问道。

"陈玉敏一直说胡话，现在发高烧，情况不太好。叶霞呢？

她不是医生吗?"李晓翔说道。

"她在洗澡。"

"那等她出来,就来我的房间里。"李晓翔说完,就走回自己的房间,把毛巾浸湿之后,先敷在陈玉敏的额头上。

几分钟后,头发还湿漉漉的叶霞带着肖雪玲急匆匆地走进房间,手里还拿着一个药箱。

叶霞走到陈玉敏身边,摸了一下陈玉敏的额头,神情变得凝重起来。她的双手不停变化姿势,在陈玉敏身上捏了几下。

很快,陈玉敏不再抽搐了,嘴里也不再继续嚷嚷张欣这个名字了。

"不会是真的附身了吧?"李晓翔说道。

"她只是发烧,体温很高,已经算是高烧的危险区域,最好送医院!"叶霞说道,额头上出现了几滴汗珠。

"这阴缘镇只有小诊所,如果要送医院的话,只能回市区,这一来一回,恐怕今晚就来不及去苏姑墓了。"李晓翔表情也十分凝重。

"那怎么办?"

"来不及就算了,还是陈玉敏的身体要紧。改天再来吧。"李晓翔决定道。

叶霞和肖雪玲也赞同地点点头。

就在三人决定要送陈玉敏去医院的时候,原本意识还有些迷糊的陈玉敏,忽然睁开眼眸,发白的嘴唇动了几下:"我没事……吃点药就好了……"

"可你烧得这么高,不去医院的话,可能会有危险。"李晓翔十分担心地说道。

"叶霞……不是医生吗?让她留下来照顾我……你和雪玲一

起去苏姑墓……"陈玉敏连说话都十分虚弱。

"这……"叶霞有些为难，她不想让李晓翔和雪玲两人单独去苏姑墓。

"要不，我留下来吧，苏姑墓肯定阴森森的，我从小就怕黑……"肖雪玲主动提出。

"你这个怕黑的警察。"李晓翔笑了一下，不过叶霞跟着也挺好的。

"也好，那我和雪玲先送玉敏姐去镇上的诊所开点退烧药，打个退烧针……李晓翔你个大男人不方便，就在这里先准备，我们回来后就立刻出发。"叶霞安排了一下，走出房间，离开酒店。

半个小时后，叶霞她们回来，她交代了一下肖雪玲，然后，就带上自己的背包，到楼下和李晓翔汇合。

李晓翔负责开车，两人随即动身前往阴缘潭。

李晓翔两人到阴缘潭的时候，已经是傍晚时分，这时，阴缘潭附近停着很多车，也有一些游客在忙着扎营休息，看来都是等着晚上去苏姑墓的。

这苏姑墓位于阴缘潭南端一座山的半腰，这里的景色实在太美了，让两人有些陶醉。

"我们下去转转吧！"叶霞对李晓翔说了一句。

两人绕了一圈，叶霞十分专注于四周的地势，犹如专家一样推算着。

"看出什么了？"李晓翔好奇地问道。

"这里真是风水宝地啊！"叶霞一字一顿地说道。

"有风有水，对吧？怪不得这里有那么多的传说……"李晓翔附和了一句，然后两人开始畅聊起来。

李晓翔不愧是名校毕业的高才生，渊博的学识让叶霞有些刮目相看，怪不得她感觉到肖雪玲对李晓翔的感觉有些奇怪，那就是一种崇拜。

一个帅气，又满腹经纶，而且精通艺术的男人，就连张欣那样的白富美，都折在这个男人的身上。

这时，就在两人的旁边，有几个小青年在搭帐篷，不过怎么都搭不起来，李晓翔便走过去帮忙。

"想不到你还挺能干的，这么快就把帐篷弄好了。"叶霞十分难得地夸奖起来。

"虽然我不务正业，但这点能力还是有的。"李晓翔笑道。他之前的爱好很多，所以，很多专业技术活可是会不少，这样才更容易给女生浪漫和安全感。

"给你！"叶霞犹如魔术师一样递了一瓶水给李晓翔。

"谢了。"李晓翔接过后，打开瓶盖，一口气喝了半瓶，这才让心里复杂的情感平息了下来。

"来到这里，有没有让你想起点什么？"叶霞迟疑了一下，问道。

"没有。"李晓翔摇摇头，其实，他也希望自己能想起什么。

"其实，我让你来，就是找个寄托的。你的心理压力有些大了……"叶霞感叹了一下。

"你说得有道理。这也是可能找到线索的方法，不管怎么样也要试一试，只要能找到凶手，张欣也就能安息了。"

"之前，我不明白你为何要坚持追查害死张欣的凶手，知道你和张欣的关系后，我觉得你的所作所为，也是理所当然的。虽然你失去了对张欣的记忆，但记忆这种东西并不会真的消失，只是被你自己隐藏起来，你的潜意识里对张欣还有着强烈的情感，这也就是你坚持追查的原因!"叶霞认真地说道。

"也许如此吧,但就算我和张欣之前没有关系,我或许也会继续追查,因为这一切的发生肯定是有原因的,我这个人不喜欢活得不明不白的。"李晓翔叹了口气。

"哪怕有危险?"叶霞的目光紧盯着李晓翔。

"反正我是孤儿,一人吃饱,全家不饿,就算我有什么事情,也不会有人替我伤心难过的。不过我也真是失败,脑海里一直记得只在一起几天的前女友艾艾,却忘了后面的新女友张欣。"李晓翔无奈地说道。

叶霞听着,不由得露出几分怜悯之色,但一闪即逝。

"你要不要先到车里面休息一下,离晚上还有几个小时呢!我们提早一个小时上山肯定足够了……"

"好。虽然我不信这个传说,不过就当完成你的最后心愿吧。"叶霞点点头,就钻进了车子里。

"希望这个传说是真的,我真想再见见张欣。"李晓翔点了点头。

他闲着无聊,就到阴缘潭走了走,试图找回和张欣在这里的记忆。没多久,他就又看到一对小情侣在潭边的垂柳树下情话绵绵。

"亲爱的,如果我哪一天死了,你会来这里找我吗?"

"当然会,因为你是我心中的唯一。如果你死了,我也活不下去,我一定会来这里找你,陪你一起……"

"那我怎么知道你说的是不是真的?"

"我发誓……"

"好啦,跟你开玩笑的!"

……

这对话乍听之下，让他觉得有些耳熟，他的脑海里突然闪过一段画面。

这一切那么真实。

几乎同样的场景，但主角是他和张欣，而对话是截然不同的。

"翔，昨天我又看到那个跟踪我的人了。"

"你别胡思乱想，昨天我们一天都在一起，我没有看到有人跟踪你。"

"真的，你相信我，有人想要害我，想要阻止我和我父母见面。"

"不会有人害你的，因为有我保护你。"

"不，你和我在一起也会有危险的。我是个不祥之人。"

"傻瓜，别乱说。"

"我没有……"

张欣还没说完，嘴唇就被他给堵住了，两人缠绵悱恻的一番热吻后，张欣娇羞地推开他，一脸幸福洋溢。

"我会让你成为天底下最幸福的女人！"

……

李晓翔猛地回过神，他可以确定刚才的画面应该就是他失去的记忆中的一小部分，虽然十分短暂，但是可以确定他和张欣的关系。最重要的是，张欣怀疑自己被人跟踪了，甚至还有人想要害她。这或许并不是张欣的臆测，很有可能是真的，但究竟是谁在跟踪张欣？又是谁要害她？

随着他的步履移动，他总感觉自己会慢慢想起什么。

天黑之后，这阴缘潭畔亮起了照明灯，密密麻麻，从远处看，天空中多了一些放飞的孔明灯，包括水潭中也漂着一些蜡烛纸船，寄托着无限的相思。

这时，不少游客聚集在一起，在岩石地面上燃起篝火，谈笑风生。

"刚才转了一圈，听大家说，这地方非常灵验的，不过好像传说已经变了，其实大部分人是来求财的，还有人是来消劫保平安的。"李晓翔回到车上，与叶霞短暂交流了几句，然后又是无声无息，一种前所未有的压力让人有些窒息。

李晓翔和叶霞因为各有心思，无法融入其他游客，只是坐在车子内，看着冉冉篝火，心事重重。

就这样，到了半夜十一点左右。

开始有几个游客带着自己贵重的东西出发，前往苏姑墓。

苏姑墓离阴缘潭大概有一公里，虽然不算远，但在如此漆黑幽深的夜晚，一般人是没有胆量单独前往的。所以，这些游客也是自发组队，三五成群，一同前去。

这些游客大部分都只是图个新鲜，凑个热闹。

李晓翔和叶霞等去苏姑墓体验那个传说的那些游客差不多都启程出发后，才悄然无息地动身。

路程虽然不长，但因为崎岖，所以，至少也要走上半个小时。而一入山，那种阴森森的感觉更加明显起来。

还好，这是旅游景点，已经开发完善，周边有着稀稀落落的路灯。

还没到半山腰，不少胆小的游客打起了退堂鼓，临时返程。

没多久，原本有二十几个人的大队伍，锐减到了十人左右，其中大部分都是胆子比较大的年轻人。

其实这个景点白天来的人比较多，只有少部分人会晚上出门，荒山野岭，安全是第一要素。

李晓翔和叶霞始终跟在队伍后面，两人也没怎么说话，毕竟，在这样的气氛下，不管说什么都令人觉得闷得慌。

大概十几分钟后，走在最前头的游客已经抵达了苏姑墓。

其实，这苏姑墓说不上气派，当年重修的时候，就是按官宦夫人的标准来修的，所以，自然比不上那种皇帝的陵墓。

不过，这苏姑墓的墓碑倒是极有特色，一般的墓碑都是立在墓前，苏姑墓的墓碑却是立在墓顶上，而墓地的位置刚好能够遥望整片阴缘潭。

可见当年那位读书人应该是想让自己心爱的女人在死后，还可以看着他们曾经相知相爱的地方，得以安息。

传说当年读书人就是在墓碑之前烧香思念，才得以再见到自己心爱的女人的。

所以，传说中能够见到逝去之人的地方，就是这个墓碑之前。

通往墓顶有一条后人修出来的石路，有几位游客已经争先恐后地上去。

"我们等他们走后再上去吧！"叶霞看了李晓翔一眼。

李晓翔自然没有意见。

之后，两人就在苏姑墓旁找了块突出来的平坦岩石坐下，看着几位先登上苏姑墓的游客，开始在墓碑前烧香祭拜。

很快，就有人开始向先祖求财，求平安。

甚至有一位大妈大声嘶号，痛哭流涕起来，然后，直接跪在地上，对着空气喊道："我说老头子啊，终于见到你了，你怎么就这么突然走了啊，一句话都没给我留下……"

其他游客见状，马上面露惊恐之色，似乎都觉得这传说果然是真的。

"这大妈的演技还真不错啊！一看就知道是有人专门雇来的托。"李晓翔见状，直接冷笑道。

"你怎么知道她是托？也许她是真的太想念她逝去的老伴……"叶霞美眸眯起，说道。

"很简单，如果她真看到自己的老伴，第一个反应绝对不是这样的，应该会先感到紧张和难以置信，不可能一见到就像是真的见到亲人似的。"李晓翔笑着解释道。

"你怎么知道她没有紧张？"

"人紧张的时候，不管是脸上还是身上都会有很多细节变化，但这位大妈根本都没有，直接就入戏了，太过专业。如果是明眼人的话，其实一眼就能识破。"李晓翔分析道。

就在这时，又有一位稍微年轻一点的女游客，也跟着惊叫起来，对着空气胡言乱语起来。

"老公，你要相信我，我真的没有背着你和其他男人好，你怎么就这么想不开呢？丢下我们孤儿寡母！"

"那这个你又怎么解释？她的表现应该符合你说的吧？"叶霞看了几眼女游客，又看向李晓翔。

"也是托，比之前那位更专业一点，但还是有破绽。你看她的动作是不是有点太夸张了……"李晓翔又摇摇头。

"人在激动的时候，动作不都是夸张的吗？"叶霞一脸不解。

"那就要分是故意的，还是刻意的。激动的时候，所做出来的动作是没有规律的，但那个女人的动作明显就像是套路，不断地重复。你看她虽然语无伦次的，但配上动作，却又明显不协调。"李晓翔分析道。

"这你都能看出来。"

"当然了，这是经验。我很小的时候，就是在街上混的……"

"对了，我还不知道你到底是做什么的。"

"以前是个技术总监，现在做商业调查，你信吗?"

"还商业调查，不要脸!"

说话间，很多游客都纷纷到墓碑前，或哭或闹，变得有些神经兮兮。

因为山上寒气很重，加上这古墓阴森，不少游客自语之后，也只能悻悻而去。

没多久，这苏姑墓便人去楼空，只留下李晓翔和叶霞。

"就剩我们了，走吧。"叶霞见人都走后，就朝墓顶上的墓碑走去。

李晓翔紧随其后。

"我们烧个香吧?"到了墓碑前，李晓翔问了一句。

"烧吧，这是你感情的寄托。"叶霞点了点头。

"你有带家伙吗? 糯米、墨斗线，还有黑驴蹄子……"

"那不是除僵尸的?"叶霞无语。

"逗你玩的。"之后，李晓翔就取出随身带来的香，点燃三根，插在墓碑前的香炉中，然后，双目紧闭，默念张欣的名字。

蓦地，一阵山风吹来，苏姑墓四周顿时树叶摇晃，阴气突然加重起来。

李晓翔很快将随身带着的冥瞳镜戴到眼睛上面，开始目顾四周。

"你戴那个眼镜做什么? 不是告诉你，这个冥瞳镜的故事都是骗人的吗? 要不你把眼镜交给我吧，我帮你交上去……"叶霞的话还没有说完，李晓翔突然朝着远处走过去。

"这样子都快走火入魔了，算了，就当你的一次情感发泄吧。"叶霞想了想，也就坐了下来。

"张欣，是你吗？"这时，李晓翔又紧张又激动地问道。他好像看到了一个白影，隐约在岩石后面晃动。

"我是自杀的……不要再追查了……让我安心投胎吧！"片刻后，那白影突然发出极为深沉、冰冷的声音回应。

李晓翔顿时愣住了："自杀的？"

"我的死只不过是个意外，并没有人害死我。"

"我不太明白。"

"你不需要明白……我该走了……"白影说完，突然从岩石后面一闪，然后，就消失无踪了。

李晓翔跑了过去，不过叶霞的速度好像比他更快一点。

"刚才那白影我也看到了，按理说，这不可能啊。"叶霞说出了自己的疑惑。

"你该不会是怀疑那白影并不是张欣吧？不过，刚才那声音明明是张欣的！"李晓翔对张欣的声音还是比较熟悉的。

"伪造声音的方法有很多的！"

"那现在怎么办？"

"先回去吧。"

两人相视一眼，也只好离开苏姑墓返回阴缘潭。

回到阴缘潭后，已经是凌晨三点多，两人在车里小睡了一会儿。

因为担心陈玉敏的情况，所以，他们并没有停留太久，天刚蒙蒙亮的时候就直接开车回阴缘镇。

两人回到了阴缘镇，把车停在酒店前，下了车，先上楼到了陈玉敏的房间。

一进房间，就见到肖雪玲趴在床沿上，睡得很香。

叶霞马上走过去，摇了几下肖雪玲。

肖雪玲迷迷糊糊地睁开眼睛，揉了揉眼皮，见是叶霞他们回来了，还有些迷糊地问道："你们怎么这么快就回来了？调查到什么线索了吗？"

　　"这个等下再说，玉敏姐呢？人好点了吗？"叶霞问道。

　　"玉敏姐？她在睡觉啊！"肖雪玲说完，看向空空如也的床，愣住了，"奇怪，我睡着前，她明明还在睡觉，她的烧还没有完全退……"

　　"你是什么时候睡着了？"

　　"我也不知道，本来昨晚我是想喝杯茶提神的，没想到喝完之后，反而更困了，不知不觉就睡着了。"

　　"其实你们一走，我心里还是挺害怕的。"肖雪玲有些不安地说道。

　　"这陈玉敏一大早会上哪儿去呢？"李晓翔禁不住担心起来。

　　就在三人觉得奇怪的时候，蓦地，一道身影穿着连衣裙走了进来，见到李晓翔和叶霞后，马上说道："你们回来啦！见到张欣了吗？"

　　三人一看是陈玉敏，这才纷纷松了口气。

　　"玉敏姐，你什么时候起来的？你的烧……"肖雪玲急忙走了上去。

　　"我的烧已经退了，没事了，你们不用担心我。我就是醒来的时候，觉得有点闷，所以，到楼下透透气……"陈玉敏应道。

　　"你真是吓死我们了！"

　　"烧退了就好。"李晓翔也安心下来。

　　"别说我了，快说说你们去苏姑墓见到张欣了吗？"陈玉敏马上问道。

　　"见是见到了，但我们都觉得有点奇怪。"李晓翔有些迟疑。

"奇怪什么？"

"我们并没有真的见到张欣，只是见到她的影子，而她告诉我说，她并不是被别人害死的。"李晓翔一脸纳闷。

"她之前不是说自己不是自杀的吗？这不是很矛盾吗？"陈玉敏也有些意外。

"你们真的见到张欣了？"肖雪玲见叶霞没有反驳，感到有些像天方夜谭。

难道所谓的传说真的是这样，还是说这个苏姑墓本身就和冥瞳镜一样神奇，可以让人看到幻觉？

她本想出来说几句的，不过看到叶霞对她摇了摇头，也就打住了。

"那我们还要继续追查吗？"陈玉敏追问道。

"当然要，这次来阴缘镇也算有收获，知道了我和张欣之前的关系，还有关于我失去记忆的事情。我想如果我能恢复记忆的话，或许可能就知道张欣是怎么死的了！"李晓翔十分笃定。

"我想你之所以失去记忆，肯定是受到了很大的打击，或许就是因为张欣的死。我不想再让你痛苦一次，这样我会觉得对不起张欣。"陈玉敏内疚地说道。

"这是我的选择，和你无关，无论如何我都要恢复记忆。"李晓翔神情笃定。

"那回去之后，我给你找最好的医生帮你恢复记忆。"陈玉敏点头说道。

"谢谢了。"

"既然已经没有什么可调查的，那我们各自收拾一下，准备回去吧！"叶霞说道，不过脑海里多了一丝疑惑。

之后，四人就各自收拾行李。

一个小时后，他们就离开了这个地方。

回到市区已经是下午时分，四人分道扬镳，先各自回家。

分别前，叶霞特意叮嘱李晓翔不要再戴上冥瞳镜，让他收好。

李晓翔虽然嘴上应好，心里却另有想法。

回到自己的公寓后，李晓翔就开始整理在阴缘镇所发现的线索。这些线索中最重要的一个就是他和张欣竟然是男女朋友，但他又非常离奇地失去了和张欣有关的一切记忆，如果说是巧合的话，未免太说不过去了。

他失忆的原因是否和张欣的死有关，这一切的谜团就是眼下他想要解开的。

尽管有了新的线索，想要整理出一个完整头绪，也并不是那么容易。现在的情况就好像手里拿着几块不完整的拼图，不管怎么拼，都不可能拼出全图。换句话说，他必须找齐所有的拼图，才有可能解开张欣之死的谜团。

不过，这趟阴缘镇也确实没白去，有了线索之后，至少有了调查的方向。

他和张欣的事情，他基本上都已经记不起来了。不过，他失忆的事情，却是真的，于是，他决定从他失忆这件事开始调查。

半年前，他遇到车祸后，并不是直接被送到市里的医院，而是从旁边的一个小县城的医院转过去的，而这个县城离阴缘山不远。

所以，两天后，李晓翔就独自前往那个小县城，夏阳县。

第十六章
车祸探究

　　这夏阳县在古代的时候是座关城，原名夏阳关，1949 年以后，改名为夏阳县。因为夏阳县地理位置偏远，所以，到现在还是个穷县城。

　　夏阳县只有一所医院，所以，李晓翔到了夏阳县后，就直接到了县医院。

　　李晓翔是要调查半年前他车祸后被送到这里时的一些资料和情况，而且，事隔这么久，在这种县医院未必会留下什么资料，就算有，人家也未必愿意让你调查。所以，李晓翔在来之前，特意找了一个记者朋友，以采访为借口进行调查。

　　这年头，医院虽然最怕的是记者，但如果是正面采访，医院也是不会拒绝的，毕竟，也算是一种宣传。

　　医院派了一位姓林的女医生配合他们的采访。

　　"我说记者朋友，你们报社怎么会突发奇想到我们这种县医院来采访啊！"林医生问道。

"其实是这样的，我朋友半年前在附近很有名的阴缘山游玩的时候，不小心遭遇车祸，随后被送到了这里。据说他当时的情况很紧急，多亏你们医院的一位老医生出手，才把他从鬼门关前救回来。这次刚好有这个机会，他就想替你们医院宣传一下……"李晓翔的朋友说道，他们两人早就想好了说辞。

"想不到你们还真有心啊！我们县医院虽小，但确实有几位很厉害的医生，很多患者都慕名而来。"林医生一脸自豪，道。

"林医生，我这次来还有一个不情之请，你能不能帮一下我……"李晓翔趁机提出。

"你这话太客气了，有事就尽管说。"

"我想当面感谢一下当时替我急救的那位医生，但因为我后来临时转院了，所以，也不知道那位医生的名字。"李晓翔说道。

"这好办，既然你在我们医院急诊过，按理说，应该是有记录的，把你的名字和身份证号码给我，我替你查一下。"林医生十分热情。

"那麻烦林医生了。"

之后，李晓翔就把自己的名字和身份证号码写给了林医生。

这林医生就直接替李晓翔去查了，没多久，就回到办公室。

"你好，当时替你急救的医生我已经查到了，不过，这位医生已经出国深造了。"

"这样啊！那真是太可惜了。"李晓翔没想到竟然这么不凑巧。

"是啊，那我先带你去采访我们医院的另外几位医生吧！"林医生接着说道。

"好的！"李晓翔也只好点点头。

虽说他只是借身份来的，但做事得有始有终，免得被人怀

200

疑，所以，他们也很尽责地给县医院的几位医生做了一下简单的采访。

见时间差不多后，他就准备告辞。

就在这时，一位年轻的护士走了过来，对林医生说道："林医生，这是下周要用的宣传资料……"

"哦，我知道了。"

年轻女护士正要走，突然看了李晓翔几眼，那神情颇为怪异。

"你认识我吗？"李晓翔自然有所察觉，立刻问道。

"你是不是在我们医院住过院？"年轻女护士问道。

"是的，大概半年前，不过，应该没太久就转院了。"李晓翔点了点头。

"我就说你怎么这么眼熟！原来真的是你。你醒过来的时候，还不忘说笑话……"年轻女护士说道。

"你见过我？"李晓翔顿时有些不好意思起来。

"何止见过你，你在急救的时候我也在场，虽然我当时只是实习，说起来我也算是你的救命恩人哦。当时你的情况可危险了，差点就没救过来。"年轻女护士十分自豪地道。

"真的吗？那真是太感谢你了。"李晓翔感激地说道。

"其实，还是要谢谢你的女朋友。那天下暴雨，如果不是她及时开车送你过来，那就真晚了。"年轻女护士忽然冒出一句。

"我女朋友？"李晓翔顿时愣了一下，因为张欣应该是在他出车祸的那天死的，她不可能送他到医院，看来这里面有点名堂啊。

难道真的是张欣的鬼魂送自己来的？其实事情发展到了这一步，李晓翔自己心里都有些推论，也许正是自己出车祸的那天，两人吵架了，然后才会发生了后面的事情……

"对啊，你的女朋友长得很漂亮，所以，我印象很深刻。"

"那你还认得她吗？"李晓翔追问道。

"当然。"

"那是不是她？"李晓翔马上拿出和张欣的合照。

"应该是吧，又感觉不是，我也不能确认，只是有点印象，那天风雨交加，所以印象比较深刻……"年轻女护士语出惊人。

"那你知道她叫什么名字吗？"

"她没说，难道她不是你的女朋友？可是我看她当时的样子好像很着急似的，而且，你的手术通知书，就是她签的。"年轻女护士觉得奇怪。

"是吗？"李晓翔点了点头，这就只有两种情况，要么就是张欣的鬼魂送他来的，要么就是遇到了好心人。

"也许只是刚好路过的好心人，如果能知道她名字的话，我真想当面谢谢她。"

"病危通知书上不是有她的签名吗！"

"对哦。"李晓翔一听，马上看向林医生，道，"林医生，可能又要麻烦你帮我查一下了。"

"那你等等。"林医生说完，就和李晓翔回了办公室，之后，就坐到电脑前，进入医院的档案，很快，就调出了病危通知书的复印文本。

"应该就是这张！"林医生指着电脑屏幕。

李晓翔立刻看了一眼，顿时就愣住了，因为这病危通知书上写着的名字竟然是张欣。

真的是张欣的鬼魂吗？

这是不可能的。那这个救他的女人究竟是谁呢？而且，还知

202

道张欣的名字。

一时间，李晓翔再度陷入了迷茫。

"林医生，介不介意打印一份给我?"李晓翔询问道。

"可以。"

李晓翔打印后，就告辞离去，林医生还特地送他到门口。

从夏阳县回来后，李晓翔就直奔刑侦队，去找了肖雪玲。

"怎么又是你啊!"肖雪玲一见到李晓翔，就跟见了瘟神似的。

"刚好路过，所以来看看你。"

"少来，说吧，什么事情?"肖雪玲当然不信李晓翔的话。

"你能不能帮我做个笔迹鉴定?"李晓翔恳求道。

"笔迹鉴定? 谁的?"肖雪玲眯眼看了一下。

"张欣的!"

"你还在调查张欣的事情啊!"肖雪玲皱了一下眉头，这李晓翔的坚持让她不知道该说什么好。

"告诉你，这个案子我又专门去问了一下，张欣确实是自杀的。"肖雪玲有些气急败坏。

"不，我刚去了一趟半年前我车祸后送去急救的那家医院，调查到当时是一个女孩送我去的医院。那个女的不可能是张欣，但她却在病危通知书上写了张欣的名字。所以，我想确认一下她们的字迹!"

"我看你是中毒不浅啊!"肖雪玲不由得摇头。

"再帮帮忙吧!"

"好吧，看你这么痴情，我就再帮帮你，给我吧。"如果是之前，肖雪玲肯定不愿意，但得知李晓翔和张欣是男女朋友后，她也觉得李晓翔现在的举动合理许多。

李晓翔马上把打印件递给了肖雪玲。

"你到那边坐一下。"肖雪玲说完，就径直离去。

大概一个小时后，肖雪玲就又出现在李晓翔面前，把东西还给了李晓翔。

"怎么样？"

"结果是有了，不过，在给你结果前，你必须答应我一件事情！"肖雪玲突然提出条件。

"只要不是以身相许就可以。"李晓翔贫嘴道。

"从今天开始，我不想再见到你！"肖雪玲瞪了李晓翔一眼。

"这好像有点难吧！"李晓翔为难地说道。

"那我走了。"肖雪玲转身就走。

"好吧，我答应你，以后不来骚扰你了。"李晓翔急忙叫住她。

"一言为定，如果你做不到的话，我保证让你从这个世界上消失。"肖雪玲放出了狠话。

"快告诉我结果吧！"李晓翔十分心急。

"病危通知书上的签名和张欣的签名不是同一个人的。"肖雪玲说出结果。

"这么说，送我去医院的女人并不是张欣，但可能是认识张欣和我的人……"

"有这种可能，看来你在失忆前就是个拈花惹草的花心大萝卜啊！不送，慢走！"肖雪玲说完，就一脸嫌弃地走了。

李晓翔也离开刑侦队。

送他去医院的女孩确定并不是张欣，而是另有其人，那么这个女的无疑是十分关键的线索。从签名上看，这个女的不可能是路人，很可能认识张欣，很可能是张欣的闺蜜。

回到公寓后，李晓翔就给陈玉敏打了个电话。

"你终于肯打电话给我了，我还以为你把我忘了！"陈玉敏抱怨道。

"怎么会呢，这两天忙着整理线索，还去了一趟半年前我车祸后被送进去的县医院……"李晓翔说道。

"那查到什么了吗？"

"我找到了一个重要的线索，就是我当时是被一个女孩送进医院的，而这个女孩在病危通知书上留下了张欣的签名，说明她可能认识张欣，很可能就是张欣的闺蜜。"李晓翔说出了推论。

"张欣的闺蜜？不可能吧，据我所知，张欣一向孤僻，几乎没什么朋友，而且，就算是张欣的闺蜜，为什么会碰巧救了你？"陈玉敏马上否决道。

"如果不是的话，为什么她要用张欣的名字？"

"在我看来有两种可能，一种就是不想找麻烦，所以，故意用了张欣的名字；另一种就是她确实和张欣认识，但可能就是害死张欣的人。"陈玉敏在电话那头冷静地分析道。

"为什么这么说？"

"你忘了吗？你车祸那天的时间刚好和张欣自杀是同一天，这女孩碰巧救了遭遇车祸的你，又留下张欣的名字，你不觉得很巧吗？也许她就是故意的。"

"你这么分析确实有道理。"

"这个线索或许值得深入调查。晚上有空吗？出来吃个饭，顺便帮你整理线索，还有签名的照片给我，我找人查一查……"陈玉敏说道。

"也好。"

和陈玉敏约好后，李晓翔在公寓里休息了半天，不过，并没有睡着，确切地说是睡不着，因为他一闭上眼睛，满脑袋都是张欣的那张脸。

好不容易熬到时间，李晓翔稍微打扮了一下，恢复几分神气后，就离开公寓，打车去了和陈玉敏约好的餐厅。

刚到餐厅门口下车，就见陈玉敏开着一辆红色的玛莎拉蒂停在他面前。

"换车啦！"李晓翔看着陈玉敏从车上下来。

"没有，这车是给你的。"陈玉敏说完，直接把车钥匙交给了李晓翔。

"给我？"李晓翔愣了一下。

"是啊，你帮我调查张欣的事情，肯定要东奔西跑，有辆车子应该比较方便。"陈玉敏理所当然地说道。

"这会不会太贵重了？"

"这车子以前是张欣开的，放着也是放着，还不如给你开。"

"是吗？怪不得看起来那么熟悉。不过这个大红色真适合我吗？"李晓翔嘴上虽这么说，还是默默地接过了车钥匙。

之后，两人就一同进了餐厅，坐到预订的座位后，分别点了餐。

等餐的时候，李晓翔就把自己整理好的线索给陈玉敏看了一下。

陈玉敏看完后，点点头："真是辛苦你了！"

"没什么辛苦的，为了张欣，一切都值得！"李晓翔眼神坚定。

"如果张欣泉下有知，应该也能安息了。"

"我觉得我们一定能找到凶手的。"

"我也这么想，不过，这段时间你也挺累了，不如你先休息一下，剩下的事情直接交给我，看看还能不能再调查到新线索……"陈玉敏安排道。

"我不想休息啊!"李晓翔知道在解开谜团之前,自己是肯定不会安心的。

"听话,你看你的脸色,还有眼窝,如果让张欣看到的话,她肯定也会心疼的。"陈玉敏一脸怜惜之色。

"可是凶手没找到,我无法安心啊!"

"放心,凶手肯定会找到的。这样吧,你就继续回公司上班。对了,我刚刚被董事会任命为海马的总经理。我可以重新给你安排一个职务,也方便我随时找你,有线索我也能第一时间通知你。"陈玉敏接着说道。

"那恭喜了,不过,会不会太明显了?"李晓翔犹豫起来。

"就这么决定了,明天就到公司来。"陈玉敏十分霸道地替李晓翔决定了。

"那好吧。"李晓翔见陈玉敏也是一番好意,所以,也没拒绝。不过陈玉敏对他好像也有了一点说不出的情意。

看来他追查张欣死亡原因的坚持,也间接地感染了她。

"我还有一个要求。"

"当领导的就是不一样!要求就是多……"李晓翔打趣了一句。

"讨厌,我就是想今晚我们就不说不开心的事情了,好好吃饭,可以吗?"陈玉敏嗔道。

"可以。"

两人点的餐上了后,他们就开始用餐。撇开张欣的事情不谈,他和陈玉敏倒是有不少共同话题。

吃完晚餐,李晓翔就开车送陈玉敏回她的别墅。

"要进去坐一下吗?"

"这么晚不太好吧?改天吧!"

"那开车小心点。"陈玉敏也没说什么，目送李晓翔而去。

第二天一早，李晓翔就准时到公司报到，因为他之前在公司做过，后来突然离职，所以，他这次回来，自然引来不少风言风语。

进了陈玉敏的办公室后，李晓翔就坐到陈玉敏的办公桌前。

"这份合同你看一下……"陈玉敏把一份合同递给了李晓翔。

李晓翔接过后一看，竟然是一份工资不低的聘用合同，而且，职位竟然是公关部的部长。

"陈……陈总，这合同……"

"我相信我的眼光，签了吧！"

"如果陈总不怕被我坑了的话，我就勉强试试。"李晓翔直接接过合同，大笔一挥，签下自己的名字。

之后，陈玉敏就带李晓翔去了公关部，给公关部的职员介绍了一下他们的新部长。

李晓翔作为突然空降的新部长，当然引发了很大的骚动，很快，他就成了全公司的名人。

"喂喂，你听说了吗？这公关部刚刚来了一位新部长，据说，并没有什么资历，而且，还很年轻。"

"这你还看不出来吗？根本就是个小白脸。"

"我们陈总应该也算是个大美女吧，身边追求者无数，怎么会看上这么一个小白脸呢？"

……

刚好路过的李晓翔听到这话，也只是笑而不语，因为他知道陈玉敏之所以让他当这部长，很大的原因是因为张欣的关系，所以，他也没必要太过计较。

这公关部其实虽然不算清闲，但也并不忙，一般的事情下属都能处理好，所以，李晓翔每天几乎就是在办公室里喝咖啡，有时候就是看看公司里的美女。

再加上这张欣的事情陈玉敏已经派了人调查，所以，他就更无所事事。

其实，这种生活以前李晓翔是挺向往的，可出了张欣的事情之后，他总觉得自己心里有几分遗憾。

时间一晃就是半个月后。

李晓翔从新公寓开车回来，准备去上班的时候，路上接到了陈玉敏的电话，陈玉敏给了他一个地址，让他马上过来。

没多久，李晓翔就开车到了陈玉敏给他的地址，是一家心理诊所。

进了诊所后，李晓翔就见到陈玉敏坐在诊所的休息区域。

"你来啦！"陈玉敏见李晓翔来了，马上起身走到李晓翔面前。

"怎么约我来这里？"李晓翔问道。

"你不是一直很想恢复记忆吗？这家诊所的心理医生是我的同学，刚从国外回来，他很擅长催眠恢复治疗，也许对于你的记忆恢复很有帮助。"陈玉敏应道。

"是吗？那你怎么不早点带我来。"李晓翔一听，自然有了兴趣。

"因为前段时间你为了调查张欣的事情太拼命了，我怕你的身体应付不了，所以，就让你休息了这么久。"

"谢谢你为我着想。"李晓翔没想到陈玉敏这么为他着想，心里多少有些感动。

"应该是我谢谢你，你帮了我这么多。"

之后，两人就进了诊所的医生办公室，就见一位三十出头，很有绅士风度的男子坐在一张办公桌后面。

男子一见到陈玉敏和李晓翔进来，马上起身迎接。

"陈大美女，好久不见了。"

"什么美女，都老了！"陈玉敏十分谦虚地道。

"怎么会呢！想当年陈大美女还是我们学校的万人迷啊，如今更是有过之而无不及。如果不是我已经结婚的话，肯定也是你的追求者之一了。"男子笑道。

"少贫嘴，给你介绍下，他就是我说的那位病人，他叫李晓翔。"陈玉敏介绍了一下李晓翔。

"我看是男朋友吧！"

"别胡说。"陈玉敏有些不好意思地脸红一下，然后又跟李晓翔说道："这位就是王俊医生。"

"两位请坐！"王俊招呼道。

"李先生是吧？之前玉敏已经把你的情况大概和我说了一下，你这种创伤性失忆症在医学上是很常见的。创伤性失忆症一般都是选择性失忆症，因此，想要恢复过来，首先还需要病人自己想要恢复，这样，才可能激发深藏在潜意识之中的记忆。"坐下后，王俊开门见山地说道。

"我当然想恢复。"

"那就好，我在美国已经成功地利用催眠恢复疗法，替很多位创伤性失忆症的病人恢复过记忆，而以李先生的病情来看，我想恢复记忆并没有太大难度。"王俊十分有信心。

"那什么时候能开始？最快什么时候能恢复？"李晓翔接着问道。

"随时都可以，至于恢复时间，我不敢保证，但根据我的经验，最快五个疗程就可以恢复，但必须坚持不断。"王俊预估了一下疗程。

"本来正常是一周一个疗程，但玉敏说你急着恢复记忆，那我们就三天一个疗程，如何？"

　　"好的。"李晓翔没意见。

　　"那明天下午三点你来我的诊所。"

　　离开王俊的办公室后，陈玉敏对李晓翔说道："虽然我也想让你快点恢复记忆，但是，我也不希望你太勉强。"

　　"不会的。"

　　两人出了诊所后，就各自开车回了公司。

第十七章
催眠治疗

隔天下午三点，李晓翔就准时到了王俊的心理诊所。

进了王俊的办公室，王俊就让他躺在一张单人躺椅上，而王俊就坐在一旁，拿着一本记录本。

"你现在闭上眼睛，什么都不要想，放空身心，然后听我的话……"王俊开始引导李晓翔。

李晓翔马上闭上双眼。

"先告诉我你的名字。"

"我叫李晓翔。"

"好的，李晓翔，我现在需要你默念你自己的名字三遍。"

李晓翔马上就在心里默念了三遍自己的名字。

"念完自己的名字后，你已经进入了自己的意识世界，而在你的意识世界里，充满了你的记忆，不管是你记着的，还是失去的。你现在想象自己回到半年前你还没失去记忆的某个场景，然后，告诉我你在哪里。"

在王俊声音的引导下，李晓翔感觉一些记忆突然如潮水般涌起，很快，他发现自己置身在一个灯红酒绿、十分嘈杂的酒吧里，而这个酒吧是他哥们大权的……

"我现在在一个酒吧里，是我哥们开的。"闭着双眼的李晓翔开始在深藏的记忆之中探索。

"你现在把你所看到的景象都告诉我！"

"酒吧里很多人，有男的，有女的……"

"看看你的四周，有没有你熟悉的人？"

"没有。"

"那你的哥们大权在哪？"

"他在吧台后面调酒……"

"你的身边有没有什么年轻漂亮的女孩？"

李晓翔在记忆之中看看身旁，发现他的身旁竟然坐着一个十分年轻漂亮的女孩，从侧面看似乎很像张欣，但皮肤没有张欣那么好。

这时，那女孩突然转头打量了李晓翔几眼。

"我看到一个女孩，只是样子很模糊，她长得有点像张欣。"

"那你和她说话了吗？"

"没有。不过，她刚才看了我几眼……"

"她应该是对你有兴趣。"

"她走了！"

"那你有没有跟着她？"

"……"

这时，李晓翔觉得自己的记忆突然剧烈地闪动起来，像是在排斥什么。

"如果你跟着她，那你的记忆将会跳跃。"

李晓翔听着，下意识地就跟上了女孩。

感觉这个女人陌生得让他有些难以接受。

蓦地，他的记忆真的出现了跳跃，而画面直接跳到了酒店的房间里面，刚才酒吧里的那个女孩正赤裸着身体趴在他的身上，神情陶醉，激情无限。

"你现在在哪?"王俊继续问道。

"在酒店里……"

"在做什么?"

"在和那个女孩……亲热!"李晓翔迟疑了一下才说道。

"你知道她的名字吗?"

"我……"

这时，李晓翔的记忆又开始剧烈闪动。

"我叫艾艾。"李晓翔的耳边莫名响起一个声音。

"她叫艾艾。她是我的前女友，也是我最不想回忆起来的人。我们在一起就几天，亲热后就……"

"很好，接下来，我们再把记忆拉近一点……"

在王俊的引导下，李晓翔的记忆再度跳跃，很快，他就到了一个公园里，他的眼前站着艾艾。

"李晓翔，我们分手吧。"艾艾一脸冷漠地对他说道。

"为什么?"他很激动地追问。

"我们不太适合，你给不了我想要的。"

"我对你是真心的。"

"我知道，但我是个物质的女孩。虽然你是个高才生，又是一个潜力股，不过我现在要的，你却不能给我……"

"我会努力的。"

"你还是放手吧，这样对你我都好。"艾艾说完，就转身直接离开了公园。

记忆中的他追出了公园，却见到艾艾上了价值百万的豪车，扬尘而去。

此刻的他感到一阵强烈的伤感袭来，整个世界似乎都变得天昏地暗。

"好了，你现在开始退出你的记忆，等我数到三，你就睁开眼睛……"

"一……二……三……"

数到三的时候，李晓翔的双眼马上就睁开了。

"这是你刚才催眠时所恢复的一部分记忆，你自己看看……"这时，王俊递给李晓翔自己手中的记录本，就见上面大概写着他催眠后记忆中的场景。

李晓翔看完之后，立刻陷入沉思之中。原来在张欣之前，他和初恋艾艾有过故事，只是他不愿意回忆罢了，而这个艾艾的样子太模糊了，唯一的印象就是长得有点像张欣。

难道正是因为她们的样子有点相似，所以他在后来才爱上了张欣？

看来车祸后送他去医院的应该是这个艾艾？她又怎么会在现场？

"今天的催眠治疗还算顺利，不过，因为这并非是你记忆中最重要的部分，所以，比较容易恢复。如果继续恢复的话，有些记忆你就不愿意回想起来了。"王俊很满意地说道。

"至少已经有了进展，谢谢你，王医生……"李晓翔十分感激。

"不客气，玉敏的朋友就是我的朋友。你和玉敏真的不是男女朋友……"王俊突然问了一句。

"当然不是，我其实是她表妹的男朋友。"李晓翔笑着摇头。

"哦，这样啊！"王俊也没再说什么。

"那我先告辞了。"李晓翔说完，就穿上外套，离开诊所。

因为从通过催眠恢复的记忆之中找到了新的线索，所以，李晓翔就试图找到这个艾艾，或许她就是能够解开谜团的关键。

于是，李晓翔就去了刘权的酒吧。

"来啦，今天该不会又是约了小六吧！"刘权见李晓翔来了，立刻问道。

"不是，我是来找你的。"

"找我？"刘权有些意外。

"你能不能帮我找到艾艾这个人？"李晓翔开门见山地问道。

"谁？"

"我的女朋友！"

"我怎么记得！"刘权马上笑道。

"快想想……"李晓翔一脸认真。

"就是在一起才几天却伤你很深的那个？这个人我见都没见过，怎么会知道？"刘权想了一会儿，还是无奈地摊手道。

"那你知不知道半年前我曾经去过阴缘镇？"李晓翔继续问道。

"你半年前倒是说过要去散散心，但没说是什么事情，至于去哪儿，你也没说过，不过，看你当时心情挺低落的……"刘权回忆道。

李晓翔听完刘权说的，就觉得他通过催眠恢复的记忆，显然与大权说的有所吻合，看来他极有可能是因为失恋去了阴缘镇，从而遇上了张欣，开始了一段新恋情。

但至于他和张欣是怎么认识的，而他后来为什么会发生车祸，显然还需要继续进行催眠疗法。

既然催眠疗法有效，那等他恢复记忆之时，也就是真相大白的时候。

和刘权聊了几句后，李晓翔就离开酒吧，回公司上班。

他刚到公司，就被陈玉敏的秘书通知到陈玉敏的办公室，所以，他就去了陈玉敏的办公室。

"我说陈总，你是不是在我身上装了监视器，怎么我刚来上班，你就召唤我？"李晓翔开玩笑道。

"治疗得怎么样？"陈玉敏笑了笑，关心地问道。

"王医生说效果不错，而且，我确实想起了一个重要线索，就是在之前，我交了一个女朋友艾艾，而这个女孩长得有点像张欣，所以，我觉得当时送我去医院的可能就是艾艾……"李晓翔把自己回忆的内容大概说了一下。

"但这只是你的猜测而已。"陈玉敏提出质疑。

"是啊，所以，必须找出这个艾艾才行。"李晓翔点点头。

"这艾艾肯定不是她的全名，想要找她估计并不容易。"

"至少也是个调查方向，死马当活马医。"

"这样吧，你就不要费心思调查这个艾艾了，我让人调查，你就专心上班和治疗，如果你的记忆能够全部恢复，再配合上我这边的调查，我相信很快就能水落石出。"陈玉敏说道。

"对，现在得到线索的方法，就是恢复我的记忆。只要我恢复记忆，一切就好办了。"李晓翔也觉得有道理。

"对了，你晚上陪我参加一个庆功宴会。"陈玉敏又道。

"哦，那我可能要回家换身衣服。"李晓翔并没有拒绝，毕竟，陈玉敏帮了他这么多，陪她去参加一个宴会，也算是礼尚往来。

"不用了，衣服和皮鞋都替你准备好了，就在后面的休息室，你进去试试……"陈玉敏说着，就带李晓翔进了自己办公室后面的休息室。

就见休息室内很简洁，只有一张床和一些素雅的摆设，而床上放着一套崭新的西装和一双皮鞋。

"我在外面等你。"陈玉敏走出休息室。

李晓翔也没多想，换上西装和皮鞋，尺码和鞋码竟然都刚刚好。

走出休息室后，就见陈玉敏站在落地窗前，神情遐思，气质独特。如果不是因为张欣的事情，或许他对陈玉敏会有感觉，毕竟，这样的女人不可能不令人着迷！

陈玉敏见李晓翔换上西装后，神采奕奕，气宇轩昂，十分满意地点点头。不过，注意到李晓翔的领子有点歪了，下意识走了上去，替李晓翔整理衣领。

李晓翔见陈玉敏如此亲昵的举动，顿时愣了一下，心里觉得十分古怪，因为陈玉敏如此举动就像习以为常一般，一般女人绝不可能对自己男朋友或是老公以外的男人，做出这样的举动。

陈玉敏替李晓翔整理完衣领后，似乎察觉到了李晓翔的眼神，顿时感到不好意思，尴尬地笑道："我有处女座强迫症……"

"哦，我就说嘛，陈总突然给我整理衣领，太让我受宠若惊了。"李晓翔化解了尴尬。

"西装和鞋子都合适吗？"陈玉敏问道。

"都合适，不过，陈总，你怎么知道我的尺寸和鞋码的？"李晓翔不由得问道。

"我以前的男朋友身材和你差不多，所以，我想应该差不到哪儿去！"

"以陈总的条件，找的男朋友应该不差，怎么分手了？"李晓翔问道。

"因为我是个工作狂嘛!"陈玉敏答得理所当然。

"工作狂没什么不好的。"

"别哄我开心了!"

"我说的是真话。"

"你先回公关部吧,下班后,你开车到门口接我。"陈玉敏说道。

"好。"李晓翔点点头,先回了公关部。

下班后,李晓翔到停车场取车,就在他刚刚启动车子,踩下油门的时候,突然,一辆宝蓝色的车子不知道从哪冲了出来。幸好他反应及时,立刻猛打方向盘,同时刹车,勉强避开那辆车子。那辆车子直接从他的车头一擦而过,扬长而去。

"这年头不要命的真多……"李晓翔皱皱眉头,不过,他也没太在意,把玛莎拉蒂开出停车场后,就开到了公司大门口。

陈玉敏已经在公司大门口等着了。

"你怎么这么慢啊!"陈玉敏上车后,抱怨了一句。

"别提了,差点在停车场和别人撞车。"李晓翔无奈一笑。

"啊?你没事吧?"陈玉敏很是担心。

"没事。"

"那就好,我们走吧,去天恒大酒店。"陈玉敏这才安下心来。

之后,两人就前往天恒大酒店。

到了天恒大酒店,已经是夜幕降临,整个城市灯火通明。

这天恒大酒店是市里仅有的两家五星级大酒店之一,所以,能在这里举办庆功宴,说明绝对是个财大气粗的人。

"今晚举办这庆功宴的是哪位大老板啊?"进了宴会厅后,李晓翔看着这足有一千多平方米的场地和富丽堂皇的装饰,立刻问道。

"就是那个赵雄。"陈玉敏语出惊人。

"赵雄?"李晓翔顿时愣了一下。

"没错,上次在阴缘镇你和肖雪玲不是从古物行查到赵雄这条线索吗?所以,我特地让人调查了赵雄,他可是我们市里非常有名的一位古物商人,年轻的时候靠倒卖古物发家,我们市里最大的古物拍卖行就是他开的。据说,他收藏的古物至少价值上亿。这个人相当不简单……"陈玉敏眼睛眯起,道。

"他确实是个厉害人物。你带我参加他的宴会,该不会是想故意试探他吧?"李晓翔看出了陈玉敏的心思。

"当然,不然,怎么能确定他是不是害死欣儿的凶手!"陈玉敏一副不入虎穴焉得虎子的架势。

陈玉敏自从当上总经理之后,自然也成为商界的一号人物,加上又是位美女,所以,她的出现当然也是吸引了大家的注意。

不过,好在有李晓翔陪在身边,所以,那些爱慕者最多就是上前招呼敬酒。

"赵老来了。"不知道谁喊了一句。

很快,这宴会厅突然出现了骚动,所有人的目光朝宴会厅前端看去,就见一个年过古稀、穿着唐装的老者出现在众人视线之中。

李晓翔见到这老者后,顿时目光冷起来。因为这老者正是之前想要他手中冥瞳镜的那个赵雄。

在赵雄现身后,很多宾客上前攀谈巴结,不过,这赵雄却都只是敷衍几句。

"走吧。"陈玉敏直接拉着李晓翔朝赵雄走去。

赵雄见到和陈玉敏一起的李晓翔走到他面前,并没有太惊讶，毕竟，像他这种经历过大风大浪的人，已经没有多少事情能让他惊讶了。

"赵老，我是海马集团的总经理陈玉敏，初次见面，请多多关照！"陈玉敏自我介绍道。

"对于陈总我已经有所耳闻，果然是位美女总经理。"

"赵老说笑了。"陈玉敏说完，又对赵雄介绍道，"赵老，这位是我们公司新任的公关部部长，以后还请赵老多多关照。"

"李先生，我们又见面了。"赵雄笑了笑。

"李晓翔，你和赵老认识？"陈玉敏很是惊讶。

"有过一面之缘。"李晓翔应道。

"对了，你手上的那个古物冥瞳镜，要不要让赵老帮你看看，也许他有所了解。"陈玉敏冷不防说了一句。

李晓翔顿时有种冷汗淋漓的感觉，他忘记告诉陈玉敏，他之前跟赵雄说过冥瞳镜已经不在他手上了，眼前陈玉敏这一句话立刻又让他陷入不妙的境地。

"原来那冥瞳镜还在李先生手上，我记得李先生好像有个冥瞳镜不是不见了吗？"赵雄笑看着李晓翔。

"后来又找到了。"李晓翔只能硬着头皮应道。

"原来如此，李先生真是厉害，那不知道李先生愿不愿意割爱把冥瞳镜让给我？"赵雄再次提出。

"这……"李晓翔知道自己不可能直接拒绝，除非他今天不想走出这个门了，但他也不可能答应赵雄，一时间十分为难。

"赵老原来知道那冥瞳镜，不过，这冥瞳镜我已经先下手为强了，可能要让赵老失望了。"陈玉敏似乎也意识到什么，马上说道。

"哦，陈总真是厉害啊，居然让陈总抢先一步了，不过，如果陈总肯让给我的话，我愿意在陈总之前的价格上多出三百万。"

"三百万？"陈玉敏愣了一下，她知道冥瞳镜是个古物，不过叶霞也说过，这是以前很多风水先生都会用的东西，并没有什么真正的价值。

最多对于了解阴缘镇的一些文化有些帮助。如果以一般的市价来收藏的话，最多也就几千到万元，而赵雄竟然愿意多出三百万，这可不是小数目啊！

"陈总好好考虑一下，然后，再给我答复。"赵雄说完，就径直去招呼其他宾客了。

"李晓翔，这赵雄果然对冥瞳镜很在意，他会不会真的因为冥瞳镜，害死了欣儿？"陈玉敏不由得激动起来。

"可不是吗，上一次他为了得到冥瞳镜，差点要了我的命，所以，他的嫌疑不能排除！"李晓翔也是心有余悸。

"这种人还是不要招惹为妙。我觉得这冥瞳镜你留着也没什么用，不想交给叶霞妹子的话，就直接给赵雄，也算是一举两得，多加三百万啊，如果我再开个高价，搞不好就能再多拿一点。"陈玉敏话锋一转。

"听起来是很心动，但在调查出张欣自杀的真相前，冥瞳镜我是不会动的。"李晓翔神情笃定，道。

"好吧，那赵雄那边，我就帮你拖一拖吧！免得他为难你！"陈玉敏点点头。

"上次多亏叶霞我才脱困，躲得了初一，躲不了十五。如果得不到这冥瞳镜，赵雄不会善罢甘休。"李晓翔很清楚这一点。

"还是小心点吧！"

因为赵雄的事情，两人显然没什么心情参加宴会，和一些公司老总打过招呼后，陈玉敏干脆就让李晓翔送她回家。

"今天蛮早的，到我家里喝杯茶吧。"到了陈玉敏公寓楼下，陈玉敏主动邀请道。

"不太好吧，不怕引狼入室吗?"

"我还怕你有贼心没贼胆呢!"陈玉敏哼了一声。

"那我就不客气了。"李晓翔摇摇头，心想确实时间还早，就坐一会儿再回去，反正他回去也是胡思乱想。

"其实，我是想把张欣的一些遗物给你。有一部分是从公安局领回来的，因为当初是自杀，所以，她的遗物我就直接收起来了，这两天才找出来，我一个人不敢整理。"陈玉敏接着说道。

随后，两人就一同乘电梯到了陈玉敏的公寓。

进了公寓，李晓翔就参观起来。这是间高档公寓，装修得很有少女情怀，不像是陈玉敏的风格。

"这公寓以前是张欣住的，后来她父母给她买了别墅后，她就把这公寓送给我了。"陈玉敏解释道。

"这就难怪了。"李晓翔理所当然地应了一句。

"你这话什么意思啊!是觉得这种装修风格不适合我这种老女人?"陈玉敏放下总经理的外衣，马上像小女孩般嗔道。

"我可没说。"

"坐吧，你要喝咖啡，还是红茶……"陈玉敏问道。

"红茶吧!"

陈玉敏进了厨房，李晓翔就在客厅走动起来。虽说这公寓是陈玉敏住着，但看得出基本上是保持张欣住的时候的原样。墙上挂着一些照片，其中有张欣的，也有陈玉敏的，还有两人的合照，看得出来，两人的关系很好。

没多久，陈玉敏就端着两杯红茶走了出来。

李晓翔也坐回到沙发上，喝了口红茶，香醇扑鼻，口感清爽。

"这茶不错！"

"当然，这红茶是我让朋友专程从意大利给我捎回来的。如果你喜欢喝，我拿一罐给你。"

"那就不用了，这种奢侈品，偶尔喝喝就行了，喝多了矫情！"李晓翔摆摆手。

"你的言外之意是说我矫情了？"陈玉敏瞥了李晓翔一眼。

"我的意思是以我的身份，配不上喝这么好的茶，你就不一样了，怎么说你现在也已经是海马集团的总经理了。"

"这总经理我情愿不要。"陈玉敏叹了口气，要不是张欣意外去世的话，这总经理是张欣的。

"其实，你比张欣更适合管理公司，公司交给你，也是正确的。"李晓翔实话实说，他知道陈玉敏是个非常有能力的女人。

"我本来是打算辅助到她能够独当一面后，就出国深造的，没想到，她去了一趟阴缘镇后，就……"陈玉敏眼眶不由得红了。

"这都是命，没有人能够预料的，你不是说有张欣的遗物吗？"李晓翔马上转移话题。

"你等我一下。"陈玉敏说完，就转身走进自己的房间。

很快，她就搬出一个密封的箱子，放到茶几上。

"我来打开吧。"李晓翔说着，就将箱子上的胶带撕掉，将箱子打开，就见里面堆放着很多张欣的私人物品，包括手机、钱包之类的。

"这手机你拿回来后，没有开过吗？也许里面有什么线索也说不定……"李晓翔拿起手机对陈玉敏问道。

"没有，因为警方都已经调查过了，所以，我觉得没必要。"

陈玉敏解释道。

"还是试试吧！"李晓翔将张欣的手机开机，出现界面后，就直接到张欣的通话记录里面看了一下，见里面的号码都很正常，而通讯录里面除了陈玉敏的名字之外，没有一个是他认识的名字，然后，他又看了一下张欣的短信，也没有什么问题。

也就是说，张欣在死之前的状态是很正常的，丝毫没有自杀的倾向。

"张欣死的那天，你给她打过电话？"李晓翔对陈玉敏问道。

"对啊，我就是想问她什么时候回来。"

"那她接了吗？"

"接了，说过两天就回来，我也没在意，谁想到第二天我就接到了警方的通知。"陈玉敏应道。

李晓翔听完，又拿起张欣的钱包翻了一下，除了现金和信用卡外，并没有其他值得在意的。

不过，这反而引起他的注意，因为他和张欣如果是情侣的话，按理说，两个人总会留下一些情侣的痕迹。到目前为止，这一切都好像抹去了一样，要不是在咖啡吧里看到那张照片，他恐怕还被蒙在鼓里。

当然，很有可能是有人刻意抹除了这一切，这样一来，警方就不会找他协助调查。

放下张欣的钱包后，李晓翔又继续翻了一下箱子，大部分都没有什么价值，不过，他在箱子中发现了一只耳环。见到这单独的一只耳环后，他的脑海突然闪过一些画面，而画面中，就有人戴过这个耳环，也只是带了一边，只不过他并没有看清脸。

不过，这陈玉敏见到这耳环后，倒露出意外之色："想不到欣儿还留着这耳环。"

"这耳环有什么意义吗?"李晓翔问道。

"有,不过,这是我和她之间的秘密。"陈玉敏目光忽然暗沉了一下,但一闪即逝。

因为找不到其他有价值的线索,所以,李晓翔就先拿出张欣的手机,然后,重新将箱子封好。

"我差不多该走了。"李晓翔将张欣的手机收好后,就准备带着箱子离开。

"这么快,不多坐会儿吗?"陈玉敏挽留道。

"我怕待久了,会舍不得走。"李晓翔打趣了一句。

"那就别走了。"陈玉敏说着,突然靠近李晓翔,一只手抚在李晓翔的胸口。

"陈总,你这是……"

"这里没外人,叫我敏敏好了。"陈玉敏妩媚一笑。

"其实,我对你有好感,我虽然不是那种随便的女人,但如果有机会的话,我还是会争取的。"

李晓翔此刻有些意外,没想到陈玉敏竟然会看上他,而且如此大胆地表白,让他有些招架不住的感觉。这美人在前,想要拒绝可是很难的。

"不如我们交往看看吧!"陈玉敏突然提出。

"你确定吗?"

"怎么?你不想吗?我知道你之前是欣儿的男朋友,但她已经走了,我想你也应该重新寻找自己的幸福,而我的年纪也不小了,也希望有自己的幸福。这次欣儿的事情,将我们联系在一起,我想这肯定就是冥冥之中注定的。"

面对陈玉敏突如其来的表白,李晓翔显然没有心理准备,如果是以前,他恐怕会毫不犹豫地接受。

陈玉敏见李晓翔还在犹豫，直接主动送上香吻，打算用柔情攻势攻占李晓翔。

　　李晓翔也下意识地配合，两人嘴唇交错，热吻起来。

　　这一吻自然一发不可收拾。

　　就在两人激情似火的时候，李晓翔的脑海里突然闪过一个画面，画面里的张欣不断在水里挣扎……

　　这画面犹如一盆冷水浇在李晓翔的头上，让他瞬间欲望湮灭。

　　被李晓翔压在身下的陈玉敏一脸费解，不明白李晓翔为什么突然叫出张欣的名字。

　　还没等陈玉敏反应过来，就见李晓翔突然从她身上起身，目光有些空洞，说了一句："我……我先走了。"

　　说完，他就匆匆捡起地上的衣服而去。

　　陈玉敏见李晓翔就这么离开，也没有阻止，不过，她的眼神突然变得有些失落。

　　李晓翔神情恍惚地离开陈玉敏的公寓后，直到坐上车子，才如释重负。刚才在陈玉敏的公寓，和陈玉敏激情热吻的时候，他忽然感觉好似有眼睛一直在他背后盯着，让他有种脊背发凉的感觉。

　　"张欣，对不起！"李晓翔禁不住惭愧地说道。

　　之后，李晓翔就开车离去。

第十八章
前女友

第二天上班的时候，李晓翔正好在公司门口遇到陈玉敏。

"来啦！"陈玉敏就像是昨晚什么都没发生过一般，对李晓翔微笑问候。

李晓翔也笑着点点头。

"对了，今天别忘去王医生那边继续治疗……"陈玉敏提醒道。

"我知道。"

两人一边说话，一边上了电梯。

这电梯猛地一震，之后，灯光忽明忽暗起来，很快，整个电梯就陷入黑暗之中。

上次电梯事故，让陈玉敏心里一直有阴影，所以，这电梯一黑，陈玉敏马上就尖叫起来。

"别怕，有我在！"李晓翔立刻将陈玉敏搂紧。

"李晓翔，会不会是张欣又来找我们了？"陈玉敏声音哆嗦地说道。

"应该不会吧！"李晓翔也不太确定。

"你是不是一直把那个冥瞳镜带在身上？"陈玉敏不由得问道。

"是啊，我现在一直随身携带。"李晓翔点点头，因为他不放心把冥瞳镜放家里，所以，装在一个镜盒里随身携带。

"我看你还是不要带了，只要你带着冥瞳镜，似乎就会有不好的事情发生。"陈玉敏说道。

"是啊，但我又不放心放家里！"

"要不然，让我来保管，我办公室有保险箱，很安全的。"陈玉敏说道。

"这……"李晓翔一脸迟疑。

"你不相信我吗？"陈玉敏眼眸直盯李晓翔。

"不是，主要是这冥瞳镜是不祥之物，我怕带给你什么麻烦。"李晓翔解释道。

"放心吧，只要不戴上，应该没关系，而且，放在公司，应该也没关系。"

"那你就先替我保管吧！"或许是因为昨晚的事情，李晓翔对陈玉敏十分信任。

随后，李晓翔就从外套的内袋中取出放在镜盒里的冥瞳镜交给了陈玉敏。

陈玉敏接过之后，直接把镜盒放进了包里。

没多久，这电梯突然恢复了电力，继续上升起来。

"没事了。"李晓翔见状，急忙放开陈玉敏，免得被人看到误会。

陈玉敏自然有些失落，但并没有说什么。

到了公关部的楼层后，李晓翔就先离开电梯。

下午时分，李晓翔安排好手里的工作后，就去王俊的诊所继续治疗。

因为上一次的治疗有明显的效果，所以，李晓翔对这王俊的催眠疗法也不再有质疑。

到了王俊诊所躺下后，王俊就开始替他进行催眠。

这次的催眠并没有接着上一次的片段。

而是直接跳跃，他看到了自己和张欣相识相知的过程，简单地说，就是一个故事的重现。

原来，他和艾艾分手后，彻底变了一个人，成天泡在刘权的酒吧混日子，过着非常糜烂的生活。

然后，在他经常去的一家高档咖啡店里，他时常看到貌美的张欣，正在登录缘缘交友网。

这让他感觉有些荒唐。这样的白富美，竟然也有兴趣网上交友。他甚至以为这女人是个骗子，利用这样的交友网寻找猎物。

不过后来他对这个开着大红色玛莎拉蒂跑车的女人有了兴趣。

有一次，张欣一个人坐在阳光明媚的靠窗座位，神情落寞，喝着咖啡，看着电脑，看起来像是心事重重。

或许是因为张欣看起来长得有些像艾艾，所以，他禁不住心生报复，于是，他主动坐到张欣后面的位置。

他很快记下了张欣的交友会员号，并偷看了一会儿她和别人的聊天过程。

在聊天的过程中，李晓翔知道了这个张欣是个有钱人，前几天才从阴缘镇回来，还花了百万巨资买了一个古物眼镜，说要利用这个眼镜见到自己车祸去世的父母。

"人傻钱多。"这是李晓翔当时给出的结论。

在张欣准备离去的时候,李晓翔还不忘向前搭讪了几句。

"我们是不是在阴缘镇见过几次,怎么那么眼熟,看来我们有缘分。"

不过张欣显然有所防备,一直回答没去过和不认识。

当时,他还十分绅士地要求送张欣回去。

"不用了,我就住在附近。"张欣意外地礼貌拒绝了。

"那留个电话号码给我吧!"他又提出。

"萍水相逢,有缘再见!"张欣留下这八个字后就走了。

"有意思。"回去的晚上,李晓翔就注册了一个缘缘交友网的新账号,也同时加了张欣的会员号。

几天畅谈下来,李晓翔让单纯的张欣产生了兴趣。

随着感情的升温,两人就约了出来一起吃饭。

而在吃饭的那天,赵雄的人好像来找过张欣,为的就是那个冥瞳镜。李晓翔当时自然挺身而出,英雄救美,不料手掌被对方划伤了。

冥瞳镜的出现,更加激发了李晓翔脑海里遗失的那部分记忆。虽然有的细节出现偏差,不过大体上是一样的。

看来之前所有的诡异画面,都是大脑中遗失的那部分记忆。

李晓翔跟着张欣回到了她的别墅,包扎了伤口,然后发生了一夜情,也注定了两人的开始,而他的手掌上就留下了一个淡淡的刀疤。

……

张欣的美,张欣的单纯,很快就打动了李晓翔,让他感受到了一种爱情的慰藉。

他突然发现自己的无聊和堕落,决定不再混日子,开始和张欣好好地重新生活。

爱情的力量本来就是伟大的，李晓翔一点一点地走出了失恋的阴影，不过他却发现张欣有严重的心理疾病，基本上是靠安眠药睡觉的。

而这个病情在张欣的父母死于车祸之后就彻底爆发了出来，才会被人忽悠，花了一百万买了一个所谓的古物。

据说是只要戴上就能看到死去亲人的冥瞳镜。

李晓翔自然也劝过张欣，逝者已逝，生者如斯，不要迷恋于这样的传说，不过对方却执迷不悟。

两人也因此争吵过，不过也因为这样，李晓翔决定想办法慢慢地治好张欣的病。

在热恋期的某段时间，李晓翔竟然联系不到张欣，对方电话一直关机。

直到一周之后，张欣主动联系上了他。

张欣说，电话丢了，这是刚刚去补的号码，然后就要求李晓翔陪她再去阴缘镇，寻找所谓的阴缘。

她听人说在苏姑墓旁边使用冥瞳镜是最灵验的，因为这个冥瞳镜就是出土在那个地方。

李晓翔自然也没有拒绝，就算是陪张欣去度假，放松心情，而苏姑墓的传说，就当作是给失去亲人的生者一种心灵上的慰藉。

张欣的心理疾病这么严重，也正需要时间调理，更需要他的爱情陪伴。

之后的发展，就如同他们在阴缘镇所了解到的一样，他和张欣宛如神仙眷侣，在阴缘镇度过了一段非常美好的时光。

时间差不多后，李晓翔就被王俊带回现实之中。

"这是今天你所回忆起来的记忆!"王俊把自己的笔记交给了李晓翔。

李晓翔看完之后,目光随之冷起来。

"虽然只是进行了两个疗程,但你的记忆恢复比之前预料的要快,而且,你想知道的事情也应该逐渐明朗了。"王俊说道。

"是吗?但完全回忆出来之前,一切还无法妄下定论。"

"这是当然,但以我多年的经验,以你回忆的内容来判断,一切的关键还是在张欣自杀的那天究竟发生过什么事情……"王俊推测道。

"我也这么觉得,但我什么时候才能想起那天的事情?"李晓翔点点头。

"随着你的记忆恢复,你肯定会想起的,但不能操之过急!"王俊鼓励道。

"真是麻烦你了,王医生……"

"李先生太客气了,你是我的病人,尽量帮你治病是我的职责,不用客气,况且,我又不是免费的……"王俊笑道。

"对了,我差点忘记了,这治疗的费用……"李晓翔还以为王俊是在暗示他。

"玉敏已经帮你把治疗费一次付清了,李先生只需要安心治疗就可以了,说起来,我认识陈玉敏这么久,还是第一次见她这么关心在乎一个人,你可不要辜负了她。"王俊说道。

李晓翔听后却觉得有些尴尬,看来在外人眼里,他和陈玉敏已经赫然是一对了。

离开王俊的诊所后,李晓翔寻思,回来这么久,还没和叶霞联络过,所以,就给叶霞打了个电话,但电话却没有人接。

"这丫头,诊所不开,电话也不接,到底跑哪去了?"

李晓翔担心叶霞是不是出了什么事情，便给肖雪玲打了个电话。

这肖雪玲也说自己好几天没和叶霞联系了，但肖雪玲并不担心，因为叶霞经常无缘无故失踪。

李晓翔估计叶霞可能又不务正业了，谁让她是个法医，又是一位文物保护协会的成员，责任意识重，所以，他就回自己的公寓了。

尽管那天在陈玉敏家所发生的有些让李晓翔尴尬，但陈玉敏却似乎并不介意，一如既往地对他十分关心照顾，两人的关系不能说是如胶似漆，但至少在外人眼里，已经相当亲呢。

陈玉敏没有丝毫避嫌的意思，俨然一副将李晓翔当成自己男朋友的架势。

于是，公司的员工也都默认了李晓翔是他们老总男朋友的身份。

李晓翔也知道这种事情不好解释，所以，也顺其自然吧。

就这样，又过了半个月，李晓翔的治疗到了第五个疗程，也就是最关键的疗程，他能否想起张欣的死因，还有艾艾的一些具体情况，也就在这个疗程之中。

如果他能够想起的话，或许，真相就会大白了。

此刻，他正躺在王俊诊所的躺椅上，开始接受王俊的催眠。

很快，他就置身于自己的回忆之中，而他所在的地方，正是张欣所自杀的那个酒店房间。

记忆中的他正和张欣在床上激情似火。

眼前的片段，让李晓翔有些纳闷，之前他始终单方面认为，张欣的死应该与艾艾有关系。

因为后来艾艾来过电话，哭诉她遭受男友暴力的生活，有想与男友分手和李晓翔复合的想法。

回忆中，两人在小镇里吵过一次，张欣因为艾艾的事情赌气了很多天。

但看张欣和他亲热的状态，完全不像是要自杀的。

激情之后，记忆中的张欣就下床洗澡，而他躺在床上。

这时，他的手机又响了起来，就听里面传来一阵哭泣声。

"我是艾艾，我被他打得流产了……我们的孩子要没了……"

"我们有孩子？"记忆中的他听完，自然紧张起来，马上问道，"你别急，你在哪里？"

"我就在你住的酒店外的路口。"

"好，你在那里等我，我马上过来。"李晓翔说完，没有多想，马上穿起衣裤，看了一眼还在浴室里泡澡的张欣，并没有说什么，就急忙出门去了。

很快，记忆中的他就离开酒店，赶往艾艾所说的那条公路。

可到了那条公路后，他却没有见到艾艾的身影。

记忆中的他立刻感到不太对劲，所以，急忙赶回酒店，而就在他回到酒店房间的时候，便见到张欣已经溺死在浴缸里了。

就在他悲痛的时候，他突然听到一阵声响，回头一看，就见一道熟悉的背影抱着一些东西，冲出了房门。

"艾艾？"记忆中的他见状，立刻跟着追了出去，因为他怀疑可能是艾艾杀死了张欣。

李晓翔追出酒店后，很快就要追上艾艾，但就在此时，一辆大卡车突然从一侧急速驶来，眼看就要撞到艾艾。

记忆中的他见状，猛地一扑推开了艾艾，最后就昏死了过去。

很快，记忆的画面就完全停滞。

"现在我数到三，你回到现实中来。"

很快，李晓翔就睁开眼睛。

"怎么样？"

"看来事情已经差不多清楚了。"王俊将手中的笔录递给李晓翔看。

李晓翔看完后，禁不住倒抽了一口气，虽说他没有直接的证据，但是，张欣的死很有可能是艾艾造成的，而他却又为了救艾艾被撞，结果失去了记忆，这么说，当初送他去医院的正是艾艾。

至此，似乎张欣之死的谜团算是解开了，张欣确实不是自杀的，最大的嫌疑人应该是艾艾，但他始终还是没想起艾艾的更多情况，这样也就无从查起。

"李先生，你的五个疗程治疗已经结束了，而你的记忆也应该恢复得差不多了，接下来，只需要你自己慢慢恢复，应该没什么太大的问题。"王俊说道。

"真是谢谢王医生你了。"

"都是朋友，别说客套话。"

"对了，王医生，我最后那晚的回忆中有没有提到过一个冥瞳镜？"李晓翔突然想起什么，立刻问道。

"没有啊！"王俊摇摇头。

"是吗？"李晓翔虽然嘴上没说什么，但却察觉到有些不太对劲。

警方的现场笔录，张欣死的时候，并没有冥瞳镜的记录，他所回忆的记忆之中，当晚的前几天似乎也没有过冥瞳镜，这自然令他觉得奇怪。

"这个冥瞳镜是怎么消失的？为什么会突然寄到我的公寓来呢？"李晓翔继续不解。

之后，李晓翔就离开王俊的诊所。

李晓翔刚走出诊所上了车，就接到陈玉敏的电话。

"晓翔，你能陪我回张欣的祖宅一趟吗？"陈玉敏说道。

"回祖宅做什么？"李晓翔不由得问道。

"我叫人将欣儿的骨灰从别墅花园里拿出来了，准备送回张氏宗祠供奉百日再下葬。那个别墅我打算卖掉，以张欣的名义捐出去！"

"哦，我想这也是张欣的遗愿吧。我看过她的日记本，她是一个很有善心的人……那我一会儿回公司找你。"李晓翔挂了电话，就开车直接回了公司。

到公司和陈玉敏汇合后，他们就坐着陈玉敏的车子离开公司，前往张欣的祖宅。

张欣的祖宅就位于福市很著名的七巷。这巷子起于晋，成于唐五代，至明清鼎盛。自晚清至民国初年，这里出现过很多有重要影响的人物。

可以说，能在这里拥有一座祖宅，张欣的家族背景是何等显赫。但只是没想到，张欣的父母因为车祸去世，而之后张欣又自杀。

陈玉敏把车停在七巷附近的停车场后，就和李晓翔步行进入了七巷。白天的七巷，很热闹，古色古香，韵味十足。

虽说李晓翔之前也来过几次，但之前都是来玩的，而这一次来此的心情，格外沉重。

"这次谢谢你能够陪我过来。"陈玉敏一脸感激。

"你怎么变得这么客气了！"李晓翔淡淡一笑。

"我知道你对张欣的死一直耿耿于怀，但现在真相终于解开了，我想你也能够安心了吧！"陈玉敏看着李晓翔。

"也说不上安心吧，但至少了了一件心事。"

说话间，两人就进入了街道，眼前是蜿蜒的巷道，脚下是古朴的石砖，置身其中，有一种梦回古时候的错觉。

张欣的祖宅就在巷子的最深处，祖宅的大门前，挂着"书香门第"的牌匾，两侧挂着木牌对联。

"想不到张欣的祖上还是书香门第！"李晓翔看了一眼，叹道。

"张欣的曾祖父，曾是清朝的一名翰林院学士，清朝末年辞官归隐福市，而祖父也成为远近有名的私塾老师。直到张欣的父亲，才弃文从商，白手起家……"陈玉敏解释道。

"原来如此。"李晓翔点点头。

绕过前堂，从侧门进去，便是后堂。

这后堂比前堂还要大，正堂前端是一把红木太师椅，两侧也摆放着一些座椅，前端的墙上挂着一幅官画像，仪表堂堂，气度非凡，就是张欣的曾祖父。

"没想到这后边也算别有洞天。"李晓翔有种大开眼界的感觉。

"其实，这整座祖宅的面积可以算七巷之中数一数二的，不过，张欣的曾祖父十分低调，刻意把前堂建得比较小。"陈玉敏解释道。

就在两人说话的时候，一个苍老的身影从后堂的侧门走了出来。

"福伯。"陈玉敏见到后，马上叫道。

"原来是敏小姐回来了，这位是……"福伯对陈玉敏叫了一声，然后看向李晓翔。

"这位是欣儿的前男友。"陈玉敏介绍道。

"哦。"福伯应着，不由得打量了李晓翔几眼。

"福伯，这是欣儿的骨灰，欣儿的死已经调查清楚，她真的是自杀的，所以，我希望她能够进入宗堂供奉百日，超度念经，然后，再将她下葬……"陈玉敏说道。

"唉，没想到张氏一脉如今竟然后继无人了！"福伯沉重地叹息一声。

"麻烦福伯带我们去宗堂吧！"

"好，你们跟我来。"福伯说完，就转身先进了后堂的侧门。

陈玉敏和李晓翔跟在后面。

这后堂之后，就是一栋两层清代建筑，顶端正中挂着"文轩楼"的牌匾。

等福伯推开宗祠的门后，李晓翔忽然觉得一阵阴风猛地灌出，还夹杂着一些灰尘。

陈玉敏被呛了一下，猛地咳了几声。

"没事吧？"李晓翔对陈玉敏关心问道。

"没事，我有点粉尘过敏。"陈玉敏摆了摆手。

李晓翔抬头往宗祠里面看去，就见里面的光线很阴暗，前端是一整面的牌位墙，以辈分划分，从上到下，至少有上百块，牌位墙的两侧挂着白帘，还有些绕梁垂吊的白绸。

牌位墙的前端有一个大香炉，插着三根一指宽的粗香。

"把欣小姐的骨灰给我吧！"福伯示意道。

陈玉敏就将张欣的骨灰坛交给了福伯。

福伯十分恭敬地双手接过，然后，放到牌位墙最底层的一个空位置上，旁边的两个牌位很新，应该就是张欣父母的。

"福伯，这欣儿的牌位就麻烦你到时候定制一下。"陈玉敏嘱咐道。

"好的。"福伯点点头。

"另外，欣儿生前说过，打算将祖宅出售，我已经找到买家了。福伯你为张家当了这么多年的管家，也辛苦你了，我准备了一笔足够养老的钱给你。"陈玉敏接着说道。

"欣小姐要卖祖宅？她从来没跟我说过这件事。"福伯愣了一下。

"福伯，是觉得我在骗你吗？"陈玉敏道。

"我不是那个意思。"福伯脸色微变。

"其实，我也不想卖这祖宅，但现在张家已经后继无人，卖掉祖宅的钱，我会以张欣的名义捐出去，做点善事。"陈玉敏也解释了一下。

"我知道了。"福伯也没说什么。

"那我们先回去了。"陈玉敏说完，就对李晓翔示意了一下。

陈玉敏正打算跟着出去，但不知怎么的，她的高跟鞋在过门槛的时候，竟然被绊了一下，整个人直接摔到地上，灰头土脸，十分狼狈。

李晓翔回头见陈玉敏摔在地上，马上上前问道："你没事吧？"

"我的脚好像崴了。"陈玉敏伸手碰了一下自己的脚踝，立刻一阵刺痛传来。

李晓翔立刻将陈玉敏抱起，带她回到后堂，找了个座位放下，然后，替陈玉敏检查一下脚。

"肿得挺大的，看来你是不能走了，不过没伤到骨头，应该没什么大问题！"李晓翔检查后，便道。

"敏小姐，没事吧？"福伯走了过来。

"没事！"陈玉敏应道。

"这里有药油，擦一擦应该能好一点。"福伯拿了瓶药油递给了李晓翔。

李晓翔接过福伯的药油后，就倒了一点抹在手上，然后，替陈玉敏揉起了脚踝。

"哪个女人如果嫁给你，应该会很幸福。"陈玉敏看着李晓翔的眼神有些迷离起来。

"本来有一个的，可惜现在没了。"李晓翔轻叹一声。

"你这么优秀，难道还会缺女人吗?"陈玉敏不由得暗示道。

"我优秀?我只是一个没用的人而已。"

"唉，其实女人不缺，缺个能让我放得下心的地方。"李晓翔意味深长的一句。

陈玉敏听完就目光微凝起来。

第十九章
祖　宅

就在这时，堂外突然天色阴沉下来，很快，就电闪雷鸣，下起了暴雨。

"下雨了。"

"今天天气预报说，晚上会有台风登陆，敏小姐既然行动不方便，不如今晚就在这休息吧！明日再走也不迟。"福伯马上说道。

陈玉敏马上看了李晓翔一眼，她现在还无法走路，加上这么大的雨，确实不方便。

"好吧，欣儿的房间你应该收拾了吧！"陈玉敏考虑了一下，便对福伯问道。

"收拾了。"福伯点点头。

"那我和他今晚就住欣儿的房间。"陈玉敏说道。

"你们两个住一间？这不太好吧？还是我给李先生整理一个新房间。"福伯马上说道。

"晓翔，你抱我去欣儿的房间。"陈玉敏看了福伯一眼，没有应话，直接对李晓翔说道。

李晓翔便将陈玉敏抱起，在陈玉敏的指引下，绕过后堂的另一扇门，很快，就到一个十分雅致的小院。

"张欣小时候就住这里吗？"李晓翔环视了一眼。

"是啊，十五岁之前就住在这里。"陈玉敏点点头。

进入小院后，推开房门，就见里面的摆设同样古色古香，但又充满少女的气息。

将陈玉敏放到房间中央的床上后，李晓翔就四处参观起来。

很快，李晓翔就在一旁的柜子上看到不少张欣的照片，其中还有和陈玉敏的合照："看来你们的感情不错啊！"

"是啊，小时候的感情确实不错。"陈玉敏带着几分回忆。

"长大之后不也很好吗？"李晓翔回头看了陈玉敏一眼。

"长大之后有些事情就不是那么单纯了。"陈玉敏叹气应道。

李晓翔似乎听出什么，但也并没有说什么。

没多久，福伯就端了两碗面敲门进来。

"家里没什么吃的，将就一下，吃点太平面吧！"福伯说道。

"多谢福伯。"李晓翔也有些饿了，所以，接过福伯手中的两碗面，直接坐下吃了起来。

"福伯，我累了，你先出去吧。"陈玉敏说道。

福伯点点头，便先离开了房间。

"你不吃吗？这面味道不错……"李晓翔一边吃，一边说道。

"不想吃。"陈玉敏撇撇嘴。

"那我喂你？"李晓翔马上调戏道。

"真的？"陈玉敏眼眸马上迷离起来。

"想得美，你伤的是脚，又不是手。"李晓翔立刻又吊起了陈玉敏的胃口。

"讨厌!"陈玉敏娇嗔一句,"你今晚真的不和我睡一个房间?"

"你是在勾引我吗?"李晓翔哪里不知道陈玉敏的心思。

"其实,我挺渴望爱情的,我也挺喜欢你的……"陈玉敏赤裸裸地说道。

"下次吧,这里毕竟是欣儿的房间。你不吃的话,我就吃了。"李晓翔说着,又吃起了另一碗面。

李晓翔把两碗面吃完后,就端着两只碗离开张欣的房间。

到了后堂后,他见到福伯正呆望着下着倾盆大雨的漆黑天空。

"福伯,厨房在哪儿?"李晓翔问道。

"哦,先放在那边的桌子上吧!我等会拿过去。"福伯说道。

"福伯,你是从小看着张欣长大的吧!"李晓翔走到福伯身边。

"是啊!她小时候是个活泼开朗的女孩子,没想到她居然会做傻事,看来她父母的死对她打击很大啊!但我真不相信她会自杀!"福伯有些伤心地说道,浑浊的双目夹杂着泪光。

"我不相信,但我和玉敏已经调查过了,张欣确实是自杀,为了调查张欣的事,玉敏可是尽心尽力……"李晓翔只能这样安慰道。

虽然他现在怀疑自己的前女友艾艾很有可能是凶手,不过更多的事实却没有回忆出来。

"她们的感情很深,但是也会吵架,还是她们两个小时候的样子可爱……"福伯突然回忆道。

"福伯,吵架是什么意思?"李晓翔道。

"之前,欣小姐和敏小姐曾经吵过一架,敏小姐说了很难听的话，那之后不久，欣小姐就自杀了。"福伯忽然低声说了一句。

"这样?"李晓翔没听陈玉敏说过这事。

"是啊，因为遗嘱的事情。"福伯点点头。

"遗嘱?"李晓翔更是有些意外。

"敏小姐虽然是欣小姐的表姐，但自小父母离异，一直被老爷夫人收养，也算是干女儿吧。按照遗嘱，老爷夫人要是出了什么意外，欣小姐将继承大部分遗产，而敏小姐可以继承一点点现金遗产。不过，如果欣小姐也出什么意外的话，那敏小姐就可以继承全部遗产。"福伯解释道。

"还有这样的事情?"李晓翔没想到其中竟然还有如此复杂的关系。

"老爷夫人死后，敏小姐似乎不满意遗产分配，多次找欣小姐，要求多分一部分遗产做慈善，但欣小姐没同意，后来两人就吵了一架。"福伯接着说道。

"福伯，你到底想说什么?"李晓翔觉得福伯话中有话。

"世事难料啊!"福伯突然叹了一句。

"我想玉敏应该不是那种人。她要钱的话，也只是做慈善而已。"李晓翔微微蹙眉，没再追问什么。

"我带李先生去客房，就委屈一晚了。"福伯接着说道。

之后，福伯就带李晓翔去了房间，就在后堂一侧。

李晓翔寻思刚才福伯跟他说过的事情，尽管他相信陈玉敏，但正如福伯所说，世事难料啊。

不过，在没有任何证据的情况下，他不可能怀疑陈玉敏。

虽然才晚上七点，但外面下着暴雨，天气昏暗，所以，也没什么去处。

李晓翔干脆就躺在床上看起了小说。

没多久，陈玉敏就给他发来一条信息："我的脚好疼，你能不能过来再帮我揉揉……"

李晓翔看了一眼，心想这脚疼是假，制造机会是真吧！

本来这样的情况对于任何男子来说，都是绝佳的机会，而陈玉敏其实也是一个很好的选择。只是张欣的死，让他内心一直不平静。

或许他们之间还需要一些时间。

他回了一句，已经睡了！很快，陈玉敏就回了个不高兴的表情。

但李晓翔并没有在意，又看了一会儿手机，他也有些倦意，准备睡了。

蓦地，他听到一阵怪异的声响，应该是有人过来故意敲了几下门。

"谁?"李晓翔觉得不太对劲，他担心可能是小偷，又担心陈玉敏出事，所以，马上起身出房间，直接去了陈玉敏住的小院。

到了小院，他就见到房间里面点着灯，一道勾人的曲线映在窗纸上，令人浮想联翩！

李晓翔忍不住吞了吞口水，如果是之前，他肯定直接冲进去了，但现在他可没这个心情。

见陈玉敏没事，他就慢慢走了回去，又好像看到了一个熟悉的身影，一身白衣。

"张欣?"

他禁不住追了上去。

没多久，他就追着那身影到了宗祠，之后身影又消失了。

"我又产生幻觉了！冥瞳镜并没有带在身上啊……"李晓翔不由皱皱眉头，同时，抬头看了一眼宗祠，就见宗祠大门紧闭，灯光昏暗。

"回去吧!"李晓翔这念头刚起,宗祠的大门就莫名地吱啦一声打开了。

"福伯?"李晓翔愣了一下,还以为是福伯要出来。

但等了一会儿,却没见到福伯,只见大门被风刮得来回摇动。

李晓翔犹豫片刻,上前打算将门关好,就在他走到宗祠大门前的时候,一阵风灌进宗祠,吹得蜡烛摇晃起来。

此刻,宗祠内空无一人,福伯不知道去哪了,但火盆里还在烧着纸钱。

李晓翔好奇地跨过门槛走了几步,砰!

宗祠的大门又重重合起,李晓翔见状,禁不住打了个冷战。

宗祠的正前方摆着的是长方形供桌,上面放着张欣的骨灰。

"欣儿,难道你有什么话要跟我说?"李晓翔第一直觉就是张欣应该还想告诉他什么。

一切安静得有些可怕。

蓦地,一道黑影突然从暗处出现,直接用双手从后面掐住了李晓翔的脖子,手劲很大。

李晓翔立刻挣扎起来,很快,两人就紧紧扭打在一起,一下子撞到了供桌上。

这一撞之下,那黑影的手劲随之松了,李晓翔马上反手脱身,同时,抓住黑影的手臂,将他按在供桌上。

等他仔细一看,顿时傻眼了,这突然袭击他的,竟然是福伯。

此时的福伯一身白衣,因为瘦弱,远远看去就犹如女鬼一样,怪不得他先前会以为是个女人。

"福伯，你是怎么了？"李晓翔问道。

"我要杀了你，替欣小姐报仇！"福伯喊道。

"什么报仇？"李晓翔一头雾水。

"是你……是你害死了欣小姐……"福伯语出惊人。

"福伯，你别乱说。"李晓翔笃定道。

"不，你不是好人。"

"是你贪图欣小姐的遗产，所以，你勾结别人故意害死了她，这样你就可以继承欣小姐的遗产！"福伯像是疯了一般喊道。

"福伯，我不知道你在说什么。"

就在这时，福伯突然抓起供桌上的烛台，猛地朝李晓翔的脑袋砸去。

李晓翔见状，立刻闪身。

但福伯还是挥舞着烛台穷追不舍，很快，李晓翔就被逼到了牌位墙和供桌间的死角。

李晓翔见福伯如此疯狂，心知这样下去不是办法，所以，只能出手抓住福伯的手，用力一扭，将烛台先弄掉。

可福伯竟然一下子抱住李晓翔，将他直接推向供桌，一下子就将供桌撞翻。

从供桌上翻下的另一个烛台随之掉落到地上，上面的蜡烛刚好倒在一旁垂在地上的白帘布上，一下子就将帘布点燃了。

没多久，这火势就变大了，但福伯还是死死抱住李晓翔不肯松手。

僵持了片刻，这屋内已经烟气弥漫，李晓翔一边咳嗽，一边试图制止福伯。

但福伯就跟发了疯似的，打算和李晓翔同归于尽。

为了自保，李晓翔不得不用力将福伯抱住他的双臂扳开，猛地将福伯推了出去，这福伯一下子撞到了一旁的柱子上，就开始无力地喘气。

李晓翔见状，就打算先带福伯出去，头顶的一个梁柱突然掉了下来，直接砸到李晓翔的肩膀上。

就在此时，大门被推开，陈玉敏冒着火势冲了进来，急忙扶着李晓翔出了屋子。

就在两人跑出屋子的时候，这宗祠已经彻底变为汪洋火海，没多久，就随之垮塌了。

"晓翔，你没事吧？"陈玉敏语气急促地问道。

"我没事，就是福伯他……"李晓翔神色黯然。

"我刚才赶过来的时候，就听到福伯说要杀了你，他为什么要杀你？"陈玉敏疑惑问道。

"他以为是我害死了张欣。"李晓翔十分无语。

"这怎么可能！我看福伯八成是受了什么刺激！"陈玉敏当然不相信这话。

"你的脚没事了吗？"这时，李晓翔关心地说道。

"哎哟，疼！怎么可能没事，刚才满脑子想着救你，所以，也没感觉疼！"陈玉敏马上一屁股坐到地上，捂住脚踝。

就在两人说话的时候，七巷的消防巡逻队已经冲了进来，开始灭火。

没多久，附近派出所的警察也赶来调查情况。

随后，警察就给李晓翔和陈玉敏两人做了笔录，为了不惹麻烦，两人干脆统一口径，就说宗祠突然失火，他们本来打算救人的，但结果，没救成。

做完笔录后，消防队也派人做了现场调查，初步确认是风吹倒烛台导致的火灾。

因为宗祠是私人财产，加上没有危及周边民宅的安全，所以，这件事也就当意外事故做了处理。

之后，两人就见到福伯的尸体被从火灾废墟中抬了出来，全身已经焦黑如炭，面目全非。

"好奇怪啊，这么大的火，这骨灰坛居然一点都没被烧坏……"这时，消防员捧着一个骨灰坛走了出来。

李晓翔和陈玉敏一见，顿时也愣住了，这骨灰坛正是张欣的，刚才那么大的火势，这石制的骨灰坛居然一点都没留下瑕疵，简直不可思议！

"给我吧！这是我女朋友的骨灰。"李晓翔主动上前说道。

随后，那消防员就把骨灰坛交给了李晓翔。

李晓翔捧着骨灰坛走到陈玉敏身边，说道："其实，我刚才见到了张欣，她好像还有话要跟我说……"

"那她说什么了吗？"陈玉敏问道。

"没有。"李晓翔摇摇头。这个事情绝对给他的内心蒙上了阴影。

"看来肯定又是你的幻觉。"陈玉敏笃定说道。

"也许吧！"李晓翔应了一句，看着手中张欣的骨灰坛，心里莫名地预感有些事情似乎并没有结束。

之后，两人就离开了祖宅，回了各自的公寓。

尽管经历了祖宅的诡异事件，但对李晓翔来说，这似乎已经成了习惯，第二天他还是像往常一样到公司上班。

一天下班后，李晓翔接到陈玉敏的电话。

"我马上下班了，有空一起吃饭吗？"

"好啊！"李晓翔直接答应道。

"那就吃泰国菜吧！我在西湖路的那家泰国菜餐厅等你……"

约好后，陈玉敏就挂了电话。

之后，李晓翔就去了那家泰国菜餐厅，进了餐厅，就见到陈玉敏在预订的座位上对他招手。

李晓翔坐下后，陈玉敏问道："菜我都已经点好了，你的回忆还顺利吗？"

"顺利，而且，已经能够确定张欣的死与艾艾有关……"李晓翔点出了关键所在。

"真的吗？太好了，那现在只要找到艾艾，一切就能够水落石出了。"陈玉敏也是十分兴奋和期待。

"是啊！但到现在，我还没有想起她的其他信息。"李晓翔有些遗憾。

"没关系，你肯定能回忆起来的。"陈玉敏鼓励道。

"我也这么觉得。"李晓翔点点头。

用餐的时候，两人都各有心思，就好像有一堵墙一样的隔阂，所以，并没有太多的交流。

陈玉敏见李晓翔话不多，所以，就安慰道："别想太多了，不管发生什么，我都会陪在你身边的……"

"玉敏，你对我真的是太好了，其实，我觉得有些配不上你，而且，我现在的状态……"李晓翔情绪有些低落，"因为张欣，最近我的心一直很乱，就像陷入了一个迷宫……迷茫，毫无方向……"

"没关系，我愿意等你走出来。我就喜欢你多愁善感的样子。"陈玉敏温柔体贴地一笑。

"我也就喜欢你这颗善良的心。"李晓翔被陈玉敏的温柔所打动，伸手捏了一下陈玉敏的鼻子。

陈玉敏轻叹道："毕竟，我也是一路吃了很多苦才有今天的。"

这话匣打开后，陈玉敏就说起了自己的故事。

说到她父母离异，都不愿意要她，差点流落街头，要不是张欣父母看在有亲戚血缘的分上资助她，她可能连高中都读不完，更别说是大学毕业，甚至出国留学。

还说她平常其实挺节俭的，出来工作后，也一对一资助了不少贫困的单亲家庭的孩子。

李晓翔默默地听着，心里自然十分感动。

另外，陈玉敏还说了张欣父母留下的遗产，因为当时张欣父母的死是意外事故，并没有留下非常详细具体的遗嘱，所以，有一部分遗产一直有问题。这部分遗产本来按照张欣父母生前的意思，是要捐出去的，但张欣却不肯，说要自己安排。

当时，她希望张欣能把这部分遗产捐出去，成立一个慈善基金，帮助更多需要帮助的人。

可张欣却觉得她要私吞这部分遗产，对她有很大的误解。

李晓翔听完，心里有了些想法，福伯之前说过，看到张欣与陈玉敏大吵过一次，看来应该就是因为遗产分配的问题。

这个问题已经没什么好追究的了，毕竟，张欣已经死了，而且，现在已经能肯定张欣的死和艾艾有关，跟遗产问题没关系。

"不说这个了。"一想到张欣的事情，李晓翔就觉得心烦，所以，就转移话题，"明天是周末，有什么安排吗？"

"明天晚上有酒会，不如你陪我去参加吧！我不喜欢一到酒会，就被一堆臭男人围着，我需要一个能给我安全感的男人陪着我！"

陈玉敏目光含情脉脉，对李晓翔充满浓厚的情意。

"酒会吗?"李晓翔迟疑了一下。

"是啊,在游艇上的,就两天时间。这不是我想去的,但这是公司的需要,酒会上要谈些业务,你就陪我去嘛!"

陈玉敏一脸撒娇地恳求,她希望能多和李晓翔待在一起,培养感情。

"那就去吧。虽然我不太喜欢去什么酒会,但这是你们有钱人最热衷的聚会方式,想要和你在一起,我也必须学着适应。"李晓翔直接答应道,他确实需要好好放松一下了。

更何况,他以前和张欣感情升温,也是因为长时间的陪伴相处。

之后,两人就先各自回家,收拾行李。

第二十章
游艇酒会

第二天中午，李晓翔就开车到陈玉敏的公寓接她。

因为晚上的酒会挺隆重的，而李晓翔没什么特别好的西装出席酒会，陈玉敏就说要带李晓翔去买。本来李晓翔是不愿意的，毕竟，他现在真不想当个吃软饭的。

不过，最后拗不过陈玉敏的撒娇，他还是妥协了。

所以，两人就先去逛街，买西装，就跟情侣一般。

而陈玉敏对李晓翔也是非常大方，说是买西装，结果，给李晓翔买来一堆的东西。

大概晚上七点钟，两人就开车到了举办酒会的游艇所停靠的港口。

登上游艇后，酒会已经开始了，不少盛装出席的男男女女，三五成群，觥筹交错，把酒言欢。

这次的游艇酒会其实就是一个商界圈内的交流活动，基本上本市有名的企业都会派高管代表来参加。

因为陈玉敏本来就是圈内有名的美女高管，经常出入各大酒会宴会，认识她的人很多，不乏有钱有势的大老板。

如今她又当上了海马集团的总经理，自然令很多追求者蠢蠢欲动。

所以，她一出现，马上就有七八个业内的成功人士，一拥而上，准备攻陷他们心目中的女神。

不过，等陈玉敏身后的李晓翔出现，马上就让这几个成功人士望而却步，一脸扫兴。

而李晓翔一身名牌西装，衬上高挺的身形，英气逼人，一看就让人觉得是什么富二代，或是优秀年轻的企业家之类的，所以，也足以让很多对陈玉敏有心思的打消念头。

李晓翔表现得很低调，全程陪在陈玉敏的旁边应酬，而陈玉敏介绍他的时候，言语间也带着些暗示，让人觉得李晓翔就是她的男朋友。

就这样过了一晚，李晓翔很称职地完成了他的任务。

好不容易等酒会结束，两人就一同回预订的房间。

陈玉敏目光温柔地看着李晓翔："今晚辛苦你了，陪我这么久……"

"这不就是我这个假男朋友该做的吗？"

李晓翔打趣了一句，虽然他和陈玉敏之间还保持着一定的距离，但其实，他知道自己对陈玉敏也有些感情了，毕竟，这段时间，都是陈玉敏陪他走过来的。

两人的房间是对门的，送陈玉敏进了房间后，他就转身进了自己的房间。

这种游艇式的酒店，他还是第一次住，感觉还挺新鲜的。

回到房间后，他就脱掉西装和内衣，围着浴巾，赤身走进浴室，准备冲澡。

这时候，一阵敲门声随之响起，让他猛然回神，心里莫名地有种不安和躁动。

很快，敲门声又响了。

所以，他就走出浴室去开门。

门外，陈玉敏娇躯玉立，身上换了睡袍，因为晚上喝了不少红酒，所以，面若桃花，分外妖娆，充满十足的魅惑。

"这么晚了，还不睡啊？"李晓翔问道。

"睡不着，不介意让我进去坐坐吧！"陈玉敏媚眼一抛，同时，目光落在李晓翔那健壮的上身，那眼眸里透出一丝疯狂的情欲。

李晓翔笑着伸手做了一个恭请的动作，陈玉敏嗔看了他一眼，就走进了房间，然后，很随意地坐到了床头。

"最近工作压力太大了，感觉好累啊。"陈玉敏抱怨道。

"如果张欣看到你这么为公司付出的话，也一定会很高兴的。"

"我只不过是做我应该做的事情。"陈玉敏谦虚应道。

"对了，今天我想起了一件和你有关的事情。"李晓翔突然说道。

"哦，什么事情？"陈玉敏眨着眼眸看着李晓翔。

"我们是不是在半年前见过面……"李晓翔突然冒出一句。

这陈玉敏一听，那神情顿时就愣了一下，但她马上就反问道："有吗？我怎么不记得这件事情？"

"没有吗？难道是我弄错了？"李晓翔迟疑了一下。

"你肯定是弄错了。"陈玉敏语气笃定，但眼神却没有直视李晓翔。

"好吧。"李晓翔笑了下，没有再问。

"看来你的治疗很不成功啊，回头我一定要好好说说王俊。"陈玉敏马上就抱怨起来。

"王医生说这种错觉式的回忆很正常。"李晓翔解释了一下。

"是吗？真是吓我一跳……我先回去睡了。"陈玉敏似乎有些心不在焉地说了一句，就匆匆离开房间。

李晓翔见陈玉敏走后，目光变得深邃起来，因为他从刚才陈玉敏的反应中，感觉陈玉敏似乎在瞒着他什么，会不会和张欣有关？

一夜之后。

李晓翔几乎整夜没睡，莫名地失眠。

所以，天亮后，他就干脆离开房间到甲板上，呼吸新鲜空气。

此刻，游艇正往另一个港口缓缓驶去。

因为刚好是日出时间，他就见地平线上金色的光影破晓而出，瞬间映亮天地，也让他忽然有种豁然开朗的感觉。

这海上的日出真的很美，突然让他感觉似曾相识。

脑海里不由又浮现出一些模糊的记忆画面，就在他努力回忆的时候，突然，背后传来一阵急促的脚步声，没等他反应过来，后脑就被重击了一下，立刻双眼一黑，昏了过去……

等李晓翔清醒过来的时候，发现自己正被绑在一张椅子上，四周漆黑一片，隐约能看出他身在黑黑的房间里面，几乎没有光线。

没多久，小黑屋猛地亮了起来，一盏很亮的聚光灯从一侧射出光线，让李晓翔的眼睛随之眯起。

随后，就听屋外一阵脚步声响起，嘎的一声，厚重的木门被打开，就见一道驼着背的身影走了进来。

"是你?!"李晓翔一眼就认出眼前的人，竟然是赵雄。

"李先生，我们又见面了。"赵雄慢条斯理地走到李晓翔面前。

"原来是你一直跟踪我和陈玉敏。怪不得我一直感觉背后有个影子一样……"李晓翔见到赵雄后，立刻就联想起来。

"小子，之前，我已经三番两次给过你机会了，只可惜你没有珍惜，所以，我也只好用一些手段了。"赵雄神色阴沉地说道。

"之前你因为冥瞳镜和张欣有过争抢，现在又绑架我……张欣的死该不会跟你有关吧?"李晓翔马上质问道。

虽然他现在怀疑艾艾就是凶手，不过赵雄的可能性也很大。

赵雄马上大笑起来，说道："哈哈，小子，你的想象力未免太丰富了，我虽然喜欢用些不太光明的手段，但杀人这种事情，我还是有分寸的。"

紧接着，他神秘兮兮地道："张欣的死我确实没想到，我之前已经提醒过她，让她不要碰这冥瞳镜，只可惜她不听，结果，她还是被这冥瞳镜给害了。"

"我才不信你说的这些邪门歪道，张欣并不是自杀的，是他杀！而你有很大的动机……"李晓翔有些激动起来。

赵雄目光阴沉地强调："我已经说了，我不杀人。我的目的只有一个，就是拿到冥瞳镜，只要你愿意交出来，我们一切都好商量。"

"做梦!"李晓翔很有骨气地回应。

"不管你信不信，这个冥瞳镜真是太邪门了，我这可是为你好。"赵雄十分直接地说道。

"你还是不信吗？那就看看拿到冥瞳镜的都是什么下场……"

赵雄说着，从口袋取出一张照片，拿到李晓翔的面前。

就见照片上是一间浴室，一名美丽的女子正穿着泳衣泡在浴缸里面，头发盖着半张脸，一动不动，双眸紧闭，就像是睡着了一般，但给人的感觉，却是毫无声息。

李晓翔身体有些颤抖，双目圆瞪，震惊无比，因为第一眼，他就以为这女子是张欣。

但仔细一看，只是像张欣。

所以，他脑海里浮现出另一个名字。

"是艾艾！她是艾艾……"

虽然他可以怀疑照片可能是伪造的，但赵雄应该不知道他认识艾艾才对，所以，没理由伪造艾艾死亡的照片。

"当时，我查到这女人手里有冥瞳镜，想要高价出手，所以，就派人四处找她，但找到她的时候，她已经死了，死的地方也是一家酒店房间……她的身份我就不用说了吧！你应该认识她……这玩意儿是真邪门，尤其是得到它后，就会有一模一样的死法，张欣是这样，她也是这样……"

"她是什么时候死的……"

李晓翔不由吼了一句，额头青筋暴突，可见他此时的迷茫和愤怒。

赵雄也有些神经兮兮的。

"这也是我一直奇怪的地方。这玩意就是这样突然消失，然后，又突然出现，不然，我为什么对它这么感兴趣。兄弟，相信我，你如果不想步她们后尘的话，就把冥瞳镜交给我……"

愤怒归愤怒，李晓翔还是很快冷静下来，既然艾艾也是因为冥瞳镜而死，那如果不是冥瞳镜邪门的话，就是连环杀人案了，凶手是谁？

如果是赵雄，完全没必要编这些邪门歪道的谎言，还不如直接对他严刑拷打，说不定他就交出来了。

但不是赵雄，又能是谁？

"怪不得我一直找不到艾艾，原来她已经死了……"

李晓翔越想越不明白，忽然有一种无力感。

不过，从赵雄的这张照片，他却得到了线索，那就是张欣死的时候找不到的那个冥瞳镜，显然是被艾艾拿走的，打算趁机赚一笔，结果，却因此没了命。

之后，冥瞳镜又下落不明，最后，便到了他的手里。

那最后是谁把这个眼镜寄给他的？此人的目的是什么？

难道这个寄眼镜的人和自己有深仇大恨，要杀死自己身边的每一个人？

他一边想着，一边怒问赵雄："艾艾的尸体呢？你没报警吗？"

"我不会自找麻烦的，她的尸体我叫人偷偷送去火化了，现在骨灰寄放在某个公墓……你放心，我做人还是很厚道的。你现在相信我了吗？这个冥瞳镜就是一个不祥之物。"赵雄依然笑呵呵地说道。

"那你要这个冥瞳镜做什么？难道你不怕也被诅咒吗？"李晓翔瞪眼质疑。

"这个就不要你管了。"赵雄哼了声，"我现在给你两个选择，第一个就是交出冥瞳镜，并且，接受我开给你的价码，第二个就是让你吃尽苦头，我不介意一根一根地掰断你的手指头，然后，再一根根地掰回去……"

"我死也不会把冥瞳镜给你的。"李晓翔死撑道。

"小子，你有骨气，那别怪我动手了。"赵雄冷冷一笑。

"随你!"李晓翔一副大义凛然之色。

就在此时,赵雄的手下突然拿了一个手机走了进来,递给了赵雄。

赵雄接起后,听了几句,就把手机丢给了手下。

然后,他对李晓翔笑道:"虽然你小子不识趣,但你的女人却很关心你,所以,愿意拿冥瞳镜来交换……"

"陈玉敏?"

"你小子的艳福真不浅,先是妹妹,接着又是姐姐,还有前女友,等我拿到冥瞳镜后,自然有人放你出去,老老实实待着吧!"赵雄说完,就径直离开了小黑屋。

大约两三个小时后,两个黑衣保镖走了进来,拿着一块黑布,将李晓翔的眼睛蒙上后,就将李晓翔带出了小黑屋,之后,就上了一辆车。

也不知道过了多久,车子突然停下,而李晓翔直接被推下了车。

因为眼睛看不见,手脚又被绑住,所以,李晓翔只能待在原地。

大概十几分钟后,他听到一阵高跟鞋的脚步声,很快,他脸上的眼罩被拿下,陈玉敏一脸紧张地看着他。

"李晓翔,你没事吧?"

"我没事,你把冥瞳镜给赵雄了?"

陈玉敏咬牙点点头:"对不起,我知道你肯定是不愿意的,但我真的很担心你,所以……"

"不怪你,只能说赵雄太卑鄙了,也许他早就计划好了一切,就等着我上钩了。"李晓翔痛恨地说道。

"我们先回去吧!"陈玉敏帮李晓翔解开绳子后,就扶着李晓翔回到不远处的车上，载着李晓翔回了她的公寓。

到了公寓后，陈玉敏就让李晓翔先坐下休息，然后，去浴室给李晓翔放了洗澡水，放完后，就让李晓翔到浴室泡个澡，放松一下。

李晓翔进了浴室后，就脱掉身上的衣物，泡入浴缸之中，闭上眼睛后，他脑海里就浮现出了艾艾死在浴缸里的那一幕。

虽然他并不清楚艾艾究竟是怎么死的，但在他看来，也许是他害死了艾艾。

因为他觉得艾艾肯定是跟他分手后过得并不好，甚至受了什么刺激，让她变得偏激。

所以，艾艾才会跟踪他和张欣。

并且，在张欣死后，还拿走了冥瞳镜。

张欣到底是不是艾艾杀的，这一点完全无法证明。

因为冥瞳镜也可能真的像赵雄说的那么邪门，不然，又是谁杀了艾艾？

这艾艾一死，也断了唯一能够知道张欣之死真相的线索。

结果，到头来，他之前的努力也都白费了。

艾艾的死，就算他报警也没有用，赵雄的照片已经拿走，他能有什么证据？

更何况，他也想不起来艾艾还有什么亲人，或许也是和他一样，是个孤儿呢。

大概十几分钟后，浴室的门突然被敲响，陈玉敏的声音随之响起："晓翔，你洗完了吗？"

"差不多了。"李晓翔应道。

"我还以为你睡着了。"

"我马上出来。"李晓翔说着，立刻从浴缸起身，将身体擦干之后，就穿上陈玉敏给他准备的浴袍走出了浴室。

陈玉敏见李晓翔出来后，就温柔体贴地拿了一杯安神茶递给了李晓翔："赶紧喝了，压压惊！"

"谢谢。"李晓翔接过安神茶，喝了一小口，他沉默了片刻道，"玉敏，我刚刚仔细想了一下，我决定不再调查张欣的死因了。"

"真的?"陈玉敏下意识地应道，看起来有些开心，但她似乎也意识到什么，马上又说道，"其实，我也不想再让你因为调查张欣的事情而冒险了，而且，艾艾已经死了，如果她就是杀死张欣的凶手，那她也算是恶有恶报，如果她不是，那张欣只有可能是自杀的，不管是哪个结果，我们都已经没有必要再追查了。"

李晓翔叹了口气："是啊，这次被赵雄摆了一道，还失去了冥瞳镜，一切也就没有意义了。"

陈玉敏说道："现在这种情况，我们也没办法报警，你接下来有什么打算?""

"当然是继续我的生活，我总不能再自暴自弃了。"李晓翔正色道。

"那你还想在公司继续上班吗?"陈玉敏还是担心地问道。

"这合同都签了，不上班的话，那怎么对得起老板你呢！"

"讨厌！"陈玉敏嗔道。

"玉敏，不，我还是叫你敏敏吧，其实，你对我的好，我心里都清楚，再给我一点时间，我应该就能放下来……"李晓翔很深情地说道。

"放心，我会等你的！我可以先不要你的心，但我要你的人，不如你搬到我的公寓来住吧！"陈玉敏忽然从李晓翔的身后搂住他的脖颈，咬着耳朵，语气温柔地说道。

"好啊!"李晓翔想都没想就答应了，他也需要一个环境来忘掉张欣。

"真的?"陈玉敏没想到李晓翔答应得如此干脆。

"当然。"李晓翔忽然眼神迷离地看着陈玉敏，忽然起身将陈玉敏抱了起来，然后，直接往主卧室走去……

第二天，李晓翔就先去公安局找肖雪玲，把被赵雄绑架的事情说了下，包括艾艾可能已经死了。

但因为没有证据，警方没法立案，所以，肖雪玲也没办法拿赵雄怎么样。

不过，肖雪玲还是说她会继续调查一下这个艾艾的线索。

离开公安局后，他就开始搬家。

这整整搬了一天，才总算把原来单身公寓的东西，搬了快一半到陈玉敏这边，也就是原来张欣的那套在市区的豪华大公寓。

收拾完东西后，他忽然看到公寓里面张欣的照片。

"欣儿，如果你没有死的话，我们现在应该会很幸福吧!"此刻，李晓翔看着张欣的照片，心里百感交集。

看了一会儿张欣的照片，李晓翔走到窗前，先平静了一下，因为张欣的公寓很高，所以，几乎可以俯瞰整个区域的夜景，而就在对面，也是一栋高级的公寓大楼。

这时，李晓翔忽然注意到在他对面的一个房间，正有一道身影也站在窗前，刚好跟他隔窗相望，但很快，那身影就转身走了。

他也并没有太在意。

"叮咚!"

这时，门外响起一阵铃声。

李晓翔收起照片，走到门口把门打开，就见陈玉敏大包小包拎了一堆东西，手里还拿着一瓶红酒。

"你怎么这么快就回来了？今天你不是要加班吗？"李晓翔有些意外，因为前面陈玉敏还给她打过电话，说今晚要加班。

"骗你的，我就是想给你一个惊喜，怎么说，今天也是我们同居的第一天，我们当然要庆祝一下……"陈玉敏小脸充满兴奋之色。

"你是打算做饭给我吃吗？"李晓翔挑眉一笑。

"不然呢！我的手艺可是很不错的。"陈玉敏一脸自傲。

李晓翔笑了笑，关上门后，就走到厨房，陈玉敏已经把食材全部拿了出来，然后，从柜子里拿出围兜围上，再从下面的柜子取出一些工具。

"要不要我来帮忙？"李晓翔问道。

"不用了，你看会儿电视，或者上上网，很快就好。"陈玉敏一边说着，一边已经忙碌起来。

李晓翔也乐得清闲，一耸肩，就走到电脑前坐下，闲来无聊，看了看网页。

看着看着，他忽然觉得眼前的视线模糊了一下，紧接着，眼前的电脑突然一黑，然后发出奇异的吱吱声。

他还以为是电脑坏了，就低下身子看了一下电脑的主机，等他再抬头的时候，一张流着血泪的脸突然隐现在电脑屏幕上，赫然是张欣的。

他顿时吓得急忙起身，椅子也随之被撞倒在地上。

"晓翔，怎么了？"这时，厨房的陈玉敏马上问道。

李晓翔刚想说话，那一瞬间头疼得要命，但忽然间，眼前的一切又恢复了正常。

"没事。"李晓翔深深呼吸了一下，这才平静下来，他已经很久没有出现过幻觉了，怎么搬到陈玉敏的公寓，又突然有了幻觉？

被刚才的幻觉一吓，李晓翔也有些莫名的感觉，所以，他就坐到沙发上休息了一下，平复心情。

不过他刚坐下，又想起了什么，记忆的碎片随之拼凑起来。

好像以前张欣就这样恶作剧过，拿着一张万圣节血淋淋的照片作为电脑的壁纸，他一不小心就中招了。

"我这个断断续续的记忆，真是让人不省心啊。"李晓翔用手拍了拍脑袋，但既然不是幻觉，那他就安心了。

大概十几分钟后，厨房就传来陈玉敏的声音："晚餐好了，快点过来帮我拿出去。"

李晓翔马上起身到了厨房，就见陈玉敏一头细汗，胸口的衣服也有些被浸湿，紧贴在胸口。

"看什么呢！"陈玉敏看着李晓翔的眼神，马上嗔道。

"看一位娇俏动人的美女厨娘啊！"李晓翔目光迷恋地说道。

"贫嘴！"陈玉敏嗔笑一句。

李晓翔上前把准备好的两盘牛排先端到餐桌上，然后，又把三小碟配菜放到桌上。

随后，陈玉敏就拿着珍藏版的红酒走到餐桌旁，将两个玻璃杯倒上。

准备好之后，两人就面对面坐下。

"这应该算是我们正式的一顿约会晚餐吧！"陈玉敏说道。

"能陪日理万机的陈总吃这么一顿晚餐，让我倍感荣幸！"李晓翔笑道。

"那我是不是应该和李部长干一杯！"陈玉敏端起酒杯。

李晓翔笑着拿起酒杯，两人碰了一下杯，陈玉敏抿了一口，而他则饮了半杯。

"这酒怎么样？我可是特地到朋友的酒窖里面挑的……"陈玉敏问道。

"不错。"李晓翔点了点头。

"那就多喝一点。"

"怎么？陈总是打算把我灌醉吗？"李晓翔一脸坏坏地看着陈玉敏。

"你看着我的眼神不是已经醉了吗？"陈玉敏挑逗道。

"人醉心更醉。"李晓翔把剩下的一饮而尽。

"快吃吧，凉了！"

李晓翔笑了笑，就和陈玉敏一同享受这浪漫的晚餐。

没多久，这屋子里的电灯突然灭了。

"停电了？"李晓翔和陈玉敏都愣了一下。

"看来今晚我们真的要烛光晚餐了。"因为和李晓翔在一起，所以，陈玉敏并没有感到害怕，反而感觉更浪漫了。

"厨房下面的柜子里有蜡烛，我去拿吧，你就检查一下电箱，电箱在客厅左侧柜子的下面。"陈玉敏说着。

李晓翔马上打开手机的手电筒，朝客厅走去。

等他打开柜子后，就见里面果然有一个电箱，他马上伸手进去，拨动了一下开关，见灯并没有亮。

"敏敏，应该是外面的开关跳了，我出去看一下。"李晓翔对正在拿蜡烛的陈玉敏说完，就走出了门口。

就在他走出门后，突然一阵风灌了进来，直接将门给吹上了。

不过，李晓翔没太在意，径直走到配电箱，检查了一下电表，果然发现电表的开关跳了，他马上将开关拨了上去。

突然，他听到一阵尖叫声传来，正是从他们的公寓传出的。

他急忙冲出配电房，马上敲了几下门。

"敏敏，出什么事情了?"门里面没有反应。

李晓翔想找钥匙，却发现钥匙不在口袋里，他只能继续敲门。

许久之后，门才打开，就见陈玉敏一脸惊慌失措，娇躯都已经在发抖。

"出什么事情了?"

陈玉敏只是摇着头，一副惊魂未定的样子。

李晓翔马上走进公寓，就见刚才桌上的红酒杯打碎了，满地狼藉。

鲜红的酒液就好像鲜血一样。

"敏敏，你先深吸几口气……"李晓翔马上安慰道。

陈玉敏用力深呼吸几下，心绪才平定下来。

"告诉我，刚才发生了什么。"李晓翔道。

"刚才你出去后，这门突然关上了，我还以为是你关的，所以，没太在意。但等我点上蜡烛后，忽然见到有一个影子出现在我面前，我就吓到了。之后，就好像有什么在屋子里乱撞，就跟发了疯似的，然后，灯就亮了起来，客厅就变成这样子了。"陈玉敏一脸害怕地说道。

"你说会不会是欣儿她还有心愿未了，又或许是她不想我们在一起。"陈玉敏抬头看向李晓翔。

"好了，欣儿已经解脱了，你不要胡思乱想!"李晓翔抓着对方的小手说道。

"可我还是怕。"陈玉敏紧紧贴着李晓翔的胸口，令人心猿意马。

　　"我想和你在一起……"陈玉敏说着，突然搂住李晓翔的脖颈，主动将香唇贴上……

　　李晓翔醒来的时候，发现陈玉敏已经不在身边，但床上的凌乱，还有地上散落的衣物，说明了昨晚的激情。

　　李晓翔摇头苦笑："没想到我和她的关系发展得这么快……"

　　因为慢慢放下了张欣的事情，他多少也恢复了本性。

第二十一章
新的项目

起床之后，他稍微收拾了一下房间，就换上一身西装去上班。

开车到了公司的停车场，停好车后，他就朝电梯走去，见电梯马上要合上，立刻一个箭步上前。

等电梯门重新打开后，就见陈玉敏站在里面，还有他部门的几个员工。

"哟，陈总，好巧啊！"李晓翔马上打起招呼。

"是啊，不过，你马上就要迟到了。"陈玉敏故作严肃地说道。

"昨晚喝多了。"

"看李部长不是喝多，是操劳过度吧！"这时，他部门的王主管突然意味深长地说道。

"看来王主管今晚是打算留下来加班了。"李晓翔不由得瞥了他一眼。

"不敢不敢。"王主管急忙摆摆手。

等电梯到了李晓翔的部门后，其他员工便走了出去，就在李晓翔也打算走的时候，陈玉敏马上说道："李部长，你跟我去一趟办公室。"

等电梯门合上后，陈玉敏马上就一脸暧昧地看着李晓翔："李部长昨晚还真是操劳过度了，辛苦李部长了。"

"帮陈总加班，那是理所当然的事情。不过，陈总叫我去办公室，该不会还是要继续'加班'吧！"

"不正经，这里是公司，我可不会乱来。"陈玉敏娇嗔一句。

"那有其他事情吗？"李晓翔问道。

"张欣还在的时候，就想引进一个大型娱乐项目，是目前福市最大的游乐园。"

"这个大型游乐园的前期筹备工作已经基本完成，马上要进入试运营阶段，我想由你来负责这个娱乐项目的运营，也算是帮她完成一个心愿。"陈玉敏说道。

"类似迪士尼乐园？"

"对，该项目之前已经在国外很流行了，张欣在的时候，就让我全权负责，当时还是我出国签约的。如果让你担任这个游乐园的总负责人，有问题吗？"陈玉敏刻意问了一句。

"哦，没问题。不过，我对这种项目并不了解啊！"李晓翔摇了摇头。

"没关系，之前我已经对整个项目的运营做出了一份企划案，你只需要按照企划书进行统筹安排就可以了。"陈玉敏应道。

"好，这也算是张欣的最后一个遗愿吧。"

之后，两人就到了陈玉敏的办公室。

"这里有两个文件袋，里面的资料都是我之前用的。一个是关于项目开发的合同与协议，一个就是关于项目的运营企划，现在都交给你了。"陈玉敏马上从自己的文件柜里拿出两个袋子。

李晓翔接过之后，直接翻开了项目开发的企划书看了几页，马上就被其中的内容所吸引。

连他这种对游乐园不太有兴趣的门外汉，都忍不住产生了尝试的冲动。

"怎么样？"陈玉敏问道。

"你总是比我有才的，我要回去再好好研究一下。"李晓翔露出了严肃的表情。毕竟这是张欣生前没有完成的事。

"要不要我晚上回去陪你一起研究啊！"陈玉敏忽然媚笑道。

"我就怕会跑题。"李晓翔一脸坏笑。

"你真坏。你有什么不懂的就问我吧。"陈玉敏点了点头，很是陶醉在这样的爱情滋味里。

就在此时，陈玉敏办公桌上的电话响起，她马上接了起来。

就听电话那头说了几句话，马上让她脸色一沉。

"东西不是给你了吗？你怎么这样……"两人聊了几句，这个时候陈玉敏很激动地说了一句，然后放下了电话。

"差不多就这样了，我和一个客户还要谈一些重要的事情，你先回去吧！这项目目前是由王副部长跟进的，他那边我已经交代过了，你可以直接过去找他交接……"

李晓翔看了陈玉敏一眼，觉得陈玉敏的举动有些异样，但也没有多问，便拿着两个文件袋转身离开了陈玉敏的办公室。

他总感觉刚才电话里的那个声音有点熟悉，只是他一时之间想不起来是谁。

随后，他就回自己的部门先安排了一些相关工作。

安排好后，他又让秘书联系了一下王副部长，准备一下项目的交接事宜。

刚好王副部长就在项目的施工场地，所以，李晓翔就直接开车过去，打算亲自实地考察一下。

这个娱乐项目的场地就位于市体育场附近的一栋原本已经废弃的地块，正中央还有一栋烂尾楼。

如今这栋烂尾楼已经被翻新，而且，挂上了大幅广告，以后将作为办公中心使用。

到了场地后，李晓翔很快就见到了王副部长。

这王副部长也知道李晓翔和陈玉敏的复杂关系，所以，见到李晓翔后十分热情。

之后，王副部长带着李晓翔进入大楼，介绍了一下四周施工建设的进展情况。

李晓翔站在窗口一眼望去，见大部分的设备都已经安装完毕，现在正在进行后期的一些调试。

很快，他就感觉这栋大楼里有种说不出来的压抑。

"这占地如此大的项目为什么会选择市中心？这土地成本不是很惊人吗？难道其中有什么问题？"李晓翔不由问道。

"这个……"王副部长十分犹豫地应道，毕竟提起死人多少让人有些忌讳。

李晓翔听着，眉头不由一皱。

"如果我记得没错，这楼原本应该是烂尾楼吧！"李晓翔接着随口问道。

"是啊，之前就是个烂尾楼，这栋大楼原本是打算建一个大型商场。结果，这里的开发商因为资金链断裂，最后跑路了，留下这栋大楼抵押在银行，银行巴不得能够早点把烂尾楼和周边的地块甩出去，所以，当时张总就以比较低的价格买了下来。"

"这地块卖得这么便宜，估计不仅仅是开发商跑路吧！"李晓翔眯眼问道。

"我就不瞒李部长了，这楼啊，当初建的时候就十分不顺，先是地基下面有一层非常坚硬的岩石层，为了打地基，这开发商就花了不少钱，之后，在灌注的时候，又有十几位工人不小心被埋了。

"这可是重大的安全事故啊，当时开发商又赔了不少钱，等这大楼快建好的时候，这开发商的资金链又断裂了，银行贷款也批不下来，最后，只能宣布破产。"

"看来是够不顺的。"李晓翔听完，大概明白自己进来后，为什么就有某种不好的感觉了。

"这顺不顺也是看人，我们公司可是大集团，我相信只要我们集团推出海马乐园，绝对能够火爆全市！"王副部长马上拍起了马屁。

"行吧，安全是第一位，不过我希望能精益求精，也能够尽善尽美。"李晓翔叮嘱了一句。

"那是自然。"王副部长立刻点点头。

"这个场地再过三天应该就能够竣工了，完全按照之前要求施工的，保证没有质量问题。"

"带我再参观一下。"李晓翔点点头，道。

王副部长马上就带着李晓翔继续参观起来。

参观完后，李晓翔见没太大问题，便先行离开。

这一忙就是半个月过去，这试运营的准备工作总算结束。

由海马集团推出的大型海马乐园就将进入试运营阶段，若是试运营的反响足够理想的话，就会趁热打铁，展现海马乐园的风采。

而这对李晓翔来说，绝对算得上是工作上的肯定，也是对死去的张欣的一种慰藉。

不过，为了尽可能完美，所以，他打算安排一次体验活动。

周末，李晓翔就特意邀请了一些公司员工，以及刘权、周蕙兰、肖雪玲，还有叶霞，准备到这海马乐园体验一番，看看还有什么不足之处。

他本来也想叫陈玉敏的，但她刚好周末又有重要的会务，所以抽不开身。

一早，所有邀请来的体验者全部在海马乐园的大门口汇合。

此刻，李晓翔和肖雪玲，还有叶霞、刘权他们站在一起。

"这个乐园场地面积不小啊！"肖雪玲朝海马乐园的大门里面看了一眼，不由得叹道。

"原来这里是打算建大型商场的，但后来开发商跑了，所以，当时张欣就干脆买下来了，先开发成这个海马乐园，以后周边再开发房地产。"李晓翔说道。

"直接买下了？唉，白富美的生活是我们这种平民小百姓无法理解的，你说是吧，叶霞！"肖雪玲看向叶霞。

叶霞只是淡淡一笑。

"有时候，有钱人还羡慕你们这种平凡的生活呢！"李晓翔也是有所感叹。

之后，李晓翔就给每个人发了一张体验者的通行证，可以体验海马乐园里面的所有项目。

这时，刘权他们，还有一些公司员工先进了乐园。

"你的冥瞳镜真的交给赵雄了？"见所有人都进去后，叶霞突然走到李晓翔身边，插了一句。

她从肖雪玲那得知，冥瞳镜已经被赵雄拿走了。

"当时赵雄将我绑架的时候，陈玉敏妥协了。具体的情况我都和肖警官汇报过了……"李晓翔皱了皱眉，说道。

"是啊，你说的艾艾，我们一点线索都没有查出来，我查阅了近一年上报的人口失踪案，也没有符合情况的……在没有证据的情况下，我们是不能把赵雄抓回去的。你说的照片，也可能是伪造的……"肖雪玲补充道。

李晓翔被赵雄绑架的事情，因为当时没立刻报警，而且，除了李晓翔外，也没任何人证，所以，警方也没法立案调查。

"以我对赵雄的了解，他可是个很狡猾的人，为了个冥瞳镜，他还不至于杀人，也不可能干什么自找麻烦的事情。我感觉关于艾艾的事情，你应该是被他骗了。"叶霞说道。

"唉，我可从没想过你们会将赵雄抓回去，况且我现在也不想追究张欣的死亡原因。一切都尘埃落定吧。

"我只是很好奇，你们从缝隙里找到的录音笔，究竟是什么内容？"李晓翔说道。

"也没什么内容，就是我不想死，我不会自杀的……"肖雪玲心直口快地回了一句，说完之后才发现自己说漏了嘴。

"我可什么都没说……"肖雪玲不由吐了吐舌头。

"心理疾病严重的人，发病的时候应该都会胡言乱语吧。这样也好，你该放下执念了，好好生活吧。不过我最近找过赵雄好几次，他都否认拿了冥瞳镜。

"还有一件奇怪的事，我原来在赵雄那里其实见过陈玉敏的。对了，昨天我去找赵雄的时候，刚好看到他们好像起了争执。"叶霞回忆道。

"赵雄和敏敏吵架？难道上次电话是赵雄给陈玉敏打的？"李晓翔很快想起了上次那个电话里的声音，阴阳怪气的，应该就是赵雄。

而陈玉敏当时的脸色非常难看，因为自己在场的缘故，还将电话直接挂了。

"难道敏敏和赵雄还有其他我不知道的联系？这个必须弄清楚……"李晓翔觉得不对劲，马上拿出手机，拨打了陈玉敏的电话。

陈玉敏的电话显示关机，这让他的心里极度不安起来。

"不行，你们先玩吧，赵雄这个人太危险，我必须去公司找敏敏，把事情问清楚。"李晓翔转身就走。

现在陈玉敏在他的心里，也是有着重要的地位的。

艾艾死了，张欣也死了，陈玉敏不能再出事了。他宁愿永远失去那个冥瞳镜。那个可恶又不祥的东西……

李晓翔刚开车离开海马乐园，肖雪玲就打来电话。

"有事吗？"

"我不放心你一个人，要不，我现在来找你…………"肖雪玲说道。

"没事，这事情我能处理。这赵雄光天化日，也不可能做什么恶事……"李晓翔感谢了一下。

"刚才叶霞在场，我不好意思说，反正我一直挺担心你的。刚才我走出来的时候，发现有辆车子在跟踪你……"肖雪玲很快说到了重点。

"有人跟踪我？"李晓翔心里突然一惊。

他突然想起上次在陈玉敏公寓，看到对面的公寓好像有人在盯着他，当时，他并没有在意，难道真有人在监视他？

他很快平静了一下心情，看了一眼后视镜。后方确实有一辆车，慢悠悠地跟着他。

为了确定这辆车子是否真的跟踪他，他马上一踩油门，提升车速，开始在车流内穿行起来，不出所料的是，那辆车子也同样加速跟了上来。

　　这下李晓翔确认这车子就是在跟踪他，而且，可能已经跟踪了很久了。

　　这莫名其妙地被人跟踪，换作一般人恐怕早就报警了，但李晓翔觉得事情没那么简单，所以，他马上开启导航，选了附近的一个偏僻地方而去。

　　到了一个废弃工厂后，他就把车子停在废弃工厂的深处，同时，自己下了车，迅速藏了起来，在暗中观察。

　　没多久，那辆跟踪他的车子果然也追了过来，随后，一个年轻男子从车上下来，开始东张西望地走了进来。

　　在暗中观察的李晓翔，犹豫了一下，便绕到年轻男子的身后，一个麻利的锁喉动作，直接擒住了年轻男子。

　　年轻男子马上挣扎起来，不过，因为李晓翔的个头比较高，还先下手为强，所以，年轻男子很快就窒息，昏了过去。

　　李晓翔见年轻男子昏了后，就找了条麻绳，将年轻男子绑在一根铁柱上。

　　没多久，年轻男子就悠悠醒来，见自己已经被李晓翔绑住，马上大发雷霆。

　　"喂，你绑着我做什么？快把我放了。你这是犯罪……"

　　"放你可以，但你先告诉我，是谁让你跟踪我的！"李晓翔一脸严肃，问道。

　　"谁跟踪你了？"年轻男子死不承认。

　　"还不承认吗？那我只好打到你承认了。"李晓翔直接捡起地上的一根锈迹满满的铁条。

年轻男子见状，似乎就有些尿了，语气立刻蔫了不少："大哥，我错了，我只是混口饭而已！"

"说吧，是谁让你跟踪我的？"

"我不能说。这是职业道德。"年轻男子一脸惧怕。

"哦，那我只能先教训你一顿，然后再打电话报警，让警察来问你了。"李晓翔耸肩应道。

"是你绑架了我，我才不怕你报警。"年轻男子还很有骨气。

"那就看看吧，我有个朋友是刑警，一会儿去公安局，调查一下，看你说不说……"李晓翔胸有成竹地说道。

年轻男子不由吞了吞口水。

"我说，我说……其实我是受了委托跟踪你的。"年轻男子显然也怕惹什么麻烦，马上承认道。

"你的委托人是谁？"李晓翔一听，立刻问道。

"我只知道是个女的，她见我的时候，都戴着墨镜，看起来挺有钱的。"年轻男子应道。

"她说过为什么让你跟踪我吗？"李晓翔继续追问。

"没有。我之前还以为她是你老婆，怀疑你出轨，所以，让我跟着你。对了，她半年前就已经让我跟踪过你了……"年轻男子语出惊人。

"半年前？"李晓翔有些讶异，没想到自己半年前就已经被人跟踪过了。他马上又问道："她怎么付你钱的？"

"每次我跟她汇报你的踪迹后，她就会在指定的信箱给我放上一笔劳务费。"年轻男子干脆都招了。

"那个信箱在哪？"

年轻男子马上说了一个地址。

李晓翔记下后，就从年轻男子兜里拿出手机，示意道："给她打电话，汇报我今天的行踪。"

"她不接电话的，只能发短信给她。"

李晓翔听完，就点开年轻男子手机里的短信记录，果然看到有一个号码专门接收关于他的行踪，而且，十分简洁，一般就是时间地点，还有所见到的人。

等李晓翔把短信记录翻到最后，看到时间的时候，顿时就愣住了，因为这时间竟然是在半年前他车祸出院之后。

看到这里，李晓翔就更加想要知道让这人跟踪他的女人究竟是谁，他按照之前短信记录的口吻，把他今天的行程汇报了一下，在最后顺便提了一下，他最近手头紧，想要先拿到钱。

短信发出后没多久，他就收到了回复，就三个字："老地方。"

随后，李晓翔就把手机还给年轻男子，说道："兄弟，你听好了，如果你还想保住这份工作的话，今天的事情就不要告诉你的雇主，以后呢，你还是继续跟踪我……"

年轻男子听愣了，他还是第一次见到这么奇怪的人，不过，既然李晓翔都这么说了，他当然不会让自己白白丢了饭碗。

很快，李晓翔就离开了废弃工厂，去了年轻男子所说的那个地址。

这地址是在市区繁华地段的一座大厦内。

进了那座大厦后，李晓翔就到大厦的信箱墙前，找出那个信箱号码，见里面没有东西，就知道那个女人还没来。

所以，他就走到信箱墙旁的角落，守株待兔。

大概半个小时后，一个围着头巾、戴着墨镜的身影出现在信箱前，直接将一个纸袋丢入了那人所说的信箱中，然后，就快步离开。

因为这女的掩藏得十分隐蔽，所以，李晓翔自然无法直接判断，等她走出大厦后，李晓翔马上跟了上去。

很快，李晓翔就看到女子上了一辆车子，而车子看上去极其眼熟，竟然是陈玉敏的车子！

他马上就震住了，犹如遭受晴天霹雳一般，没想到竟然是陈玉敏在派人跟踪他，而且，从半年前就已经开始了。

这到底是怎么回事！

如果陈玉敏半年前就派人跟踪他的话，就说明陈玉敏应该早就认识他了，可当初他进公司的时候，陈玉敏却完全将他当成了陌生人，看来其中肯定有他不知道的隐情。

这突如其来的发现，自然让李晓翔有些左右为难，原本他以为可以信任的人，却似乎隐藏着他所不知道的秘密。

就在李晓翔感到焦头烂额的时候，陈玉敏恰巧打来电话。

李晓翔心里不由得暗道：会不会是私家侦探跟陈玉敏告密了！

不过，他还是镇定地接起电话。

"我之前开股东会，手机又正好没电，关机了。你找我有事吗？"陈玉敏有些紧张地问道。

"我以为你出什么事了，我听叶霞说，看到你和赵雄吵架了。"李晓翔直接说道。

"哦，是这样的，他怀疑我给他的冥瞳镜是假的，我已经跟他说了很多遍了，但他就是不相信。我已经跟他说了，如果他再来纠缠我，我就报警……"陈玉敏简单地说道。

"那就好，你没事就好。"李晓翔只能敷衍了一下，他的心里很烦躁，无数的谜团让他有些不知所措。

"谢谢你，谢谢关心，我爱你。"停顿了一会儿，传来陈玉敏由衷又深情的话语。

"你现在在做什么？"

"我？我不是和叶霞他们在海马公园体验吗？不然，我怎么知道这事……"李晓翔叹了口气，顺水推舟道。

"这样啊，那晚上一起吃饭吗？"陈玉敏直接在电话里问道。

"好啊，我等下会回趟公司……"李晓翔说完，就挂上电话。

回到公司，李晓翔根本无心做事，看着桌子上密密麻麻的文件，他不由得拍了几下脑袋。

来来回回走了一会儿，关于陈玉敏的这些疑点，他还是理不出任何头绪。

"张欣、陈玉敏，还有艾艾，她们之间有什么关系呢？"

"张欣的死，艾艾的死，真的是因为冥瞳镜吗？"李晓翔不停地用手指敲击着桌子。

发了好一会儿呆，他终于耐着性子，将桌上的所有文件整理在了一块，拿出了之前陈玉敏给的关于海马乐园的两个文件袋。

一个文件袋里装的基本都是合同协议，另一个则是各种推广方案。

海马乐园的后期营销基本都是按陈玉敏之前给的企划案走的，李晓翔只是加了一点自己的创意，算是锦上添花。

默默地将桌上的文件分类装进了袋子里，李晓翔好像突然看到了一个非常熟悉的字眼。

在一份合同的下方，有张欣的签名，"张欣"这两个字的签名非常显眼，让李晓翔不由得放慢了速度。

这个签名明显与之前他遭遇车祸的时候，艾艾送他去医院的手术通知书上的签名一样。

李晓翔的记忆力非常好，自然不会那么容易弄错。

之前陈玉敏说过，这个海马乐园版权引进的合同是她出国签的，那一定也是用张欣的名字代签的。

而自己车祸的那天，张欣已经死了。难道车祸的时候，送他去医院的人不是艾艾，而是陈玉敏？

然后张欣和艾艾都是被陈玉敏所杀的？不，不，以陈玉敏那么胆小的性子，不可能杀人的。

他突然决定先不打草惊蛇，等将这个合同上的字迹拿去肖雪玲那里做个笔迹鉴定后再说。

或许这合同真的是张欣签的，只是她们两个人的签名有点相似，这只是一个巧合呢？

一路走来，陈玉敏对于他的关心不假，情感更不像是伪装的，不过陈玉敏肯定知道一些不为人知的事情。

大约三个小时后，陈玉敏又打来了电话。

今天虽然是周末，不过因为海马乐园即将开业，相关部门都在加班加点，于是两人从公司分别出发，到之前经常去的餐厅汇合，以避免同事们的闲言闲语。

李晓翔心事重重，他顺路买了一张新的电话卡，进餐厅的时候，陈玉敏还没到，他就先找了个位置坐下。

没多久，陈玉敏也来了。

两人各自点餐后，陈玉敏就对神色一直不太对劲的李晓翔说道："晓翔，我觉得你今天精神不太好……"

"我没事，可能是因为我又想起了一些事情。"李晓翔故意试探了一下。

"什么事情啊！"陈玉敏一听，那神情马上有几分紧张。

"也没什么事情，还是一些乱七八糟的记忆片段。"李晓翔含糊地说道。

"如果你能记起什么，一定要跟我说。"陈玉敏立刻嘱咐道。

"我知道了。"李晓翔笑了笑。

等上餐之后，两人就开始用餐，吃得差不多后，李晓翔借故上了一次洗手间，借此平息着自己的心情。

他打开水龙头，把水狠狠地拍在了自己的脸上，然后用手洗了一把脸。他第一次突然希望张欣真是自杀的……

刚将手移开，他就看到了张欣的容颜出现在了卫生间的镜子上。

"张欣？"李晓翔以为是自己的幻觉，但又感觉无比真实。

"李晓翔，你为什么抛弃我！"镜子中的张欣突然一脸木然地对李晓翔质问。

"我没有抛弃你，没有……"李晓翔急忙摇头。

"那你为什么和陈玉敏在一起？"

"我们彼此都是真心的，虽然有点对不起你，但做人总不能沉浸在过去。"李晓翔辩解道。

"我恨你！"张欣大声嘶叫，刺耳的声音在卫生间里面回荡，好似要刺穿李晓翔的耳膜。

"欣儿，为什么还没有离开？难道你还有什么未了的心愿？还是说，你一定要我找出这个凶手……"李晓翔不由得有些抓狂，他的内心极其矛盾。

"那到底谁会是凶手呢？真的是陈玉敏吗？"此刻的他已经满脸泪水，无比自责和痛苦。

短暂冷静了一会儿，他很快装上路上新买来的电话卡，发了几条短信给陈玉敏。

短信上的内容写的是："表姐，我是张欣，你还记得我吗？"

"我是怎么死的，你应该比我更清楚吧？"

……

等李晓翔回到位置上的时候，他就见到陈玉敏从包里拿出自己的手机，看到手机上的短信内容，娇躯顿时颤抖了一下，好似见了鬼似的。

看样子，陈玉敏很想给对方回个电话，不过见李晓翔在场，也就作罢。

只见陈玉敏慌慌张张地删掉这些短信后，还盯着自己的手机发愣，所以，李晓翔故意问道："怎么了？"

"没事……可能今天身体有些不舒服。"陈玉敏说道。

"要不要去医院看看？"

"不用，不用，工作太累，我回去休息一下就好！"陈玉敏说着，神情有些惶惶不安。

"好吧，你的脸色不太好看，我送你回去吧！"李晓翔继续关心道。

陈玉敏没有拒绝。

回到家，陈玉敏依旧心不在焉的样子，这让李晓翔心中的怀疑越来越浓。

李晓翔故意试探着向她借手机打个电话，对方将手机紧紧地拽在手里。

"我正好有要事要打个电话，今天我应该生病了，今晚一个人好好休息下……"陈玉敏敷衍了几句，然后就将自己锁进了屋子。

李晓翔不知道陈玉敏在里面做什么，不过陈玉敏给自己的那个新号码回了一个电话，他没有接。

过了一会儿，短信陆续来了几条，是陈玉敏发的。

"吓我？张欣已经死了……你到底是谁？"

"你是赵雄吗？冥瞳镜和股份不都给你了吗？"

……

最后一条短信是：

"你到底是谁？如果你想要钱，我可以给你，不要纠缠我……"

这是一个不安的晚上，陈玉敏很明显心虚了。

李晓翔绝对没有想到这样的一次试探，竟然引出了这么多问题。当然，就算陈玉敏不是凶手，她一定也知道些什么。

从短信看，还有叶霞口中提及她和赵雄还在古物行里起了冲突，张欣和艾艾的死，绝对和赵雄脱不了关系。

那陈玉敏和赵雄究竟是狼狈为奸，还是被赵雄给威胁的？

李晓翔想了一会儿，推断出了两人很简单的杀人动机。

陈玉敏，最直接的动机应该就是为了家产；至于赵雄，那就是想得到张欣手中的冥瞳镜。

不过，这些都只是猜测。这时，李晓翔忽然意识到了什么，随后，就拿起手机给叶霞打了个电话。

"叶大美女，求你办点事情！"李晓翔开门见山地说道。

"说吧。"叶霞回应得很干脆。

"你和赵雄很熟吧？我想让你帮我探听一些事，我想知道这艾艾是不是真的死了！我现在感觉艾艾好像并不存在……"李晓翔之前就怀疑在他记忆里出现的那个艾艾不太真实。

他认为赵雄很可能是编造了艾艾的假死，间接逼陈玉敏交出他的冥瞳镜，这一切就像是早已设好的圈套。

"哦，我知道了。"叶霞没有多问什么，直接挂了电话。

"这女人多说一句会死啊！"李晓翔抱怨了一句。赵雄是地头蛇，背景非常强大，在他的感觉里，也只有叶霞有办法对付这个人。

剩下的就等明天去找肖雪玲做笔迹鉴定。如果鉴定的结果一样，那么陈玉敏自然脱不了关系。

夜色越来越深，外面漆黑一片，相邻两个房间里的一男一女今晚都将无眠。

李晓翔躺在床上，大脑里浮现出着以前到现在的一点一滴。

他感觉自己在做梦，梦里的他突然感觉到好像有一种莫名的力量正在将他拉着往水里坠去。

下一刻，他整个人瞬间就浸入水中，在无形的压力下，他根本浮不出水面。很快，他嘴里的空气已经用光，大量的水开始灌入他的鼻子和嘴，他感觉自己就快要窒息了。

同时，他的脑海里再度回忆起之前的记忆，而这一次整个记忆片段更加清晰具体，时间跨度更长，而且，也与之前在王俊诊所恢复的记忆有些不一样。

这记忆的时间是半年前，地点就在阴缘山的那个酒店的房间内，他正躺在床上看电视，而浴室里传来哗哗的水声。

"我要定制一个最美的婚纱，我要弄一个最棒的婚礼，我还要……"张欣的声音是那么温柔好听，她完全沉醉在幸福的海洋之中。

"那你这次要真的走出来，别再迷恋那个冥瞳镜了。"他回了一句。

"嗯，我全部答应你，你可是我的精神支柱。"张欣应着。

这时，突然，浴室里想起手机声。

"表姐啊……哦，我知道了……"就听张欣的声音在浴室里响起。

之后，就听张欣叫他："李晓翔，我表姐说有一份重要资料要让我签字，你能不能帮我下去拿一下……外面好像下了很大的雷阵雨，你记得带伞……"

"哦，那她明天不去苏姑墓了吗？我还想见见她呢，真的和你长得很像吗？"他不由问道。

"她说公司临时有其他事情，今晚就要赶回去。"张欣应道。

"你表姐还真是工作狂啊！"他调侃道。

"你别乱说，如果不是她的话，我一个人怎么可能管得了那么大一家公司。"张欣嗔了一句。

说话间，他已经换上衣物，打着雨伞，直接出了门。

走到酒店门口的时候，确实是大雨倾盆，可见度不高。

他等了好一会儿，根本不见有人过来，以为是约错了地方，就打着雨伞朝着路边的灯光而去。

到了路口后，他并没有看到张欣表姐的车子，所以，就站在路口等着。

就在此时，一辆大卡车急速从路口的一侧开了过来，不知为何，突然车头一歪，直接朝站在交叉路口的李晓翔冲去。

等他反应过来的时候，大卡车已经冲到他的面前，尽管他及时跳开，但还是被大卡车碰上，整个人被直接撞到一侧山体的岩壁上……

蓦地，李晓翔感觉一阵天昏地暗，昏睡过去。

……

第二天一早，昏昏沉沉的李晓翔先送陈玉敏去上班，陈玉敏也很明显一夜未睡，顶着两个黑眼圈，犹如熊猫一样。

因为昨晚莫名其妙地回忆到了关键处，李晓翔也不确定那个撞车的记忆是真是假，他就又去了王俊的诊所，因为他必须再次确认自己的哪段记忆是真实的。

结果，他发现王俊的诊所已经停业了。

这也证明王俊之前的治疗是有的问题。之前王俊先入为主，将李晓翔的心结确定为了是分手的艾艾导致的，所以，在催眠中他的记忆里总是有艾艾的出现，这也让他的回忆出现了一些偏差。

　　那么王俊的目的也很简单，就是想误导他，将一些不存在的记忆强加给他。

　　可以肯定的是，王俊这样做和陈玉敏脱不了关系，这个女人究竟想要隐瞒什么不可告人的秘密呢？

　　之后，李晓翔就去了肖雪玲的刑侦队，申请让肖雪玲再帮他做次笔迹鉴定，当然，这一次是拿陈玉敏签的那份合同。结果让李晓翔和肖雪玲都备感意外。

　　"李晓翔，这个张欣签名的笔迹，怎么会和上次你给我的病危通知书上的签名是一致的……这究竟是谁签的？"肖雪玲也意识到了不对劲。

　　"陈玉敏。"李晓翔默默地吐出三个字。

　　"陈玉敏？"肖雪玲也怔住了。

　　"我现在可以肯定，陈玉敏就是当时送我去医院的那个好心人。"李晓翔笃定道。

　　"如果真的是她的话，那她应该早就认识你才对。可你不是说，你是在调查张欣死因的时候，才和陈玉敏认识的吗？"肖雪玲一下子就点出了问题的关键。

　　"所以，我有理由怀疑陈玉敏在隐瞒什么，或许跟张欣的死有关。"李晓翔十分笃定地说道。

　　"为什么这么说？"肖雪玲不解地看着李晓翔。

　　"其实，从阴缘镇回来后，陈玉敏的举动就十分反常，对我的态度也变得暧昧，而且，还主动推荐了一个心理医生给我，我原本以为她是喜欢我，现在看来，并非如此，她是想掩盖什么。另外，我发现她在半年前就雇佣人跟踪过我，而且，我也试探过她，她的反应也跟我预料的一样……

"另外再结合赵雄这个人的一系列举动，我想他们两个都有问题。"李晓翔认真地分析道。

"任何事情都要讲证据，如果没有证据，一切都无济于事。"肖雪玲毕竟是个警察，所以，还是十分谨慎。

"如果叶霞再帮我调查的话，或许，她有办法证明。"李晓翔现在就指望叶霞那边能有什么好消息，不然，他们就必须另想办法。

"叶霞？你是怀疑赵雄和陈玉敏合伙杀死了张欣？"肖雪玲很快反应了过来。

"那你就等她回来替你证明好了，我要回去工作了。"肖雪玲说道。

"陈玉敏对我的感情似乎一点都不假啊。我真不想怀疑她。"此刻，李晓翔的脑海里充满无数的疑惑。

不过，等他冷静下来后，他也开始察觉到陈玉敏一直以来对他的暧昧态度，莫非，陈玉敏之前就对他暗生情愫，只不过因为张欣的原因，所以，并没有表现出来？

而他失去记忆后，陈玉敏就隐瞒了之前的事情，重新接近他，如果这样解释的话，或许就能够解释通了。

也许陈玉敏的把柄被赵雄抓住了，她并不是凶手呢？

但李晓翔还是觉得自己遗漏了什么。

"唉，我真没用。为什么我什么都想不起来呢？"李晓翔越来越烦躁，不由得用手拍打着自己的脑袋。

不明不白，才是最大的折磨，而最后发现身边的最亲密的人才是真正的凶手，这才是最大的伤害。

"没事了，没事了！"肖雪玲不由得有些怜悯他，便走上前将李晓翔抱住，轻声安慰。

过了好一会儿，李晓翔才冷静下来。

"你的大脑受过伤，所以你别想太多了，找出真相再说。"肖雪玲也不知道该说什么，但她看得出李晓翔对张欣的感情恐怕现在都还没有消失。

第二十二章
真相大白

就在这个时候，李晓翔的电话响了。他接了，是昨天的那个人。

"雇主昨晚联系我，好像发现了情况。"他在电话里忐忑地说道。

"那你说了什么？"

"我就说，被跟踪人发现了我的存在，不过并没有透露更多的信息……"

"那雇主还说了什么？"

"雇主让我停止跟踪。"

"好，我知道了。"李晓翔点了点头，事情发展到现在这样，总是要坦诚相见的。

就在肖雪玲准备离开的时候，李晓翔突然拉住肖雪玲说道："我有个主意，或许可以让陈玉敏露出马脚。"

"你想做什么？"肖雪玲眯眼看着李晓翔。

"不做亏心事，不怕鬼敲门！我准备这样做……"李晓翔目光轻凝了一下。

离开刑侦队后，李晓翔回公司上班，他必须装作什么事情都没有发生过一样。

下午下班，李晓翔就找借口跟陈玉敏说，要去刘权的酒吧聚会，迟一点回去。

晚上九点多，单独加班回家的陈玉敏刚打开门，就见公寓里面一片漆黑。

"奇怪，我早上出门的时候，应该是留着玄关灯的。"陈玉敏伸手按了一下门旁的开关，发现没有一盏灯亮起来。

"难道是停电？不对啊，隔壁刚才还有电视声，难道是跳闸了？"陈玉敏寻思着，就先打开了手机的手电筒，打开鞋柜下面的电匣，准备看一下。

就在此时，蓦地，她的手机响了起来，就见上面又是那天的张欣的短信。

短信的内容一样："表姐，我是张欣。"

"又是谁在恶作剧！"陈玉敏看了一下，脸色一变，也没当一回事。

过了一会儿，手机突然响起，接听后就传来阴沉沉的声音。

陈玉敏见状，挂了手机，就准备继续去开闸，突然，短信再次来了。

她下意识地看了一眼，就见短信写道："表姐，为什么不接我电话？我在下面好寂寞啊！"

陈玉敏皱了一下眉头，就在她觉得还是恶作剧的时候，接下来的一条短信，让她不寒而栗，哆嗦了一下。

这条短信写着："表姐，那天为什么你和李晓翔都丢下我不管？我死得好惨……"

"不可能……不可能，那天的事情除了我之外，应该没有人知道的，李晓翔他已经失忆了。"陈玉敏不由神情恐慌地呢喃起来。

这时，浴室突然传来哗啦啦的水声。

陈玉敏又被吓了一跳，就想夺门离开，但发现房门已经被从外面封死了。

蓦地，就见漆黑的角落，一道红衣长发的身影慢慢飘出，更是吓得陈玉敏娇容惊变。

"表姐，你为什么要骗李晓翔？为什么不告诉他真相……"红衣身影声音幽然地质问。

"我没有骗他，我没有……"陈玉敏立刻摇头。

"你明明知道我和他的关系，也知道我是怎么死的，但你却没有告诉他。"红衣身影声音凄厉地质问。

"我是为了他好。"陈玉敏说得十分肯定。

"表姐，你不要再自欺欺人了，你不就是为了想要得到我的一切，所以，才想害死我的吗？"红衣身影继续质问。

"没错，我是想得到你的一切，但我并没有害死你，真正害死你的人是李晓翔，如果不是他把你的药换了，你也不会溺死！"陈玉敏突然说出了一个惊人的真相。

红衣身影似乎也愣住了，一时间不知道该不该相信陈玉敏的话。

这时，被反锁的房门突然被打开，就见李晓翔从外面走了进来。

他直接对陈玉敏问道："你说是我害死欣儿的？"

"你们？你们这是干什么？"陈玉敏很快反应了过来，她知道自己上当了。

这红衣女鬼也撩开头发，朝陈玉敏吐了吐舌头。

原来这红衣女鬼是肖雪玲假扮的。

"你不要再装模作样了，张欣的死，绝对和你有关系。警方也已经找到有力证据了。"李晓翔大声说道，故意给肖雪玲打了一个眼色。

"对，李晓翔半年前车祸的签名，和你之前替张欣签名的合同笔迹一样，说明你们是同一个人。另外，我们在浴缸的夹缝里发现了一个录音笔，留言的内容指向的也是你……对了，还有你的同伴赵雄也已经投案自首了。"肖雪玲吓唬道。

肖雪玲起初自然不可能答应配合，不过她却经不住李晓翔的死缠烂打，最终还是妥协了。

这些话也只有肖雪玲说出来才有一定的权威性，这样才会压垮陈玉敏。

"赵雄已经自首了？"陈玉敏听到这个名字，内心一下崩溃了。

"果然是你和赵雄合伙杀死了张欣。"李晓翔一下就明白了过来，看来他之前的猜测是对的。以陈玉敏一个女流之辈，那么胆小的性格，怎么可能亲手杀人呢？

"不，我不是说了吗？张欣是你杀的……"

"我？"李晓翔有些纳闷。

事到如今，陈玉敏已经没有什么好隐瞒了，马上道："没错，就是你害死欣儿的。车祸是我和赵雄合谋制造的，他要那个冥瞳镜，而我想要公司。

"古物行的赵雄几次想从欣儿手中买回那个冥瞳镜，只是欣儿一直不想卖，她认为那个冥瞳镜可以看到过世的亲人……

"我们最后想到了一个办法，就是人为制造车祸，但没有想到的是，那天，突然下起了雷阵雨，能见度极低，欣儿又正好让你下来帮忙拿东西……

"结果司机辨认不出男女，所以就变成了你出了车祸，如果不是我及时送你去医院的话，你早就死了。"陈玉敏说道。

"那为什么说是我害死欣儿的？"李晓翔继续问道。

"看来你的记忆还没有完全恢复，就让我来告诉你所有的真相吧！"

之后，陈玉敏就缓缓说出了一个让李晓翔和肖雪玲都十分诧异的真相。

一切还要从半年前说起，半年前，李晓翔因为与女友艾艾分手，黯然神伤，经常混在夜店，纸醉金迷。

突然有一天，他受到一个匿名的委托，接近张欣。委托人答应给他一笔丰厚的报酬，刚好那时候他缺钱，所以，就接了这委托。

而这委托正是陈玉敏安排的。

当时张欣的父母车祸突然去世，留下庞大的家业让她继承，因为压力太大，让她的心理疾病越来越严重，甚至经常梦到她的父母。

由于张欣的心理疾病越来越严重，让陈玉敏产生了夺取遗产的心思。于是，她就想到了个办法，让张欣慢慢失去理智。

陈玉敏对张欣说阴缘镇拍卖一件古物冥瞳镜，据说戴上后，就能够看到逝去的人。

于是，张欣就去阴缘镇，结果，还真让她买到了那个冥瞳镜。

同时，接受陈玉敏委托的李晓翔，假装在咖啡店偶遇张欣，知己知彼之后利用交友网拉近了两人的距离，之后，又正好英雄救美。

一夜情之后，两人就这样在一起了。

同时，买到冥瞳镜的张欣，她的病好像变得更加严重了。她经常莫名其妙地收到诡异的电话和短信，都是来自她的父母。

其实，所有的一切都是陈玉敏暗中搞的鬼！

让陈玉敏没想到的是，在与张欣交往的过程中，李晓翔发现自己竟然喜欢上了张欣，然后放弃了所谓的委托。

为了让张欣恢复健康，李晓翔以自己的方法替张欣疗伤。

以前张欣紧张的时候都会失眠，经常用安眠药镇定入睡，李晓翔为了不让张欣继续吃安眠药，所以，就将安眠药瓶和糖果瓶中的安眠药和糖果对换了。

这样的心理疗法非常有用，再加上爱情的滋润，张欣的心情逐步开朗了起来。

在李晓翔的帮助下，张欣的病情慢慢好转，接近康复，而两人的感情也发展迅速，准备结婚。

很快，陈玉敏发现了这件事，突然感觉一切都与他们的计划相违背，眼看自己的一切就要落空。

于是，她找了赵雄走最后一步，打算一不做二不休，除掉张欣，条件就是把张欣手中的冥瞳镜给赵雄，另外还有一部分公司的股权。

本来的计划，是赵雄派人开车撞人，而陈玉敏约张欣出来，没想到李晓翔替张欣去了。

阴差阳错，李晓翔遭遇车祸后，陈玉敏不忍心让李晓翔死。从小到大，她都会将自己和张欣对比，而张欣所拥有的东西，向来都是陈玉敏所嫉妒的。

她送李晓翔去了医院，为了避免嫌疑，在病危通知书上，留下了张欣的名字。

直到第二天，陈玉敏才接到警方的通知，张欣死了！她甚至以为是赵雄再次下了杀手，结束了张欣的性命。

不过等警方带她去看了现场之后，她发现原来情况不是这样的……

那天，李晓翔出去帮忙拿东西，很久都没有回来，张欣莫名地感到害怕，特别是外面轰鸣的雷声，让一个女人心慌。

就这样，张欣的心理症状再次发作，她需要安神。

因为答应过李晓翔，不再吃安眠药，她就在慌乱之下误将糖果瓶子里的安眠药当成糖果吃下，不幸溺死在浴缸之中。

张欣死后，陈玉敏也就顺理成章地接手了公司，而最幸运的就是李晓翔并没有死，只是失忆了，也让她没有了后顾之忧。

因为李晓翔的失忆，警方只是来盘查了一下他也就没有关注了。

因为张欣是海马集团的继承人，为了避免集团公司股价暴跌，这个案子一直低调处理。

毕竟死者的家属在第一时间接受了一切，警方也没有找到其他的线索，案件很快以自杀结案。

最为奇怪的就是那个神秘的冥瞳镜，从头到尾都没有了痕迹，警方没有发现，陈玉敏自然也没有发现，最终赵雄也是一无所获，所以才会耿耿于怀。

这也一直延续到了后面李晓翔莫名其妙地收到冥瞳镜的快递为止。

此外，为了安全起见，避免李晓翔回忆起什么，陈玉敏还是派了人一直暗中跟踪李晓翔。

直到她发现李晓翔竟然在调查张欣的死因，并且，李晓翔的手中突然还有赵雄想要的冥瞳镜，这才让她有些恐惧。

李晓翔是否恢复了记忆？

她只能一直偷偷地跟着李晓翔。

以前陈玉敏和张欣一样，都喜欢穿白色的长裙，时尚性感。不过张欣死后，她就改变了自己的形象，变成了保守的样子，其实也是怕李晓翔想起什么。

不过她每次出现冒充张欣的时候，都会换上张欣之前喜欢穿的衣服。这也导致李晓翔多次认错，以为张欣的鬼魂出现……

之前，在巴士相亲活动的时候，她也是偷偷参加了活动，不过是最后一个单独来的。

当时她还偷偷地溜进李晓翔的房间里面偷走了冥瞳镜，还留下了带泥土的脚印。

直到后面，314房间又出现了死人事件。

她灵机一动，故意引着李晓翔进入死者的房间，甚至将冥瞳镜扔在了那个死者的旁边。

她想让李晓翔以为这一切都是灵异事件。

张欣与陈玉敏的侧面有点相似，再加上衣服和特意的化妆打扮，让人陷入一种错觉。

后来，她感觉这样的跟踪太累，就做了一些安排，找人委托李晓翔，让李晓翔混入公司，与她接近，再从中阻止李晓翔的调查。

……

虽然真相水落石出，可李晓翔却一点都高兴不起来，因为真相太过残酷，让他都有些无法接受。

待陈玉敏说到他将安眠药与糖果对调的时候，他的记忆深处很快就冒出了这个画面，印象深刻，应该不假。

当初想到这样的办法，而且对治疗张欣的心理疾病很有效果，让李晓翔颇为得意。

"陈玉敏，虽然你没有杀死张欣，但因为你的所作所为才害死张欣的，我希望你能够去自首。当然，赵雄也是难逃法网的……"肖雪玲奉劝道，她的身上自然带着录音笔，这是最好的证据。

"你以为我会被你们唬住吗？"陈玉敏的声音突然有些尖锐，她低着头，就好像一只困兽。

不过这些日子来的良心煎熬，也让她想要尽快解脱。

"如果那天我不救你的话，或许，一切都会被尘封。"陈玉敏幽幽叹了一口气，然后，看向李晓翔。

"我真是作茧自缚，为什么会爱上你？"陈玉敏说完后，就无声地流着泪，也不知道是对张欣的忏悔，还是对这段感情的失望。

此刻的李晓翔也不知道该说什么，最后，他默默地离开了公寓。

肖雪玲见状，立刻追了出去。

"那个冥瞳镜后来怎么会出现在我的手中？那个神秘的快递是怎么回事呢？"李晓翔泪流满面，自言自语起来。

当然，要不是冥瞳镜的突然出现，张欣的死因也可能永远被埋没。

只是这个冥瞳镜，没有人知道是怎么来的，就好像有生命一样自己走上门来。

不过，依据陈玉敏所说的真相来看，他之前之所以出现幻觉，并非是冥瞳镜的原因，而是因为他的大脑受过伤，出现失忆，容易产生幻觉。

至于其他的幻觉和假象，都是陈玉敏事先安排好的。

也就是说，冥瞳镜就如叶霞说的，就是一件普通的古物。

但一切的起因，还是这冥瞳镜。

现在唯一还没有揭开谜底的，就只剩下了前女友艾艾。

按照赵雄之前给的照片来看，艾艾死在浴缸之中，手上是拿着冥瞳镜的。

如果照片是假的，艾艾没死的话，那么这一切很可能就是她做的。要不就是有人按照艾艾死前的遗愿，将这个眼镜寄来的。

他怅然回到原来的单身公寓，已经夜深人静。

和陈玉敏同居了一段时间，他已经完全习惯了那样的感觉，最主要的是感情刚刚投入，却要接受这么可悲的结局。

单身公寓已经很久没有回来了，这里灰尘遍布。

不过，李晓翔却感觉这里是最安心的港湾，只是没有心情再去打扫。

他从冰箱拿出来一瓶不知道放了多长时间的红酒，坐在地上，一边喝着，一边陷入回忆之中。

不知不觉，又是深夜。

他已经喝了一整瓶红酒，有些昏昏欲睡，陈玉敏说的一切真相就好像情景再现一样刺痛着他的内心。

他的脑海里浮现的都是以前的点点滴滴，都是张欣的画面。

"认识你很高兴，我叫张欣。"

"我叫李晓翔。"

……

"谢谢你刚才挺身而出，那些人肯定是想来抢我的冥瞳镜，哎哟，你的手受伤流血了，去我家，给你重新包扎一下。"

"哇，你一个人住在这么大的别墅里，不害怕吗？要不要我留下来陪你?"

……

"我们一起去阴缘镇玩一段时间吧。"

"行，你最近心理疾病又严重了，你可别信那些，都是幻觉的。不过我怎么感觉这个冥瞳镜有种怪怪的感觉呢?"

……

"来，睡吧，这是甜甜的安眠药，包你一觉睡到大天亮。"

"哈哈，你又拿糖果来骗我，不过有你在，我什么都不怕，其实爱情比安眠药作用大多了。"

……

"我们结婚吧。"

"好，我们结婚，去过苏姑墓之后你就应该重新开始了，逝者已矣，生者如斯。"

……

一连几天，李晓翔就一直把自己关在狭小的单身公寓里回忆往昔，电话不接，大门不出，实在太饿的时候就叫个外卖，看来他还是无法接受自己害死张欣的事实。

在这期间，李晓翔只接了肖雪玲的电话。

就在李晓翔快把自己完全封闭的时候，肖雪玲突然来了电话。

"叶霞那边有结果了，因为陈玉敏之前的供述，她找到了一些证据，逼赵雄投案自首了。"这是肖雪玲的第一句话。

能让赵雄这样的老江湖认栽，叶霞果然厉害。这一点，李晓翔一直都没有料错。

赵雄是有犯罪前科的人，前几年还未发家的时候，靠盗墓变卖文物生活。一次他盗墓时被困在了墓葬中，还好叶霞这个文物保护者来得及时，救了他一命，所以出狱后一直都叫叶霞为救命恩人。

肖雪玲的第二句话就是陈玉敏失踪了，已经好几天没去公司了，公司也都联系不上陈玉敏，所以，就报了警。

警方也已经立案调查，现在在陈玉敏的家，不过，陈玉敏似乎并没有带任何值钱的东西离开，所以，应该不是畏罪潜逃。

以目前的情况推断，陈玉敏可能凶多吉少。

"难道是艾艾？但艾艾究竟存不存在，谁也不知道……"

况且到目前为止，这个冥瞳镜是怎么寄来的？艾艾究竟是谁，李晓翔一直都没有搞清楚。

"你有空的话，就来陈玉敏家一趟……"

"哦。"

和肖雪玲通完话，李晓翔就尝试给陈玉敏打了电话，但电话是关机的。

李晓翔摇了摇头，他自然不希望陈玉敏以最坏的方式收场，或许等待法律的审判，才是她最终的归宿。

稍微整理了一下，李晓翔先赶去了陈玉敏的公寓。

公寓的楼下，有很多警察站在下面。

"你们到底是怎么做事的？怎么连一个人都看不好？"就听肖雪玲忍不住责备手下的警察，见李晓翔来了，就上前道，"你放心，就算把这里翻个底朝天，我也会把人找到。"

肖雪玲愧疚地看了一眼李晓翔，马上下达搜索命令，同时，立刻又跟市局申请支援。

没多久，又有几辆警车来了，甚至连武警也出动了，开始在全市展开搜索。

但找了一天一夜，始终没能找到陈玉敏。

最后，肖雪玲也只能成立了专案小组，继续寻找关于陈玉敏失踪的线索。

第二天一早，李晓翔又打电话给肖雪玲，询问情况，但还是没有任何线索。

所以，他马上离开公寓，开车去了公司。

到了公司后，他就直接去了陈玉敏的办公室，找到了陈玉敏的秘书。

"李部长，你怎么来了？陈总经理真的失踪了吗？"秘书一见到李晓翔出现，有些意外，同时，也十分疑惑。

因为李晓翔和陈玉敏的关系，在公司已经人尽皆知，所以，陈玉敏失踪，最担心的应该就是李晓翔。

"别问那么多，你把陈玉敏这半年来所有你所知道的行程全部整理出来给我，还有这半年我们公司接到的客户订单，还有竞争对手……"

秘书听完，愣了一下。

"有什么问题吗？"李晓翔马上目光一沉，问道。

"没有。"秘书急忙摇摇头，立刻着手整理起来，她知道自己得罪不起李晓翔。

"整理好以后，传真给我。"李晓翔交代后，就又径直离开了公司。

等李晓翔回到公寓后，这秘书已经把整理好的所有陈玉敏半年来的行程、客户合同，还有竞争对手等的资料都传真过来了。

所以，他马上研究起这些资料，想要看看其中会不会有陈玉敏得罪过的人，心生报复，但研究了一整天，却没有任何线索。

而他的心中，对于那个想不起来的艾艾，越来越不安。

陈玉敏真是凶多吉少吗？

之后，李晓翔就去了刘权的酒吧，想找个地方待一下，他不想回到公寓去。

到了刘权的酒吧，李晓翔并没看到刘权，他马上问了一下酒吧的伙计，伙计说刘权今天没来。

李晓翔也没在意，干脆找了个角落坐下，点了一瓶红酒，独自饮了起来。

差不多半个小时后，就见刘权走进了酒吧。

"翔子，你怎么来了？"刘权见到李晓翔十分意外，因为陈玉敏失踪了，按理说，李晓翔应该在家里等着才对，怎么会突然跑来他的酒吧？

"找个地方让我分分心。我看你这有了老婆就是不一样了，平常以酒吧为家，现在几乎不见人影。"李晓翔无奈地调侃了一句。

"没办法啊！老婆是需要哄的。对了，肖警官那边还没有线索吗？"刘权问道。

"没有。"李晓翔摇摇头。

刘权那眉头也紧皱起来，道："看这情况，对方很有可能就是想要绑架陈玉敏，至于什么目的，现在还不好说，不过，陈玉敏现在的处境确实很危险。"

"所以，我才特地来找你，你毕竟有一些人脉，我想你帮我打听打听！"李晓翔知道刘权交友广泛。

"我明白你的意思，包在我身上，你也别太担心，吉人自有天相！"刘权马上会意道。

李晓翔叹了口气，刘权还不知道后面发生的事，他也没多说什么，又喝了几杯后，才独自离去。

他现在回的是陈玉敏的公寓，希望能等到一个奇迹。他希望陈玉敏的失踪是因为她想找一个安静的地方忏悔一切，很快就会回来。

他的心里始终对陈玉敏有爱有恨，现在更多的是担心。

因为这两天没合过眼，李晓翔就算是铁打的身体也熬不住。

快凌晨的时候，他不知不觉靠在床上睡着了。

醒来的时候，他突然发现枕头下面有一张纸，应该是陈玉敏消失之前放的。

在纸条上还包着一只耳环，至于纸条上，则写着一句话："如果你现在所经历的一切都只是一场梦，你会选择继续做梦，还是清醒过来？我想永远做那个你第一个爱的人……"

他越想越不明白，干脆拿起陈玉敏的耳环仔细看了起来，很快，他就发现这耳环上竟然刻着一个"爱"字。

这时，李晓翔忽然想起他曾经在张欣的遗物中见到过的一只耳环，外形是一样的。

这应该是同一对耳环。

陈玉敏以前说过，这对耳环对于她来说，意义非凡，这是母亲留给她的。

之前她还送了一只给张欣，纪念她们犹如亲姐妹一样的感情，谁知道最后的结果，现实打败了一切。

就算陈玉敏现在大彻大悟了，也是太迟了。

"这个耳环在我的记忆中有点印象，好像什么人也带过……"李晓翔突然陷入了深思。

就在这个时候，李晓翔突然手机一震，收到了陈玉敏的短信。

"我想要了结一切，或许我会给你一个交代！你永远爱的第一个人……"

看完短信后，李晓翔似乎预感到什么。

"陈玉敏的短信是什么意思，难道……"李晓翔想了一会儿，决定去碰碰运气。

他马上就换上衣服，夺门而出。

开车赶到阴缘山酒店的时候，已经是日落时分。

到了山庄后，这里冷冷清清的，根本就见不到多少人。

到了 314 房间门口，他立刻敲了敲门，没有什么动静，不过，房间一边的窗户大开，他隐约听到阵阵水声。

"她真的来这里了？"他从窗户直接爬了进去。

就见房间里没人，而水声是从浴室发出来的。他马上走向浴室，进去之后，他顿时一怔，因为就见浴室内，一个人躺在水已经溢出的浴缸里面。

这人正是陈玉敏。

而她手里竟然拿着冥瞳镜。

李晓翔伸手探了一下陈玉敏的鼻息，已经一点气息都没有了，但陈玉敏身上没有任何伤痕，并不像是谋杀，看起来是和张欣一样的自杀，而且，自杀的场景几乎一模一样。

"或许这就是因果报应吧！"李晓翔叹了口气，便拿起手机给肖雪玲报警了。

就在陈玉敏自杀的现场，她还留下了一封遗书。

遗书的内容分成两部分，一个是财产处理，陈玉敏明显还是很爱李晓翔的，给他留下了张欣的所有遗产。她或许是想把张欣的东西最后留给李晓翔，让他珍惜一切，珍惜当下。

至于海马集团的股份，按她的要求全部捐出去，因为张欣死后，她就一直感到不安，所以做了很多很多公益活动，想减轻自己的罪孽。

除了财产处理之外，其他的内容更是出人意料。

因为谁都没有想到，在之前陈玉敏供述的内容中故意遗漏了一个事实，那就是所谓的李晓翔的前女友艾艾。

李晓翔之前看到的赵雄手上那张艾艾死在浴缸的照片不是伪造的，不过那却是摆拍出来的。

这张照片是陈玉敏后来自己躺在浴缸里，拿着冥瞳镜伪造现场拍出来的，所以很真实。照片中女子的容颜只是一个披头散发的侧面，但是可以看出来有点像张欣的样子，所以李晓翔直接认定了是艾艾。

陈玉敏的目的很简单，就是和之前请来心理医生王俊的做法一样，用真真假假的东西将李晓翔的注意力慢慢引导到那个艾艾的身上，将这个人包装成最后的凶手。

在李晓翔的记忆里，艾艾这个前女友有点神秘，除了样子有点像张欣之外，其余的很难回忆起来。他们之间的交往并不长，了解得不可能那么知根知底。

但是李晓翔对艾艾是动了真感情的，这可是他的初恋。至于艾艾是谁，遗书中陈玉敏交代，其实，就是她本人。

陈玉敏的小名就叫艾艾。这个小名来自陈玉敏母亲留给她的那对耳环上面的"爱"字。

怪不得在李晓翔的记忆中，有一个戴着这样耳环的女人出现在他的生活中，这个女人就是艾艾，也就是陈玉敏。

陈玉敏从国外留学回来，就去了刘权的酒吧玩过一次，后来和李晓翔认识。两个人在一起才几天，就有了感情，她甚至将第一次给了李晓翔。

不过现实总归是现实，她本就来自离异的家庭，要不是张欣父母收留，也不可能有现在的生活。

几天后，张欣的父亲给她介绍了一个有钱的男朋友，她思考了一天，也决定现实一点。她认为自己的童年已经很苦了，必须让自己的后代富裕起来，所以长痛不如短痛，和李晓翔分了手。

新的男友虽然有钱，但是对她并不大方，甚至有暴力倾向，她很怀念李晓翔的柔情，那是自己要的感觉，也是自己的初恋。

她认识到了一个道理，别人有钱没用，自己有钱才是王道。这样，她才可以去追求自己的东西……

正好这个时候，张欣的父母出了车祸，她就准备铤而走险。

只要张欣疯了，她就可以顺利地继承海马集团的一切。最主要的是，因为张欣父母的车祸，张欣的心理疾病已经严重到了抑郁的程度，甚至每天都需要靠吃安眠药入睡。

找到了这个突破口，陈玉敏就疯狂了起来。

当时处在新恋情中的陈玉敏并不幸福，她也一直忘不了李晓翔，暗中还在偷偷关注这个前男友。

不过这个前男友自暴自弃，让她有些气愤。

她不由得想到了一个两全其美的好办法。以匿名委托的方式，让李晓翔去接近张欣，最后再让他狠狠地抛弃她，击垮张欣最后一道防线，只可惜结局她却想错了。

李晓翔和张欣的幸福甜蜜，她看在眼里，气在心里。对比现在的男友，她醋意十足。

……

陈玉敏之前没有将艾艾的事情说出来，看来真的是顾及了感情。她只是不断地强调，自己才是李晓翔第一个爱的女人。

而在李晓翔的生命中，有过艾艾的存在，无疑是她最后的幸运。

几天后，李晓翔和肖雪玲走在阴缘镇的路上。

"陈玉敏的案子已经结案了，确定是自杀，她也付出了她应有的代价。你应该赶快走出阴影才对……"肖雪玲对李晓翔说道，自从得知张欣之死的真相后，她还蛮同情李晓翔的。

"谢谢你。"

"有什么好谢的？这本来就是我应该做的。"肖雪玲微微一笑。

"我是谢你特意请公假陪我出来散心。不过，我还是有一个谜团没有解开。"李晓翔说道。

"什么谜团？"

"就是冥瞳镜是怎么寄到我手里的？"李晓翔迟疑道。

当时陈玉敏已经达到了目的，还隐瞒了一切，想要和李晓翔重新开始生活，无论如何是不会将冥瞳镜寄出去的。

而这个冥瞳镜，最终才将这个案子再次带了出来。

"如果你能恢复全部记忆的话，或许能告诉我们答案。"

就在两人说话时，突然，一个踩着轮滑的年轻人，将两张传单塞给了李晓翔和肖雪玲，两人同时看了传单一眼，愣了一下，又抬头看了彼此一眼。

"也许这就是答案！"李晓翔看着传单上写着"时光储物店可以把你的心爱之物寄到你未来的任何时光！"的宣传语，一下子就明白过来。

"我想起来了……"

这个冥瞳镜应该是从小镇的时光储物店寄出的。在快到约定时间的时候，这个被委托的物品就会通过跑腿的服务送达客人的地址。

原来就在张欣死亡的前一天，李晓翔终于劝服了张欣，不要再沉迷在冥瞳镜的心魔之中，克服心理障碍，重新面对新生活。

这个冥瞳镜最终只能作为对父母的一种思念寄托。

同时，两人也准备筹划结婚，选了一个有特殊意义的时间，就一起将冥瞳镜存入时光商店，约定半年后的那一天寄出。

这个时间，也将是两人结婚的时间，冥瞳镜将成为未来见证爱的信物。

一切真相大白。

几天之后，就在张欣曾经住过的那个别墅，也是陈玉敏最后遗嘱要求特意留给李晓翔的，他亲手将两坛骨灰放入墓碑下的水泥格子之中，然后，将水泥板盖上，再用手盖上一层土。

"我知道你们生前闹得不太愉快，但毕竟你们是血脉相连的姐妹，冤家宜解不宜结，你们就在下面重新做回好姐妹吧!"李晓翔看着眼前的墓碑，语气忧伤地说道。

两个同样深爱他的女子，却都这么离开了他，究竟是他的原因，还是别的原因，他无法知道，但有一点他是肯定的，从这之后，他会多做善事，就当是为这两姐妹积德。

同时，因为陈玉敏已经死了，李晓翔也没有待在海马集团的意义，所以，他辞了职。

不过，他也没有重操旧业，而是用他之前赚的钱，开了一家咖啡店，以此纪念他和张欣的那段情缘。

而这家店，最经常出现的客人就是肖雪玲和叶霞。

就在一切都重新回到了正轨后，忽然有一天，他接到了叶霞的电话。

"冥瞳镜还在你手里吗?"叶霞突然问道。

"啊？怎么突然问这个……"李晓翔愣了一下。

"你先告诉我。"叶霞语气急促。

"不在了，我最后看到它是在陈玉敏的手里，现在应该被封存在公安局了。"李晓翔应道。

"它不在公安局。"叶霞说道。

"不在？它又自己失踪了？"李晓翔似乎习以为常。

"它在赵雄的手里，但赵雄死了！"叶霞突然说出了一个惊人的事情。

"死了？怎么死的！"李晓翔不由得问道。

"死在监狱的澡堂里，死前手里也拿着冥瞳镜……"叶霞应道。

"啊，那真是奇怪。"

"不过，这冥瞳镜究竟藏着什么样的秘密？为什么它会自己消失，又自己出现……"

"看来这就是人性……"

李晓翔眼里忽然泛起了淡淡的疑惑，但他马上又笑着摇了摇头。

这谜团还是留给其他人去解开吧！